芭蕉はがまんできない

おくのほそ道随行記

関口　尚

集英社文庫

目次

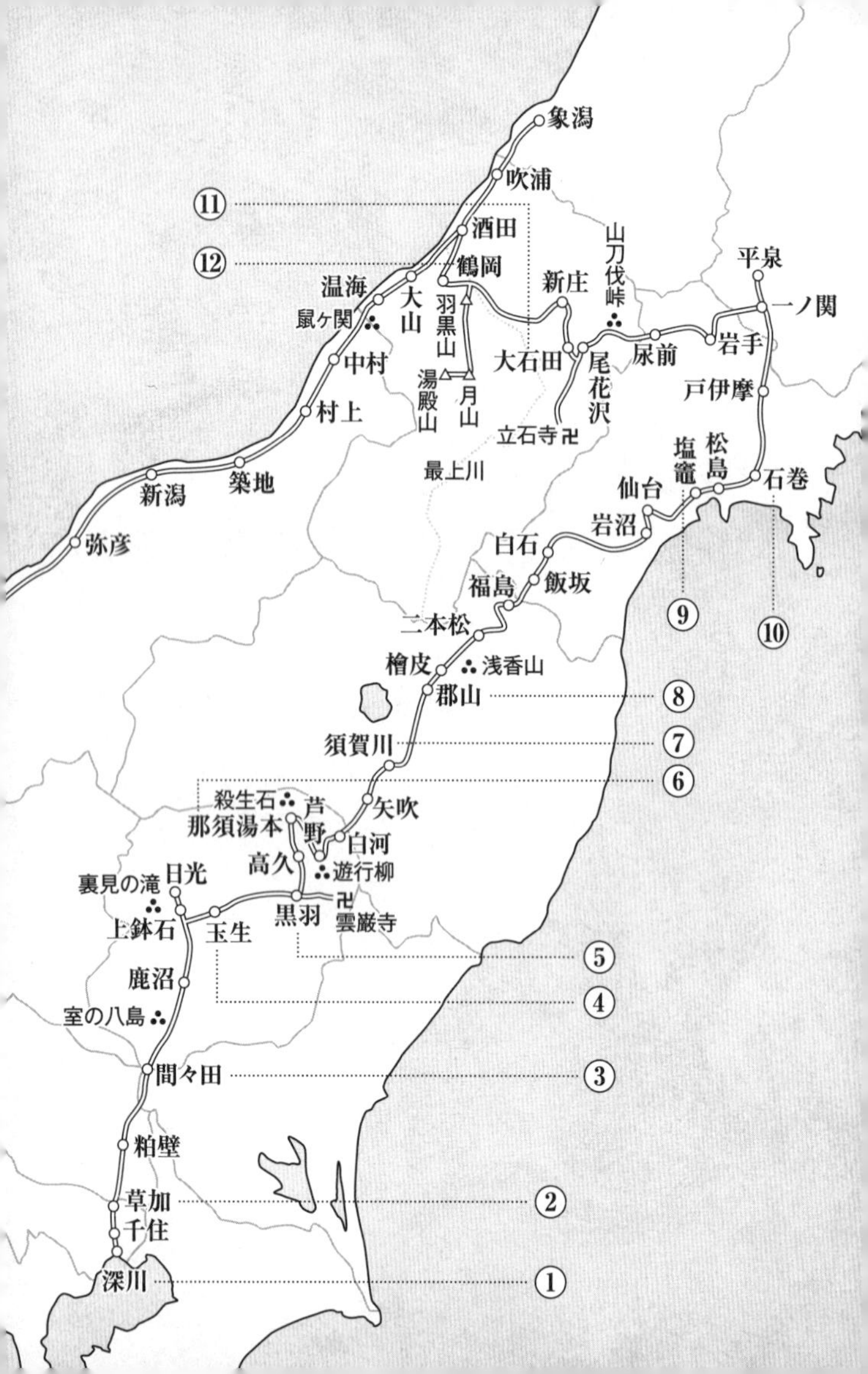

象潟
吹浦
⑪
酒田
⑫
鶴岡
温海
大山
鼠ヶ関
羽黒山
新庄
山刀伐峠
平泉
一ノ関
岩手
尿前
大石田
尾花沢
中村
湯殿山
月山
戸伊摩
村上
立石寺
塩竈
松島
最上川
仙台
石巻
築地
新潟
岩沼
弥彦
白石
飯坂
福島
⑨
⑩
二本松
檜皮
浅香山
郡山
⑧
須賀川
⑦
⑥
殺生石
芦野
那須湯本
矢吹
白河
高久
遊行柳
裏見の滝
日光
上鉢石
玉生
黒羽
雲巌寺
⑤
鹿沼
④
室の八島
間々田
③
粕壁
草加
②
千住
深川
①

① 深川～千住
② 草加～粕壁
③ 間々田～日光
④ 玉生～黒羽
⑤ 黒羽滞在
⑥ 那須湯本～白河
⑦ 須賀川
⑧ 郡山～仙台
⑨ 塩竈～松島
⑩ 石巻～立石寺
⑪ 大石田～新庄～出羽三山
⑫ 鶴岡～酒田～直江津
⑬ 市振～金沢
⑭ 小松～山中温泉
※①～⑭は、本文見出しの一～十四に対応
佐渡
⑬
出雲崎
⑭
高岡
親不知・子不知
市振
能生
高田
直江津
鉢崎
小松
倶利伽羅峠
金沢
滑川
魚津
黒部川
福井
山中温泉
色浜
敦賀
大垣
長島
芭蕉は
がまんできない
おくのほそ道随行記
旅程地図

本書は、「青春と読書」二〇二三年八月号〜二〇二四年十月号に連載されたものを加筆・修正したオリジナル文庫です。

本文デザイン・地図作成／目﨑羽衣（テラエンジン）
本文イラスト／Minoru

芭蕉はがまんできない

おくのほそ道随行記

一

夜明けとともに深川を出た。有明の月を背に舟に乗りこみ、隅田川をさかのぼる。白んだ空に青が差し、日がゆらゆらとのぼってくる。桜はとうに散った。日差しは暖かく、全身をなでていく川風が心地いい。

右手の回向院へとのびていく大橋をくぐる。両岸の火除地は朝のにぎわいだ。天秤棒を担いだ振売りたちが、通行人をよけながらさきを急ぐ。「大根はいかに。蓮も候」と張り上げた声が舟まで届いてくる。

橋のたもとの石垣に築かれた御召場では、石段に腰かけて魚釣りをする親子がいる。川中は帆かけ舟や釣り舟が行き交い、猪牙舟が追い抜いていく。対岸を見れば水垢離をする人たちの姿がある。相州の大山石尊へ祈願に行くのだろう。

建ち並ぶ長屋から朝の煮炊きの煙が上がっている。視界をさっとよぎる白いものがあり、振り返ったら白鷺だった。優雅にふたつばかり羽ばたき、その後なめらかに水面すれすれを飛んで着水した。視線を上げると霞を従えた真っ白な富士山が、どんとまなこに飛びこんでくる。

美しくて雄大なあの姿は、どれほど離れたら見えなくなるのだろう。白河の関あたりだろうか。きちんと拝めるのは最後になるかもしれない。その威容を何度も目でなぞった。

旅なら幾度もしてきた。しかし今回は異郷とも言うべき奥州への旅だ。勝手がわからない。どのような人々が暮らしているのかも知らない。仙台を越えると言葉が通じないぞ、などと脅してくる輩もいる。

名残惜しさが高まり、目に及ぶかぎりの町並みと人々を眺めた。喧騒や人との交わりを好まない人間と自認していたが、最後かもと思えばいとおしい。

そうだ、今年は上野や谷中の桜を見にいけなかったな。花見の華やぎと浮かれ心地を再び味わえるだろうか。

「宗悟殿、宗悟殿」

同船している兄弟子に呼びかけられた。呼ばれたその名が自分の法名と気づくまで、若干の間があった。向かいに座る兄弟子に苦笑いで返す。

「茶化すのはよしてくださいよ」

「すまない、すまない、曾良殿。何度見ても、髷のない曾良殿の姿は慣れなくて。見事につるつるですなあ」

　相手は干支ひと回り下の二十九歳ながら、俳諧の腕は門下随一だ。すでに立机して宗匠となっている。それに引き換え自分はぱっとしない。彼と向かい合うと引け目を覚えてしまう。

「剃髪をするなんて、この歳になるまで思いもしなかったことですよ」

　剃り上げた頭を手のひらでぴしゃぴしゃと叩いてみせた。伊勢長島藩を致仕して以降、俗人となってからも髷は結っていたが、去年の暮れに剃り落として僧体となった。

「これでわたしといっしょですね」と兄弟子が笑う。彼の父は藩医で、彼自身もかつて医道を志していたため、医師と同じ坊主頭となっていた。

「丸坊主は案外に寒いものですね。いまだ慣れません」

「暑さにも気をつけたほうがいいですよ。日差しが強い日はくらくらしますし、頭の皮が焼けますからね」

　剃髪して僧侶の格好となったのには理由がある。奥州を行脚するなら、この格好のほうが都合がいいからだ。

　行脚先では俳諧を通じて、武士や商人やその他様々な出自の者と接する。そのためどこにも属さない僧のほうが差し障りがない。ひと気のない土地を歩くうえでも、以前にわたしがしていた流浪人の姿より警戒されなくていい。

「それにしてもこうして見ると、曾良殿の墨染めの僧衣はよく似合っていらっしゃる」

「そうでしょうか。にわか坊主で気が引けます。托鉢の準備もしてきましたが、初めてなのでうまくいくかどうか」

首に提げた頭陀袋から、鉄鉢を取り出して見せる。

「いやいや、見上げた覚悟です。しかしこれまでの曾良殿を思えば、こうした格好は不本意では」

わたしを窺う目に同情の色が浮かんだ。

「心配は御無用です。滅多にない体験を楽しんでおりますよ」

「そうした曾良殿の心中を、翁はわかっておられるのかどうか」

兄弟子はさきを行く舟へ視線を投げかけた。みなが翁と呼ぶ松尾芭蕉その人が、舟の進行方向の一点を見つめて座っている。わたしと同じように墨染めの僧衣を着て、黒い頭巾を戴く。あちらの舟にも翁の友人、知人、門弟が乗り、隅田川と日光道中が交わる千住を目指している。

「ちょいとお客さん。困りますよ。やめてください」

翁の乗る舟から悲鳴のような声が上がった。見ると翁が立ったり座ったりをくり返し、舟が揺らいでいる。翁は船頭と門弟に諫められ、渋々といったふうに腰を下ろした。

「辛抱がたまらなくなったんだろうなあ」

「早く陸に揚がって歩き出したいんでしょうねえ」

兄弟子と顔を見合わせて苦笑した。

松尾芭蕉という人をひと言で言い表すなら、せっかちだ。

そこにもうひと言つけ加えるなら、矛盾だ。

せっかちで大いなる矛盾を抱えた人。

昨晩も大変だった。翁は奥州行脚にあたって、住まいである深川の草庵を売ってしまった。出発の日までは杉風殿が深川に別邸として構える採茶庵で過ごしていた。

杉風殿は兄弟子のひとりであり、日本橋の小田原町で鯉屋という魚問屋を営んでいる。幕府及び諸藩邸御用の魚問屋で大変に潤っていた。多くの裕福な町人が俳諧を楽しむように、杉風殿も俳諧に遊ぶうちに翁と出会ったそうだ。現在、彼が翁の衣食住のすべてを支えている。俳諧の宗匠をひとり抱えられるほど、鯉屋は羽振りがいいというわけだ。

昨夜は採茶庵に集まって、別れの宴を催すはずだったのだが、翁がへそを曲げた。杉風殿が旅の費用をまかなうための仕事を持ってきたことがいやだったらしい。

路銀はどうしても必要だ。宿代、昼食代、舟渡し賃、わらじ代はどうしたって出ていく。管理は旅中の世話係であるわたしに一任されている。あらかじめ聞いている翁の希望では、今回の旅は奥州を回り、美濃もしくは尾張までたどり着きたいという。となればざっと六百里は歩く。日数は最短でも五ヶ月を超え、路銀はかなりの額となる。

そこで幕府御用の鯉屋を営む杉風殿が、その筋から金になる仕事を持ってきた。幕府の連絡係、はたまた奥州の民衆の情勢の視察といったものだ。

この件について、前もってわたしは杉風殿から聞かされていた。今回の路銀は杉風殿をはじめとする門弟たちから頂戴していたが、とてもじゃないが足りそうにない。深川の草庵を売ったはいいが、たいして足しにならなかった。だから同行するわたしとしては、杉風殿が持ってきた話はありがたかったのだ。

ところが、というよりも、やはりと言うべきか、翁は杉風殿の申し出に機嫌を損ね、ひと言も発さなくなってしまった。

二年前に翁が伊賀へ赴いたときは、餞別を手に集まった翁の友人や門弟たちによって、送別の句会と盛大な宴会が催された。今回も多くの人が集まってきたが、翁がへそを曲げたせいで、一同おろおろするばかりとなった。

一応、わたしも杉風殿もこうした翁の反応は予測していた。今回の奥州の旅が翁にとって、いままでの旅とは一線を画していると理解していたからだ。

翁はその身ひとつで旅に出たがっていた。丸裸の状態で奥州という未知の土地を訪れ、俳諧を生み出したがっていた。荷物も路銀も持たずに旅に臨む。それが翁の理想で、門弟に宣言してさえいたのだ。

しかし無一文の無一物で長旅などできるはずがない。わたしもほかの門弟たちも、必死に翁を説得した。杉風殿も進言してくれた。

「いいですか、翁。霞を食べて半年近く歩くわけにはいかないのですよ」

見守る門弟たちがしきりに頷く。翁は不服を隠さず、唇を尖らせて返した。

「短冊を百枚用意した。飢えた日には銭の代わりになる。これでいいではないか」

自作の俳諧を短冊に書きつけ、渡せば旅籠代や路銀の代わりになる。翁はそう考えていた。もちろん翁の俳諧は価値がある。松尾芭蕉と知って一句詠んでほしいと請われたことは数えきれない。

「たしかに翁自筆の短冊なら、ひと晩やふた晩の宿代くらいまかなえるでしょう。しかし此度はいままでみたいな信州や上方への旅とは違うのですよ。翁の俳諧を理解してくれる人が奥州の地にどれだけいるか、わかったものじゃありません。ましてや道行きの小さな宿場町ならなおさらです」

杉風殿が大仰に身振り手振りを加えて力説する。それらの言葉はいちいちもっともだ。これから赴くのは過疎辺境の地で、街道も整備されておらず、宿も期待できない。翁の俳諧をありがたがる人との出会いは難しいだろう。

「いやなものは、いやなのだ。なにも食べられないというのなら、それはそれでいいではないか」

翁は腕組みをし、目を閉じてしまった。御年四十六歳でわたしより五つ上ながら、子供じみていると感じられるときがしばしばある。

杉風殿が助け舟を求めてこちらを見た。ため息が出そうになるのをこらえ、頭陀袋から托鉢用の鉄鉢を取り出す。あえて朗らかに声を張った。

「わかりました。せっかくの杉風殿の申し出ですが、お断りいたしましょう。路銀が足りなくなったら、わたしがこれで托鉢をすればいいのです」

鉄鉢を指で弾いて鳴らす。翁のまぶたが開いた。

「よろしいでしょうか、翁」

確認すると翁は不承不承というふうに応じた。

「曾良がそう申すなら」

採茶庵に安堵の空気が広がる。難局を回避できてよかった、と杉風殿とそっと視線を交わす。ただ、句会も送別の宴も行われないままの出発となったのだった。

とにもかくにも翁は自らの主張を曲げない。特に今回の旅にあたっては並々ならぬ意気込みを述べ、昨年の信州の旅から戻って以降、増賀上人にならって魚をはじめとするご馳走を口にしようとしなかった。周囲には托鉢の乞食僧になって旅することこそ尊いと覚悟を触れ回り、門弟たちを困惑させていたのだ。

しかしながら覚悟は覚悟でしかない。実際に翁に托鉢はさせられない。また、できる方でもない。

翁とて、自ら口にした覚悟がまかり通るとは考えていないはずだ。浅はかな人ではない。現実と相反するからこそ、覚悟を高らかに述べ、文字に残して覚悟を固めるようなことをする。結局、矛盾は矛盾として了解しているのだ。そして矛盾を矛盾と了解したうえで貫こうとするから不都合が生じる。

こうした場合、門弟の誰かが、翁が求める理想と現実との辻褄合わせに追われる。矛盾の解消をしなくてはいけなくなる。これが門弟に求められる一番の役割とも言えた。

思うに翁だって杉風殿から幕府の連絡係や地方の視察といった仕事の話を聞いたとき、心中ではありがたく思ったはずだ。ありがたい、ありがたい、と杉風殿の手を取って感謝を述べたかったはず。

だが翁の心の真ん中には、理想の旅の姿が鎮座している。奇しくも今年は翁が敬ってやまない西行上人の五百回忌となっている。西行上人の足跡をたどる奥州の旅に出て、歌枕を実際に訪れ、そこで俳諧を残したいと考えている。この純粋で真っ白な旅を、路銀のための仕事といったしみで汚されたくないというわけだ。

傍から見れば、無理だ、無茶だ、と眉を顰められるような理想を抱き、自らを鼓舞するために覚悟をさらし、結局は現実とのはざまに陥る。

それでも現状に甘んじることはできない。がまんができない。わたしが知っている松尾芭蕉とはそういう人だ。

舟から朝日に輝く浅草寺(せんそうじ)の屋根瓦が見える。翁が名残惜しそうにその方面を眺めていた。兄弟子がぼそりとこぼす。

「たぶん奈良茶飯を食べたくなったんだろうなあ」

浅草寺の門前にある茶屋で出される奈良茶飯を、翁はこよなく愛していた。薄い煎茶で炊いた飯に、濃く入れた茶をかけて食べるのだが、炒(い)り大豆が混ぜられていて山椒(さんしょう)でぴりりと味つけしてあるのがいい。簡素だけれど風味がある。句会が開かれるときはよく食べたものだった。

もともと翁は食べることが好きだ。食べものを句に詠むことも多い。この武州(ぶしゅう)を離れたら食べられなくなるものも出てくるだろう。翁は旅立ちの日までご馳走を退けてきたが、かなりの痩せがまんだったことが、ああした姿から窺い知れた。

巳(み)の下刻(げこく)、千住に到着して舟から揚がった。太陽がだいぶ高いところまでのぼっている。

今後まず日光に向かう。千住は日光道中の一番目の宿場町だ。千住大橋近くの両岸には荷揚げ場が設けられ、秩父(ちちぶ)からの材木が積み上げられていた。

橋のたもとからわきへそれ、柳のもとに翁を中心にして集まる。門弟のひとりが速やかに短冊を翁に渡した。旅立ちに際しての記念の句を詠むためだ。わたしは矢立の硯を用意し、筆先を墨壺にじゅうぶんに浸してから翁へ差し出した。

舟に揺られているあいだ、どのような句を詠むか練ってあったのだろう。翁は迷うことなくさらさらと書きつけた。翁から返された筆を水で洗って矢立にしまう。門弟のひとりが翁より短冊を恭しく受け取り、周囲に掲げたうえで読み上げた。

〈鮎の子の白魚送る別れ哉〉

ああ、そうだった。翁は白魚も好きだった。

白魚は家康公の時代では、将軍の御膳以外では食せなかった貴重な魚だ。しらすに似たあの無色透明の小魚は、春になるとこの隅田川をのぼって産卵することから、春告げ魚とも呼ばれる。酢の物にしても、お吸い物に入れても、揚げてもうまい。奥州への旅立ちに際して、惜しくなったのかもしれない。

兄弟子が肘で小突いて目を合わせてきた。どうやらわたしと同じことを考えたらしい。口の端が笑みで歪んでいる。

また、わたしが翁の句を耳にして感じたことも、兄弟子ならすでに感得しているだろう。この句はけっして翁の会心の作ではないことを。なによりそれは翁自身の表情が物語っていた。腕組みをして渋面となっている。

「こりゃあ、作り直しだな」

そう耳打ちされて頷く。翁は自ら詠んだ句を何度でも作り直す。門弟の句も添削しては作り直しをさせる。詠み捨てにはせず、句が最高の形に定まるまで言葉や趣向を変えて練り直していく。たとえ何年かかってもだ。これはかつての俳諧になかったことではないだろうか。

「品位が足りないね」

またもや耳打ちをされた。断定的な物言いに抵抗を覚え、頷きつつもこう返した。

「ですが、いい句ではありますよ」

句意としては、これから旬となる鮎の子が、旬を終える白魚を見送るがごとき別れだ、といったところだろうか。

春告げ魚の旬が去る。それはつまり春が終わるとき。そうした春の終わりに際しての別れを、川魚の交代に重ねて詠んだところに面白味がある。いまという状況をさらりと詠みこむうまさはさすが翁だ。

翁は今回の奥州の旅を、ゆくゆくは紀貫之（きのつらゆき）の『土佐（とさ）日記』や、鴨長明（かものちょうめい）の『東関紀行（とうかんきこう）』や、阿仏尼（あぶつに）の『十六夜（いざよい）日記』のような、旅日記としてまとめるつもりらしい。すでに草案をしたためていると聞いた。そして旅日記はありがちなものにはしたくはないらしく、つまらないものになるくらいなら最初から書く意味すらないとまで言っていた。

　そうしたことを踏まえると、いま翁が詠み上げた句では、旅立ちの場面に際した句としてはいささか物足りなかった。それを品位が足りないの的確なひと言で射抜くとは、さすがすでに宗匠となっている兄弟子と感心する。

「ああ、もう駄目だ」

　兄弟子ががっくりと肩を落としたのでなにかと思えば、翁が門弟たちそっちのけで句作にふけっていた。指先の腹でしきりに顎をなで、視線は虚(うつ)ろ。翁が句作のときに見せる所作で、囲む門弟たちが一様に困惑している。

　翁は一度こういった没我の状態になると、なかなか戻ってこない。それゆえ兄弟子は「ああ、もう駄目だ」ともらしたのだ。

「曾良殿ちょっと」と兄弟子が手招きしつつ、翁を中心とした輪から離れていく。同じく抜け出すと、川魚問屋の陰まで誘われた。小声ではなくて、きちんと話がしたかったようだ。

「翁はやっとの旅立ちにだいぶ昂(たかぶ)っておられるな」

「そのようですね」

「本当に申し訳ない。曾良殿ひとりに重責を負わせてしまって」

突然、深々と頭を下げられた。きれいに剃られた頭頂部が美しい光沢を帯びている。門下随一の俳諧の腕を持っていながら、平然と頭を下げることもする。闊達で折り目正しい男なのだ、彼は。

「頭を上げてください。翁のお供はわたしの望みでもあるのですから」

「奥州は未知の土地です。天下が平らかになって百年も経っていない。杉風殿が巡見使のような仕事を持ってきたが、ああした内密の仕事が舞いこむのも、幕府の目の届いていない穏やかならぬ土地があるからでしょう。街道を少しでも外れれば、盗賊やら山犬やらで命を落とした話はよく聞きます。せめてあとひとり誰か同行させられればよかったのですが」

「出発に至るまで、ごたごたいたしましたからね。今日という日を迎えられただけでも、よしといたしましょう」

翁が奥州の旅を口にし始めたのは正月のこと。ほどなく三月三日の節句のころを、出立の日と定めた。

当初の随行者は門弟のひとり路通だった。翁が以前の旅中に出会った乞食僧で、翁自ら俳諧の道へ誘った。昨年より翁の庵のそばに住み、句会にも参加し、さすが翁が声をかけただけあって俳諧の才は目を見張るものがあった。翁は無一文で無一物での旅を望んでいたこともあり、放浪行脚をしていた路通は理想の姿として目に映ったようだ。

しかし残念なことに路通は品行が悪かった。協調性もない。門弟のあいだでしばしば揉めごとを起こし、爪弾きにされる。物が消え、問いただそうとすれば行方を晦まし、最後には煙に巻かれてしまう。

随行者としては甚だ心許ない。そのためわたしがふたり目の随行者として推挙された。ところがその路通がふらりと旅立って音信不通になり、わたしひとりが随行者となったのだった。

そのときになって初めて、翁から旅のあらましをきちんと説明された。旅の目的のひとつとして歌枕を訪ねたいという。なかでも塩竈の桜と松島の月を強く希望していた。わたしは大慌てで旅程に近い歌枕を調べ、『類字名所和歌集』や『楢山拾葉』を参考に歌枕覚書といったものを用意した。

そうしたところ、塩竈も松島もかなりの遠方と知った。奥州道中を真っ直ぐ進んでも百三十里はある。毎日頑張って十里を歩いたとしても、十三日はかかってしまう。

もしも翁の希望通り、三月三日の出発となれば到着は三月十六日。しかしそれでは塩竈の桜に間に合わない。奥州は寒いゆえ開花の時期は遅いが、三月十日には満開を迎えると聞いている。

歌枕を訪ねたり、翁の知己と会ったり、悪天候で足止めを食らったりすれば、到着まででさらに日数を要する。そもそも若くもないわたしや翁が、連日十里を歩けるはずがない。一両日中に出発できたとしても、桜に間に合うかすでに怪しかった。

この衝撃的な事実に関して、翁に遠回しに探りを入れてみると、塩竈が白河の関を越えたあたりにあると考え違いしていることが発覚した。間に合わないことに気づいていないのだ。わたしは心の臓が止まるかと思った。

いったい誰がその間違いを指摘するのか。

門弟のあいだで大問題となった。翁はちょっとしたことでも機嫌を損ね、雷を落とす。たとえそれが翁の勘違いに端を発していたとしてもだ。理不尽極まりない。そして今回の塩竈の件はまったくもって些細(ささい)ではない。必ずや逆鱗(げきりん)に触れる。

伝え役の譲り合い、なすりつけ合いが、激しくくり広げられ、その挙句として日頃から寝食の世話をしていたわたしにお鉢が回ってきた。みんな口々に言う。

「翁は曾良殿に気を許しておりますから」

「年齢もわたしなどより曾良殿のほうが翁に近いですし」

「曾良殿は翁の扱いに長(た)けているではありませんか」

また、こんな声もあった。

「わたしはゆくゆくは俳諧の宗匠になりたいのです。なのでこうした厄介ごとで翁に目をつけられたくないのですよ」

門弟の多くはわたしを翁の世話係としか考えていない。俳諧の上達を放擲(ほうてき)し、俳諧を余技として取り組む世話人と見なしている。まったくもって失礼な。

とはいえ、発覚した事実は事実として翁に伝えねばならない。草庵を訪ね、塩竈の桜に間に合わないことを恐る恐る翁に告げた。当然、翁はお冠となった。

「なぜそれを早く言わん」

翁は顔を紅潮させ、正座のまま体を打ち震わせた。

「わたしも塩竈がここまで遠いとは知らなかったものですから」

「前々から桜を見たいと言っていたであろうが」

「いえ、わたしは初耳で」

率直に訴えた。翁は言の葉に敏感な人だ。言い澱んだり、言い訳がましい口を叩いたりすることを嫌う。我が身かわいさに、策を弄してかえって雷を落とされる門弟をたくさん見てきた。だからこうした場合、なんでも正直に答えるほうがいいのだ。まずは誠を見せること。翁の扱い方といったものがあるとすれば、これが大切なのだと思う。

平身低頭で言葉を待っていると、翁は「むむむ」と無念そうに唸った。

「なんとまあ、愚かな翁よ」

翁は芝居がかった嘆きをもらし、ゆらりと立ち上がった。肩を落として草庵を出ていく。見送ってから、ほっと胸をなで下ろした。伝え役が自分でよかった。ほかの者だったら打擲されていたかもしれない。翁が狼藉を働く人間ではないと承知しているが、しでかすかもと心の中で身構えるほど憤っていた。

後日、ほとぼりが冷めたころに、塩竈の桜の件について翁に確認した。すると路通には希望を伝えてあったという。彼から可否が返ってこなかったものだから、桜が散る前に塩竈へたどり着けると了解していたらしい。

これはわたしの推測だが、路通も歌枕を調べ、花見に間に合わないと気づいたのだろう。その時点で翁に説明すべきだったのに、荷重に感じて逃げたに違いない。自由人で無責任な彼のことだから、あり得そうな話だった。

かわいそうなのは翁だ。見ていられないほど落胆してしまった。

というのも翁は伊賀の門弟たちに、塩竈の桜を見にいくと手紙で宣言していたというのだ。名古屋の門弟に宛てた手紙では、あなたもうらやましがることになるだろう、などと優越感に満ちた一文を書いてしまったらしい。翁は自らの無知を喧伝した格好になってしまっていた。あれほど憤ったのは、赤っ恥をかいたせいなのだろう。

塩竈の桜に関しては一応の決着を見たのだが、出発は三月後半まで延ばしてもらった。杉風殿のもとに奥州からの便りが届き、雪も寒さもいまだ厳しいと報告があったためだ。

翁は体が丈夫ではない。数々の病を抱えている。特に胃腸が悪い。腹痛で悶(もだ)え、顔面蒼白(そうはく)となり、噴き出した汗で額から顎先までびっしょり濡(ぬ)らす様子をよく見る。厠(かわや)へ駆けこむ頻度も高く、そのせいか痔疾(じしつ)に悩まされている。

そんな翁が厳寒の奥州で腹を冷やしたら、惨憺たる有り様になる。残雪の中、腹を下した翁と立ち往生なんてちょっとした地獄絵図だ。だから杉風殿を中心にして、出発日の引き延ばしを図ったのだった。

いますぐにでも旅立ちたいせっかちな翁と、引き止めたい門弟たちのあいだで押し問答がくり広げられ、出発予定日は三月二十日に落ち着いた。そこから雨が数日降り続いたため出発日はずれにずれ、やっと本日三月二十七日の出発と相成ったのだ。

げんなりするほどの紆余曲折だった。出発に漕ぎつけられただけで、わたしはもはや万々歳だ。歩き始めてしまえば翁の気も収まる。なんならこれ以上予期せぬ厄介ごとが舞いこまぬうちに、さっさと出発してしまいたいぐらいだった。

「前のめりの翁の首根っこをつかまえて引き戻せるのは、曾良殿しかいないとわたしは思っています。この奥州の旅が無事に終えられるかどうかは、曾良殿の双肩にかかっていると言っても過言じゃありません。しかしながら」

真面目な顔で語っていた兄弟子が、ふいに言葉を切った。なにごとかと顔を注視すると、にんまりと人懐っこい笑みを浮かべる。

「しかしながら翁と二六時中も顔を突き合わせていたら、曾良殿のほうこそ腹が痛くなってしまいます。だからぜひとも旅先では羽を伸ばしてくださいな」

兄弟子は両手を広げ、朝に見た白鷺のごとく、ばさばさと羽ばたくしぐさをしてみせた。

「羽を伸ばすとは」

「奥州とて遊ぶ場所はたくさんありますよ」

宿場の飯盛女と遊んで息抜きをせよ、ということか。吉原の茶屋女のもてなしで酒を飲むのが好きな兄弟子ならではの助言だ。門下切っての遊蕩児と言われるだけはある。

「いえいえ、わたしは」

「曾良殿は真面目が過ぎる。それが俳諧にも出てしまっております。旅の恥はかき捨てと言うじゃありませんか。ぜひ戯れてきてください」

なんとも耳が痛い。曖昧に笑ってお茶を濁すしかなかった。それに兄弟子の俳諧は、芝居小屋や遊里に入り浸ることで着想を得て面白くなっている。闊達で、折り目が正しいが、遊ぶときは羽目を外して遊ぶ。そうした伊達男としての幅の広さが、俳諧の着想や味わいに表れているのだ。

新しさや華やぎがないと評されてしまうわたしにとって、遊べという言葉は金言だ。だがいまさら多少遊んだところで、わたしという人間や俳諧が変わるとは思えない。せっかくの金言だが、わたしには実践する行動力もなければ勇気もない。わかっている。わたしは小物なのだ。

門弟のひとりが小走りでやってきた。

「杉風殿が参られましたよ」

鯉屋の開店準備で遅れていた杉風殿がやっと到着したのだろう。翁の旅立ちのために、門弟の誰もがなんとか都合をつけて馳せ参じている。

「いま行く」

また小走りで去った門弟に続こうとすると、兄弟子が言う。

「正直に申せば、曾良殿には申し訳なさ半分、うらやましさ半分というところなのですよ」

「申し訳なさ半分、うらやましさ半分とは」

「翁を曾良殿ひとりに押しつけてしまった申し訳なさがあります。しかしそれに相反して、長い旅路のあいだ翁を独り占めできるうらやましさがあります。これはほかの門弟たちも口をそろえておりました」

「なるほど」

「なにせ翁は俳論書をお書きにならない。手紙での添削もいやがる」

「名のある方からの依頼でも断りますからね」

「ですから俳諧に関しては、翁と向かい合って教わる以外に方法はない。ということで、旅中そうした機会がたっぷりある曾良殿を、門弟たちの誰しもがうらやましがっているわけです。門弟たちの中には、いつかは松尾芭蕉二世、あるいは二代目を名乗りたいと、腹に一物抱く者もいますからね」

行動を共にしたいが、ふたりきりでは息苦しいというわけなのだろう。みんなが尻ごみするのもわかる。

翁のもとへ戻る最中、並んで歩く兄弟子に尋ねてみた。

「松尾芭蕉二世、もしくは二代目を名乗ろうとは思いませんか」

「え、わたしがですか」

「そのために旅のお供のお役目を、お譲りしてもいいんですよ」

兄弟子には二世や二代目の資格がじゅうぶんにある。だから心積もりを聞いてみたくなったのだ。しかし大きな笑みで返された。

「わたしは二世とか二代目とか、名乗るつもりはありませんよ。畏れ多いのもありますが、どうせ誉れを受けるなら、其角という我が名のもとがいいに決まっているじゃありませんか」

言葉には其角殿の自信と不遜さが表れていた。しかしこれっぽっちもいやな印象がない。その裏表のなさに、見上げた男だと感服してしまう。

「それにわたしは奥州の旅は性に合いません。鄙びた土地を歩き続けたら、わたしの俳諧が萎れます。翁の求めるところは同じように追い求めたいですが、わたしはやはり江戸の街が好きですからね」

其角殿は笑みを残し、再び羽ばたくしぐさでさきに駆けていった。

その若々しい背中を見ながら思う。江戸の街にまつわる彼の俳諧はとてもいい。市井の人々の暮らしを、そこにある人情の機微を、見事に切り取った俳諧を作る。彼はいずれ江戸を愛し、江戸に愛される俳諧師として、名声を得るだろう。いや、すでに得つつあると言っていい。

まねをして黒衣の袖をばさばさと羽ばたかせてみた。どうせ羽ばたくなら、遊里にではなく天高く飛んでみたい。其角殿のように俳諧の世界の空を高くのぼってみたかった。


翁を見送る友人、知人、門弟の数は十数人。みんな別れの涙で目を潤ませているが、一番泣いているのは旅立ちを誰よりも願っていた翁だった。

だいぶ感傷的になっているようで、ひとりひとりとじっくり別れの言葉を交わし、なかなか出発とならない。翁が述べる別れの言葉が聞こえてくる。

「前途三千里の辺土への旅立ちに、わたしの胸はいっぱいです」

別れの悲しさもあり、不安もあり、旅立ちの喜びもあり、と様々な感情がない交ぜになっての涙のようだった。

「幻のように儚(はかな)い現世での、かりそめの別れとわかってはいるんですけれどねえ」

そんなことを言いつつ、袖で涙をぬぐっている。黒い袖は涙に濡れ、さらに濃い黒となっていた。

こうした翁の様子を其角殿も杉風殿も温かい目で、そして真剣な面持ちで見守っている。考えたくないが、旅先ではなにが起こるかわからない。これが今生の別れにならないとも限らない。翁の姿を少しでも目に焼きつけておきたいと思うのは道理だ。

一方で、大泣きして別れの言葉を吐く翁を、冷ややかに見る目があることも知っている。翁は自らの思いや境遇を、大袈裟に嘆いてみせる嫌いがある。そうした傾向を陰で笑う門弟もいるのだ。翁を師とする我ら一門は蕉門と呼ばれるが、けっして一枚岩ではない。

其角殿や杉風殿のような古くからの門弟は、翁の大袈裟さをいやというほど目にしてきたのだろう。長いつき合いゆえ、すでに呑みこんでしまっているようだった。だからああして温かい目で見守っていられる。

わたしはどうかといえば、疎んじる連中と見守る面々の中間だろうか。旅に同行する者として、旅先の危うきところは調べてあるし、世話になる予定の人たちはみな頼もしいと知っている。翁ほどの旅の不安もなければ、旅立ちの興奮もない。とにかく冷静だ。冷静に翁の様子を受け止めている。そしてこの冷静さこそ、これからの旅で肝心のはず。

翁は別れの挨拶を交わし終えたようだ。居並ぶ人たちの前に出て、ぐるりと見渡す。いよいよ旅立ちといった雰囲気が漂い、随行者のわたしも前に出て翁の後ろに控えた。

ところが翁の口から出てきたのは、最後の別れの言葉ではなかった。

「実は今回の奥州の旅は、いずれ旅日記としてまとめるつもりですが、気が急いてしまって序にあたる部分をすでに書き始めております。どういったものに仕上がるか、どのような形で世に出すか、まだ決まっておりませぬが、口頭にて披露させていただこうかと思います」

拍手が起こった。だがすべての人が歓迎しているというわけではない。一部の門弟たちから、怪訝の声がもれるのを聞いた。翁の大袈裟さに冷笑を浮かべる連中だ。並んで立つ其角殿と杉風殿が、それらの声に顔を曇らすのをわたしは見逃さなかった。

当の翁は旅立ちで昂っているせいか、そうした反応に気づいていない。また翁はどんなときでも自作に自信満々だ。よいものができたときは披露したくてうずうずしてしまい、こらえることができない。周囲の反応などおかまいなしなところがある。

翁がうつむいた。目をつぶったようだ。うつむいたまま静かに語り出す。

「月日は永遠の旅人であり、行き交う年月もまた旅人である」

よい書き出しだ。翁は痩身で、体が丈夫でないこともあって、声は太くない。しかしその枯れてあっさりとした声が、かえって趣をもたらしていた。翁はうつむき加減のまま淡々とそらんじた。

「船頭となって舟の上で一生を送る者や、馬子として馬のくつわを取って老いていく者

は、毎日の生活がいわばそのまま旅であって、拠りどころのないその旅を栖としている。李白や杜甫や西行上人や宗祇などの風雅の先人たちも、多くは旅の途上で亡くなっている」

　静かな中に熱がこもり始めていた。道を行く人たちもなにごとかと足を止め、翁の声に耳を傾けていた。

「わたしもいつのころからか、ちぎれ雲を吹き流すあの風に誘われて、あてなき旅への望みが抑えられなくなり、海のほとりをさまよい歩くこともした。そして去年の秋、隅田川のほとりにあるあばら家へ戻り、蜘蛛の巣を払ってひとまず落ち着いたものの、やがて年も暮れていって、初春の霞の空を眺めるようになると、白河の関を越えてみたい、と得体の知れない誘惑の神が身辺のものに取り憑いてわたしの心を狂おしく駆り立て、道祖神からの旅の誘いになにも手につかなくなった」

　人垣はさらに増えていく。最前列の面々は聞き入っているのか、みんなそろって熱を帯びた表情となっている。

「わたしは股引の破れを繕い、道中笠の紐を新しくし、膝の三里のつぼへ灸をすえて、と旅の準備をするうちに、早くも松島の月が心に浮かんできてしまい、いままで住んでいた芭蕉庵は人に譲り、杉風の別宅に移るに際して句を作って、それを発句として連ねた表八句を、別れの記念として草庵の柱にかけてきた」

翁はひと呼吸置いたあと顔を上げた。目を開けたようで、ゆっくりと周囲に目を配り、和やかに言った。

〈草の戸も住み替はる代(よ)ぞ雛(ひな)の家〉

古来、旅日記の序文は、作者の人生観が反映された文章で飾られる。それは翁が語ったものからも窺えた。

空を行く月も日も、永遠に旅を続ける旅人のようであり、来ては去り、去っては来る歳月もまた同じように旅人である。そうした生々流転の世界において、旅に生きて旅に死ぬことこそ、純粋な生き方と翁は考えているのだろう。多くの風雅の先人がそうだったように。

そして旅人という純粋な生き方を送る中で、俳諧を生み出したいと願っている。純粋な生き方の中から、純粋な言葉が生まれると信じているのだ。

また、信じていることを実際に行ってしまうところに、翁を傑出した人物たらしめているゆえんがある。たどり着いた理想や考えを、自ら実行することで肉づけしていき、最後には俳諧の選集といったような形を与える。頭の中だけで終わりにしない。実践の人だと言えた。

今回の実践である奥州への旅は、翁にとってやむにやまれぬものでもある。旅に取り憑かれている。そのことを翁は客観的に見ることができていて、股引だのなんだのと自らを笑ってみせる。この自嘲によって、ただただ旅に焦がれているのではなく、旅立ちへの思いはどうしようもないものなのだ、と際立たせられていた。

再び拍手が起きた。しかし今度の拍手はさきほどより熱烈だ。翁の知人、友人、門弟からだけではなく、足を止めて耳を傾けていた人たちからも拍手を送られている。翁の大袈裟さを疎んじていた連中まで、心変わりの拍手を送っていた。

長きにわたった戦乱の世が終わり、天下が平らかになって百年近くが経とうとしている。政(まつりごと)は安定しているし、好景気で誰もが金回りがよくなってきた。生活に心配のない世の中がやってきたのだ。まさしく天下泰平だ。この状態は綱吉(つなよし)公が将軍職にある今後も続くだろう。

では、そうした世の中でどう生きていったらいいのか。

なんのために生きていくのか。

そんな問いを人々が発するのを耳にするようになった。暮らしに余裕が生まれたため、人としての在り方を考えるようになったのだろう。

その答えのひとつを、いま翁は示してみせた。生々流転して留(とど)まることを知らないこの世界で、旅に暮らし、旅に生きる。住まいも人に譲り、旅の厳しさの中にあえて身を置き、松島の月を見にいこうとする。この潔さと風雅に徹する姿勢が、この場にいる人たちの胸を打ったようだった。

其角殿と目が合う。その目が笑みの形に細まり、こう伝えてきていた。

我らが師は誇らしいな。

そうなのだ。翁はせっかちで矛盾を抱えた人だが、目を離すことのできない誇らしき風狂の人なのだ。

二

いらん、いらん。

翁があまりにこの言葉を発するので、うんざりがてら指折り数えてやろうか、などと考えた。

「いらん、いらん。余計な荷物などいらんのだ」

出発に際し、見送りの人たちが多くのものを持たせようとしてくれた。だが身ひとつでの旅を理想とし、荷物が増えることを嫌う翁は、「いらん、いらん」をくり返した。

「いや、翁。これは必要ですからいただいていきましょう」と翁が置いていこうとするものをわたしが拾う。

「荷が重くなれば、帯が肩に食いこんで痛いではないか」

「であるなら、わたしが持ちますから」

翁はこだわりが強く、なにを行うにつけても時間を要してしまう。荷物の選別もことのほか時間を取られた。

また、翁は荷物を最小限にしたいが、見送りの人たちがあれこれ持たせてくれようとすることには、まんざらでもないようだった。「いらん、いらん」の言い方も邪険ではなくて、どこかうれしそうなのだ。ちやほやされるのは嫌いではない。とにかく持っていきたくないだけ。翁のこういうところが正直にいえば面倒くさい。

こうした事情をわかっている門弟たちは、呆れ返った顔か、わたしに対する同情の面持ちでもって、旅立ちを見守っていた。わたしも最後にみんなに向けたのは苦笑いで、ある意味では感傷的な気分に陥らずに済んだ別れとなった。

千住を出発し、日光道中を北に進む。左右は田畑ばかりで見晴らしがいい。翁の歩みは速い。痩身で骨ばってさえいるのに驚くほど健脚だ。わたしのほうが遅れがちになる。近年の翁は旅が多かったため、足腰が鍛えられているのかもしれない。

わたしが遅れるのは荷物が多いせいもあった。翁の意向に沿って荷物を減らしたものの、どうしても置いていけないものがある。

たとえば紙子。貼り合わせた和紙をよく揉んで、柿渋を塗って仕上げた衣服だ。軽くて保温性に優れ、これから寒い地へ行くのだから重宝する。

浴衣もあったほうがいい。湯上りに着るものだが、砂埃が舞う地域を通るときには埃よけになるし、寒いときには重ね着をして暖かくできる。合羽は必需品だ。奥州の旅では本降りとなった場合、雨宿りできる場所は見つけにくいだろう。

墨や筆や懐紙は言わずもがな。翁の薬も欠かせない。替えの褌、風呂用と汗拭き用の手拭い、剃髪のための剃刀もいる。わらじは一日で履き潰してしまうので、携えられるだけ持っていきたい。

旅中の支払いはすべてわたしが行う。小判用の大財布と、小銭用の小財布もなくてはならない。小銭の銅銭はかなり重くて、悩みの種でもある。翁が荷重になることを嫌う気持ちがわからないでもない。

かつ、かつ、と翁が細竹の杖を突いて進んでいく。旅立ちのために灸をすえたり、食べものに気をつけたりしてきたため、翁の体調はよさそうだ。わたしも懸命に足を前に出して進む。真新しいわらじはまだ硬く、裸足で感じるその新鮮な弾力が旅の始まりの高揚感を呼びこむ。

二里ばかり進んだとき、さきを行っていた翁がこちらを向いて待っていた。簡素な茶屋が数軒並ぶ前に立っている。いやな予感を抱きつつ追いつくと、翁が興奮気味に訴えてきた。

「曾良よ、水だ。水を売っておる」

のぼり旗や吊り下げ旗には〈水神沼の湧き水〉とか〈無双の名水〉などと書かれ、店頭には水の入った桶や茶碗が並んでいた。翁が嬉々として言う。

「飲んでみようではないか」

「もう喉が渇かれたのですか」

さほど歩いていないが、早足だったために喉が渇いたのだろうか。

「名水と謳っているからにはうまいのであろう」

「しかし一杯四文もしますよ。これなら茶を買われたほうがいいのでは」

「なにを言う。水だからいいのではないか。いつもと違う水を味わってこそ、旅に出た感慨を味わえるというもの」

たった二里しか進んでいないのに、旅の感慨なんて大袈裟な。

「湧き水ならこのさきいくらでもあるかと。それこそ奥州に行けば、名水と呼ばれる湧き水が待っておりますよ」

「そんな遠くまで行ってから飲むのでは、意味がないではないか」

「意味がないとは」

「遠く離れてしまえば、いつも飲んでいる水の味など忘れ、比べようがなくなってしまう」

さも当然というふうに翁は言い、楽しげに茶屋を眺めている。翁は好奇心が強く、一度興味を惹かれてしまうと梃子でも動かない。〈無双の名水〉という宣伝文句に惹かれ、是が非でも飲みたくなったのだろう。

心の中でそっとため息をつき、小財布を取り出した。

「うん、うまい」

翁が満足げに飲み干す。

「曾良も飲んでみよ」

「わたしは遠慮させていただきます」

「いつもの水と口当たりが違うぞ。これはまぎれもなく名水だ。飲まぬと後悔するぞ」

普段は水を桶で買っている。芭蕉庵がある深川は埋め立て地のため、井戸を掘っても塩分の多い水しか出てこない。

深川や本所の住人が買うのは、神田上水や玉川上水の余り水だ。江戸城の堀に近い銭瓶橋付近から放出される上水の余り水を、幕府から許可をもらった水船が載せ、日本橋川を通って隅田川の深川側まで運んでくる。それを水屋と呼ばれる運び屋が、天秤棒に桶を吊るして売りにくる。

いつもなら桶ふたつで四文。それを茶碗一杯の水に出すのは抵抗があった。しかし翁のしつこい勧めを断りきれず、渋々ながら自分も買った。

「おいしいです」

水はまろやかだった。たしかにうまい。うまいのだが翁に押し切られる形で飲んだため、素直に認めたくない。口では「おいしいです」と答えたが、悔しさが混ざって妙な味となった。翁と過ごしていると、こうした残念が往々にして降りかかる。

茶屋の看板娘が「もう一杯いかがですか」と勧めてくる。しかし翁はまったく気づかず、満足げな表情で歩き出した。自分の興味あることしか目に留まらず、耳にも入らないのだ。

まもなく草加（そうか）に入った。左右に松の並木が続く。さらに進んでいくと越ヶ谷（こしがや）に至った。越ヶ谷の宿場町は縦に長く、みすぼらしい板葺（いたぶ）き屋根の家が並んでいた。

翁が足早になる。理由は容易に察せられる。翁はむさ苦しい宿を嫌う。「汚い宿には泊まりたくない」と常々口にしている。越ヶ谷を早く通り抜けたいのだろう。

今回の旅に出るさらにその前から、托鉢の乞食僧になってでもさすらいたいと翁は覚悟を語っていた。だがやはり覚悟は覚悟でしかない。翁の本音はきれいな宿に泊まりたい。蚤（のみ）や虱（しらみ）などまっぴらごめん。結局、覚悟と実際は違う。これもまた翁と過ごしているると味わうことだ。

ずんずんと翁が進んでいく。見る見るうちに一町ほど差をつけられた。ここはひとつ気合いを入れて追いかけようとすると、翁のさきにまたもや茶屋が見えた。これはまずい。そろそろ間久里村のはずだ。間久里村の名物といえば、鰻の蒲焼と決まっている。

慌てて大股で走った。翁が蒲焼を食べたいなどと言い出さないうちに、興味をそらす策を講じないといけない。一度惹かれた翁が、がまんして通り過ぎるなんてあり得ない。

わたしが翁の背中に追いつくのと、翁が蒲焼茶屋の前に差しかかるのとは、ほぼ同時だった。わたしの足音を聞きつけた翁が振り返る。

「どうした、曾良。急に駆けてきて」

全力で走ったものだから息が上がって声が出ない。そして翁が鰻の蒲焼に興味を抱かないようにするために走ってきたなんて、口が裂けても言えやしない。

肩で息をしながら、どうごまかすべきか考えをめぐらせていると、翁は「変なやつだな」と言い残し、蒲焼茶屋には見向きもせずに去っていった。どうやら翁は端から鰻に興味なかったようだ。

「はは」と安堵の笑いがもれた。ばかばかしくもなった。今後どれだけこうした徒労を味わうことになるのやら。

全力で走ったせいで、わらじの緒と足の指の股が擦れた。両足ともひりひりと痛む。漂ってくる鰻のかぐわしいにおいを振りきり、翁の背を追った。

歩きながら不思議と笑いが込み上げてくる。わたしは妻を持ったこともなければ、子供を授かったこともない。子供を育てたり、あやしたりした経験がない。

しかし翁の世話をしていると、子供の面倒とはこんなふうだろうかと想像してしまう。子供っぽい好奇心や、子供っぽい執着や、子供っぽい気まぐれを、翁から受け取るからかもしれない。

視界の右奥に筑波山の姿がある。二年前、翁と門弟のひとりである宗波とわたしの三人で、鹿島神宮参詣の旅へ出た。あのときも筑波山を見ながらの旅で、翁の子供っぽさに振り回されたものだった。

楽しかったな、と頬がゆるむ。鹿島へは芭蕉庵を出たあと舟に乗り、小名木川経由で行徳まで行き、そこからは徒歩で鎌ヶ谷を抜けた。

鎌ヶ谷は見渡すかぎりの野原で、なおさら筑波山が大きく見えた。広大な野原は萩で埋め尽くされ、放し飼いの馬が我が物顔で過ごしている。それを翁は大変に面白がって眺めていた。

野馬をあれほど興味深そうに見る人間を、わたしは翁以外に知らない。いるとすれば、それは幼い子供となるのではないだろうか。

しかしながらあの幼い好奇心こそ、俳諧を上手たらしめる理由のひとつなのだと思う。目にしたものや耳に届いたものを面白がれるかどうか。これが大切なのだ。

翁には面白がれる童心がある。その点、わたしは理屈っぽくていけない。そのことはほかの門弟からもよく指摘される。
鹿島神宮への旅で、翁はこんな句を作った。

〈萩原や一よはやどせ山のいぬ〉

萩といえば、猪との組み合わせが定番だ。猪が萩を敷いて眠ったその寝床を「臥猪の床」と言い、風雅なものとして古歌にも詠まれる。
句意としては、美しい萩の原よ、萩は獰猛な猪にも寝床として貸してあげるのだから、一夜くらいは山の犬、つまり狼も泊めてあげてくれないか、といったところだ。
翁は和歌において定番である萩と猪の組み合わせを、萩と狼に変えた。そこに遊び心がある。鮮やかな赤紫色をした萩の花たちの寝床で、狼が眠る姿を想像してみたら美しい光景だった。翁の面白がれる童心があるからこそだ。
童心を窺わせる句として、翁はこうしたものも作っている。

〈君火をたけよきもの見せむ雪まるげ〉

わたしは芭蕉庵のそばに住み、朝な夕な翁を訪ねるのが日課だった。食事の支度となれば枝を折って火にくべ、夜に茶を煮るとなれば氷を割って火にかける。わたしは杉風殿のように金銭面で翁を支援できない。なので炊事一般を請け負っていた。

さきほどの雪まるげの句は、雪の日の夜にわたしが芭蕉庵を訪ねたときのことが元になっている。

「曾良よ、囲炉裏の火が絶えないように見ていてくれ。その代わりいいものを見せてあげよう」

翁ははしゃいだ様子でそう言うと外へ出ていった。しばらくして呼ぶ声があり、出てみると大きな雪玉がこさえてあった。丸めた雪を転がし、とんでもなく大きな雪玉を作り、わたしを楽しませようとしてくれたのだ。

雪はすでにやんでいた。夜空は星で満ちていた。大地が雪で覆い尽くされた分、いつもよりも明るい夜で、翁の体からは湯気が立ちのぼっていた。大汗をかいてまでして雪玉を作ってくれたのだった。

わたしも手伝い、雪玉をさらに大きくした。手はかじかみ、体は汗をかく。でき上がった雪玉を前にして、わたしも翁も愉快になって大口を開けて笑った。翁の童心に触れ、包まれた夜だった。

また、この句の前書きとして、翁が断金の交わりを結ぶといった大袈裟な一文を添えたものだから、わたしと翁が親しいとか、翁に気に入られているとかの誤解が、門弟のあいだで広まってしまった。

親友ふたりが心をひとつにすれば、硬い金属さえも断ち切ることができる。そういった断金の交わりは、残念ながらわたしと翁のあいだにはない。あくまで師弟関係だ。それも隔たりのある師弟関係であり、翁に気安く語りかけられる其角殿がうらやましくてしかたがない。

わたしは駄目だ。畏れ多さから距離を置き、ふたりきりのときは黙してしまう。言葉を発するのは翁が働きかけてくれたときか、話さねばならない必要があるときだけ。断金の交わりだなんてとんでもない。いつもの翁の大袈裟な表現が、誤解を生んでしまっていた。

漢詩文の世界の伝統では、雪の日は友人に思いを馳せるのが常だ〈雪月花のときは最も友を思う〉と詠った白楽天の詩による。翁は伝統に則り、自分の句に連なる世界に友人を登場させたくて、わたしとの関係を断金の交わりなどと色をつけたのだろう。光栄だが、実際は違うので面映い。

ともかく、いつもわたしは翁の句から、その根っことして童心を感じる。わたしは萩の原を前にしても狼を想起しなかった。雪が降っても雪玉を作ってはしゃぎ、それを句にしようなんて考えもつかなかった。子供のように面白がる心を、わたしはいったいいつなくしてしまったのだろうか。

ちなみにわたしも鹿島神宮参詣の際に、萩の原の句を作っている。そのうちふたつは翁からも、まあいいだろう、と認めてもらえた。

ひとつは萩の原を分け入っていくときに思いついた。萩や露草などの花を摺りつけて衣を染めることを花摺と言う。一度だけ摺りつけて染める淡い染色方法は一花摺と呼ばれる。萩の原を歩いていると、股引が萩の赤紫に染まって、その一花摺であるかのように思えて作った。

〈股引や一花摺の萩ごろも〉

もうひとつは野馬が草を食べ放題で満腹となっている様子を詠んだ。

〈はなの秋草に喰ひあく野馬哉〉

うん、わかっている。翁に遠く及ばないのは。

一応、股引の句は、藤原實隆の〈初萩の一花ずりの旅心つゆ置きそむる宮城野の原〉を念頭に置いている。股引といった俗な語を入れ、俳諧として成立させつつ、和歌の雅やかな趣に通じているというふうに工夫を凝らしてみたのだ。

うん、わかっている。こうした工夫も小手先に過ぎないことは。

わたしは俳諧を頭の中でこねくり回し、理屈で作ってしまっている。閃き(ひらめ)が足らず、印象も淡白だ。股引が萩の色に染まるかのようだ、野馬がのびのびと草を食べている、とそのまんま。ひねりもなければ飛躍もない。

なぜわたしは翁と同じ萩の原に立っていたのに、狼が見えなかったのだろう。目の前に見えるものの向こう側を、あるいは内奥を、見ることができないのだろう。

自分から生まれる俳諧が平凡でうんざりする。俳諧は好きなのに、作れば作るほど才のなさを突きつけられる。せめて翁と同じような観照の深さを身につけたいと思うのだけれど、それもままならない。

わたしは自分が作る底の浅い俳諧も、自分自身も嫌いだ。

初日は粕壁(かすかべ)に泊まった。大きな宿場町だった。茶屋が並び、活気があった。

宿は一泊ひとり百五十文とまずまずで、夜具はいいものだった。むさ苦しい宿をいやがる翁も満足だったようで、「初日の宿として上出来、上出来」と目を細めていた。

荷解き(にほど)が終わり、わらじから解放された足を畳の上に投げ出す。これがあと半年近く続くかと思うと途方に暮れる。空はまだ明るく、庭先をぼんやりと眺めていると、翁が座敷に入ってきた。慌てて居住まいを正す。

翁は腰を下ろすと、手控えの帳面を広げた。「ううむ」と思案顔で唸ったあと、帳面に目を落として言う。

「今後書くつもりの旅日記では、初日は草加に泊まったことにしようかと思ってな」

手にしている帳面は、奥州の旅についての心覚えを書き留めておくもののようだ。

「通り過ぎてきた草加に泊まったことにする、とはどういったことでしょうか。我々はすでに粕壁にたどり着いておりますが」

「親しい者たちと別れた悲しみのなか、疲労困憊(ひろうこんぱい)でたどり着いた地は、言葉の響きからも字面からも、粕壁より草加のほうがいいではないか。草枕を思わせる草加のほうが、旅先の名としてしっくりくる」

「ですが、千住から草加まで二里ほどしかありません。よれよれになってたどり着くなんて、あり得ないのでは」

恐る恐る伝えてみた。翁は「ふむ」とつぶやいて腕組みをする。

「曾良の言うことはもっともだ。だが虚か実かにとらわれなくてもよかろう。たとえば紀氏(きうじ)の『土佐日記』では、事実ではない事柄が多分に含まれるし、女の手によって書かれたといった体を為(な)し、実際とは異なっている。しかしだからこそ面白い」

「たしかに」

「事実と異なっていてもよい。しかしながらまるっきりの絵空事を書くつもりもない。

ゆえに曾良に記録を頼んだわけだ」

出発に先立ち、旅中の記録をつけてくれと翁から依頼された。虚実にとらわれない方針であるようだが、実に関しては十全に知っておきたいというわけなのだろう。

記録の形式や内容はわたしに一任されている。であるなら、用意した手帳に、日づけも、訪ねた土地の名も、天候も、出立や到着の時刻も、歩いた距離も、出会った人々も、仔細（しさい）に記録しようと思っている。わたしは少しでも翁の役に立ちたい。随行者がわたしであってよかったと思ってもらいたい。

というのも、わたしには胸に引っかかっていることがあるからだ。人伝（ひとづて）に聞いた話なのだが、当初の随行者だった路通が江戸を去っていなくなったことを、翁は大変に悲しんでいたというのだ。

本当はわたしではないほうがよかった。俳諧の才があり、放浪行脚をしていた路通のほうが、翁の望んでいた人選だった。なにせ翁は路通に惚（ほ）れこんでいた。そうしたことが頭をよぎるたび、誤って紙へ落とした墨滴のような黒いしみが胸に広がる。

「なにか不服か」

翁に尋ねられ、はっと我に返って答える。

「不服とは」

「いま浮かぬ顔をしておったぞ。旅の記録をつけることに不服があるのか」

「滅相もない」と手のひらをぶんぶんと振って否定する。「記録を任され、やる気にみなぎっております」

「それならよいが」

危ない、危ない。翁の面前なのに気分が沈みかかってしまった。随行者を引き受けた以上、後ろ向きの気持ちは捨て去ろうと決めたのに。

「ところで翁。奥州の旅日記はどういった形で世に出すおつもりですか」

声を張って、無理やり話題を変えた。

「それはいまのところ、でき上がり次第としか言いようがないな。いいものができれば版木にかけて世に出したいが、できなければ兄に渡して日々の慰みにでもしてもらおうかと思っておる」

兄というのは、松尾半左衛門殿のことだ。長兄であって翁の郷里の伊賀に当主として残っている。翁はこの兄を慕ってたびたび帰郷し、窮乏する兄のために仕送りまでしている。

その兄に読ませるだけなんてもったいない。翁の発言もどこまで本気か疑わしいのだけれど。

わたしとしては翁が書いたものはすべて世に広まってほしい。翁の素晴らしさを多くの人に知ってもらいたいし、後世に残すべきだ。

「ぜひともよいものに仕上げ、世に出すといたしましょう」

　こぶしを握って訴えたが、翁は曖昧に笑うだけだった。

　翁は作品の完成度に心血を注ぐ人だ。俳諧も完成度を高めるために何度も作り変えるのだから、旅日記も簡単にはでき上がらないだろう。ずっと携え、推敲を重ね、日の目を見るまで長い年月がかかるかもしれない。


　夜半に雨が降り始めた音で目が覚めた。板葺きの屋根を大粒の雨がばらばらと叩く。隣の布団で眠る翁は眠りが深いようで、雨に気づきもせずに大の字で鼾をかいている。

　雨は夜が明けてもしばらく続き、やっとやんだところで出発となった。しかしすぐに降り出し、その後は昼どきまで断続的に降った。

　道は平坦ながらも雨が降ってひどくぬかるんでいた。ここまでひどいぬかるみは江戸市中ではお目にかかれない。道というより果てしなく縦に延びる泥沼のようだ。

「本日は無理なのでは」

　泥濘を前にして、わたしはおずおずと翁に投げかけた。できることなら宿に戻り、明日また出直したい。だが翁は聞こえなかったのか、そのまま雨中を進んでいった。致し方ない。腹をくくって翁に続く。

　足はずぶずぶと膝まで泥に埋まった。この付近の地質なのか泥には粘り気があり、一度足を突っこむと抜くのに力を要した。踏みこんでは引っこ抜き、踏みこんでは引っこ抜く。まるで大きな餅の中を行くかのようだ。

道ではわたしたち以外にも、駕籠(かご)かきの人足たちが難儀していた。歩くことが本業の彼らでさえ遅々として進まない。ほかにも足が抜けずに尻餅をつく者や、やっと足を抜いたはいいがわらじを泥に奪われ、泥の中を探し回っている者もいた。

そうしたなか、翁は滞ることなく歩んでいく。前かがみになり、「ほ」とか「ふん」とか声を発しつつ遮二無二進む。人を追い抜く際、「すごいな、あの坊様」なんて感嘆の声を引き出している。

今回の旅は翁が歌枕を訪ねたいといった要望があったため、歩きながら俳諧を案じる吟歩でのゆるゆるとした旅になる。そう予想していた。俳諧ができ上がるまで留まりたがる翁の尻を叩いての、優雅な旅になるかもしれない、と。

とんだ思い違いだった。実際は少しでもさきに進みたい翁と、必死に追いかけるわたし。風雅のかけらもない旅だ。雨と泥によって体力を奪われ、旅などという生易しいものでなくなっている。もはや苦行だ。

幸手(さって)を過ぎ、足についた泥が乾いてこそげ落ちたころ、利根川(とねがわ)の脇っ腹に突き当たった。利根川は坂東太郎(ばんどうたろう)の異名を持つ関東一の大河で、渡らなくては北へ向かえないことから関所が設けられていた。

川に向かって左側に萱葺(かやぶ)き屋根の番所が建てられ、木柵がぐるりとめぐらされている。番所を過ぎれば舟の渡し場に出られるといった按配(あんばい)だ。

　川原では日光参詣を目的とする者たちや、奥州方面へ旅立とうとする者たちが、舟の順番を待って列を成していた。利根川の川幅は二町ほどある。雨が降ったせいで水嵩(みずかさ)が増して流れが速い。今日の徒歩(かち)渡りは無理だ。並んで舟を待つしかない。

　番所の前には高札が掲げられ、関所通過の心得が書かれていた。だがわたしも翁も手形を検(あらた)められることなく、するりと抜けられた。もともとゆるい関所なのかもしれないが、わたしたちは俳諧の宗匠と弟子といったふたり連れだ。詮議にかけるまでもないのだろう。

　女人通行に対して厳しいのは、この栗橋(くりはし)関所でも同じであるようだ。女人は関所手形の提出を求められている。番所には取り締まりの武具である刺股(さすまた)、突棒(つくぼう)、袖搦(そでがらみ)の三道具が、威圧目的でこれ見よがしにかけられていた。あれらで突かれたり引き倒されたりして血まみれになる自分を想像したら、金玉がきゅっと縮み上がった。

　川原で泥にまみれた足をすすぎ、順番の回ってきた渡し舟に乗る。雨はすでに上がっていて、灰色の空が割れてうっすらとした青が覗(のぞ)いている。舟が出てしばらくしたころ、同舟していた旅装の男が翁に話しかけてきた。

「なあ、坊様。坊様が泥の中でも速く歩くのを見たんだが、こつがあるのかい」

男はわたしたちと同い年くらいだろうか。旅慣れた雰囲気がある。翁は澄まし顔で答えた。

「爪先と踵を真っ直ぐにして泥に入れる。抜くときは踵から。もし足に泥がべったりとまとわりついて抜けないときは、足首から下を揺らす」

「揺らすのかい」

「密着している泥を、揺らしてほぐしてやるのだ」

「いいことを聞いた。物知りだね。今度試してみるよ」

翁の口元が得意げにゆるんでいる。やはり褒められるのは好きな人だ。

「よくご存じで」とわたしも会話に加わる。

「むかし取った杵柄だな」

「神田上水の水番ですね」

合点がいって膝を打った。翁は菅笠が風に飛ばされないように胸に抱き、懐かしそうに満々とした水を湛える利根川の下流を見やった。

翁も最初からいまのような旅がちの生活をしていたわけではない。当然、長い遍歴がある。

俳諧に出会ったのは十九歳のときだったそうだ。藤堂藩の藤堂新七郎殿の嫡子である良忠殿に出仕し、その良忠殿が蟬吟という俳号を持っており、仕えるうちに俳諧を嗜むようになった。

　だが翁が二十三歳のときに良忠殿が亡くなり、二十九歳で致仕して江戸へ出た。やがて桃青の俳号を名乗り、江戸では名の知れた俳諧師となっていく。

　三十四歳のときに宗匠立机して、自らの一門を率いるようになる。しかしながら宗匠となった延宝五年からの四年間、神田上水の惣払いや、改修に関わる仕事をしていたのだという。

　惣払いとはいわゆる掻い掘りの作業だ。水道に堆積した土砂をさらう。改修は当時ちょうど延宝の大改修の時期だったため、石垣を作ったり木樋を大きなものに替えたりと大掛かりだったそうだ。翁は人足を手配し、杭や大きな木槌である掛矢をそろえ、工事の進捗状況を記していたらしい。

　こうした来歴は杉風殿や其角殿が話していたことを、つなぎ合わせて知ったものだ。わたしが翁と出会ったのは五年前。それ以前のことはよく知らない。翁は自らについて語りたがらないし、わたしも畏れ多さから聞けずじまいの事柄が多々ある。

「水番は管理のみの暇な仕事のはずだったのだが、人が足りなくて何度か手伝ったことがあるのだよ。いつだったか井戸掘りが本職の大工から、ぬかるみでの歩き方を教わったのだ」

「翁がまさか工事に携わっておられたとは」

「そんなにも意外か。わたしは帳簿づけより、泥にまみれたほうが楽しかったがな」

「筆を握っているお姿のほうが、わたしには馴染(なじ)みなもので」

「それが駄目だったのだよ」と翁は顎を上げておかしそうに笑った。「筆を手に帳簿へ向かっていると、句を作りたくてしかたなくなってしまう。というか、実はこっそり書きつけておった。結局は身が入らず、俳諧を作る以外のことはしたくなくなって、最後には逃げ出した形だな」

対岸が近づいてきた。あちら側は中田宿(なかだしゅく)と呼ばれる地域だ。さきほど話しかけてきた男と船頭が話しているのを小耳にはさんだところによれば、中田宿はたびたび洪水に襲われ、寂れてしまっているそうだ。

「ひとつ翁に聞いてみたかったことがあるのですが」

長いあいだ抱いていた疑問があり、対岸に到着する前に尋ねてみることにした。せっかく水番をしていたころの話題が出たのだから、この機を逃してはいけない。

「うむ、なんだ」

「たしか翁は水番をされていたころ、宗匠となられましたよね。杉風殿や其角殿もすでに門弟となっていて、翁の名は三都に点者(てんじゃ)として知れ渡っていたはず」

俳諧の作品の優劣を判断して、評点を加える者は点者と呼ばれる。翁のように宗匠立机することで資格を得る。翁は『俳諧関相撲』にて、江戸、大坂(おおさか)、京都における点者十八人のひとりとして遇されていた。名高い点者として評判を得ていたわけだ。

点者は謝礼である点料を受け取る。かなり高額の点料を要求する点者もいると聞く。さらに指導料を別に取る場合もあるという。

しかし翁は宗匠となったのちも水番として働いていた。泥にまみれていた。多くの門弟を抱えていたにもかかわらず。その当時、門弟たちから点料を取っていなかったのだろうか。それが長年の疑問だった。

「なぜ翁は宗匠となられたのに水番をされていたのですか。点料を得て衣食とされなかったのでしょうか」

翁は拍子抜けといった顔となった。

「曾良の鼻息が荒いから、どんな質問かと思ったが」と翁は少しだけ遠い目をしてから、こともなげに言った。

「面倒ではないか」

「面倒ですか」

「点料をもらってしまったら、わたしに育ての務めが生じてしまう」

「育ての務め」

わたしはあほのようにくり返した。

「俳諧が上手になるための、または上手になるまでの、育ての務めだ。だがわたしに言わせれば、上手になる人間は人に世話を受けずとも自ら努力し、先人から学び、勝手に上達していく。そうした努力もせずに近道をしようとする者が、高い点料を払って学ぼうとするのだ。いや、学んだ気になっているだけだな」

「なかなか手厳しいことで」

「そうであろうか。わたしはやさしいぞ。本心から上達を志す者になら、先達として助言でも苦言でもいくらでも与えてやるぞ」

面倒ゆえに、謝礼をもらっての俳諧の評価はしなかった。なんとも翁らしい理由で腑(ふ)に落ちた。一方で、面倒ゆえに水番として働くほうを選ぶなんて、変わり者といった謗(そし)りは免れないようにも思えた。

実をいえば現在も、我ら蕉門は翁に点料を払っていない。翁の生活は門弟からの喜捨で成り立っている。杉風殿のように住まいや生活費を提供する者もいれば、わたしのように炊事の労を担う者もいる。そして翁が点料を受け取らないのは、隠者としての生活を望んでいることによる。

綱吉公が五代将軍となった延宝八年のこと。三十七歳の翁は水番を辞め、日本橋の小田原町から郊外の深川に住まいを移したそうだ。それも杉風殿が所有する生簀(いけす)の番小屋に住み始めた。

翁は市中の喧騒からも、俳壇の俗流からも、距離を置きたかったらしい。侘(わび)しい生活に埋没しようとした。門弟から贈られた芭蕉の株を番小屋のそばに植え、愛好しただけでなく芭蕉という俳号まで用いるようになった。

芭蕉の葉は脆く、風が強いだけでずたずたになる。茎は太いが木材にならない。いわば無用の存在。名利を捨て、世間からは無用者と見なされようとも、俳諧ひと筋に生きると決めた翁にとって、芭蕉は共感すべき存在だったのだろう。

深川隠棲の際、つきっきりで世話をしていた其角殿は、当時についてため息交じりで教えてくれた。

「本当に大変だったのですよ。唯一のたずきである水道の仕事を辞めてしまうし、町外れの深川に移住するなんて言い出すし。今後どうやって暮らしていかれるのですかと尋ねたら、物乞いをして生きていくなんて言うのですから」

実に驚くべきことだが、翁は物を乞うての生き方を純粋と信じている。なにも持たず、住む場所もなく、欲をすべて捨て去った純粋な生き方からでないと、純粋な俳諧を生み出せないとまで考えている。しかしきれいごとでは食べていけない。

「わたしや杉風殿が走り回り、翁がなんとか生活できるように整えたのです。仕事をもう少し続けてくれ、引っ越しの時期を遅らせてくれ、と頼んでも全然言うことを聞いてくれませんでしたからね」

無理難題であることは翁も承知していたはずだ。それでも考えついてしまったからには邁進するのみ。性急に純粋な生き方に身を埋めたいと、周りを困らせたことだろう。

理想と現実の埋め合わせに奔走し、喜捨という形で翁の生活を支える体制を整えた当時の門弟たちに頭が下がる。長らく支えてきた其角殿や杉風殿が、歴戦の兵に見えることとすらあるのだ。

舟が着き、堤を上がった。せっかちな翁は一目散に上がっていく。その背中を追いながら思う。

あなたは憧れだ。俳諧ひとつで世間の耳目を集め、あなたになりたい人をたくさん生んだ。わたしもそのひとりだ。

しかし松尾芭蕉はひとりでいい。わたしはわたしの俳諧で独り立ちする必要がある。そしてそこが一番の難点だった。

其角殿の俳諧は伊達で洒落っけがある。奇抜ながらも知的で、酒と遊里への愛着がまたよい味わいを加える。まぎれもなく其角殿だけの俳諧だ。

では、わたしだけの俳諧とはどんなものなのか。どういった特色を得れば世間に認められるのか。恥ずかしながらその姿はまだ不明瞭だ。

堤の上で振り返ったら富士山が見えた。いったいどうしたらいい。富士山に問いかけてみるが、もちろん答えはなかった。

三

わたしが俳諧と出会ったのは二十歳のころだ。伊勢長島藩に仕官したときに学ぶ機会があった。

もともとは信州上諏訪（かみすわ）の出身で、幼いうちに母の実家へ養子に出された。ところが養父母が相次いで亡くなってしまい、伊勢長島の大智院（だいちいん）で住職をしていた縁者が引き取ってくれ、のちに長島藩主の松平康尚（まつだいらやすひさ）公に仕えるようになった。藩政が安定していたこともあり、勉学に打ちこめるよい時期で、俳諧を学ぶことができたのだ。

天和（てんな）元年、致仕して江戸に下った。三十三歳になっていた。神道に興味を抱き、本格的に学びたくなって江戸の吉川惟足（きっかわこれたる）殿に師事した。

吉川惟足殿は幕府寺社奉行に属する神道方に就き、本所に屋敷を賜っていた。近くに住もうと深川の五間堀（ごけんぼり）に居を構えたところ、松尾桃青のちの松尾芭蕉の名を耳にするようになり、これもまた惹かれて門を叩いたのだった。

和歌は吉川惟足殿のもとでも学んでいた。俳諧は以前より嗜んでいた。『伊勢物語』や『源氏物語』の注釈書のたぐいも読み、文芸の道に明るいといった自負があった。

しかし翁の俳諧はまったく異なっていた。新しくて、求道的で、慎み深い。わたしは衝撃を受け、のめりこんだ。

五七五七七という三十一音の連なりが、和歌の定型となったのは平安時代のこと。この和歌から連歌（れんが）といったものが派生した。

和歌を上の句である五七五と、下の句である七七に分け、ひとりが上の句を詠み、もうひとりが下の句を詠む。合わせて一首の和歌となる。これが連歌だ。連歌は合作された和歌と言っていい。

平安時代後期、さらに五七五、七七とつないでいく長連歌が誕生した。長句である五七五と、短句である七七を延々とつなげていく。五七五、七七、五七五、七七、五七五、七七といった具合に。

長連歌は複数人で行われ、鎌倉時代には百句すなわち百韻でひとまとまりとなる形式に定着した。いまではこの長連歌を、連歌と呼ぶのが一般的となっている。

連歌の面白い点は、複数人で交代しつつ即興で句を作り、百韻を目指すところだ。句の作り手だった者が次には受け取り手となり、受け取り手だった者が次には作り手になる。創作と鑑賞を互いにくり返し、共同作業で百韻を編み出していく。

室町時代へと移り、宗祇が現れたことで、連歌は隆盛を極めた。宗祇は准勅撰（じゅんちょくせん）である『新撰菟玖波集（しんせんつくばしゅう）』を編纂（へんさん）し、連歌の完成と普及に努め、名高いものへと押し上げたのだ。

この連歌が成熟を迎えた同じ時期、盛んになったのが俳諧だ。かつて俳諧は連歌の余興に過ぎなかった。その形式は連歌と変わらない。五七五と七七を複数人でつないでいく。

しかし内容が異なる。俳諧は庶民的でおかしみのあるものを詠む。ときには低俗な笑いを含み、卑猥（ひわい）な言葉すら用いる。

さかのぼれば、『古今和歌集』に俳諧歌といったものがある。俳諧とは滑稽の意だ。『古今和歌集』の俳諧歌は滑稽なものばかり。そうした字義に由来し、連歌のうち滑稽を主眼として詠まれた句は、俳諧之連歌（はいかいのれんが）と呼ばれた。俳諧は連歌の一部だったわけだ。現在はこれが略され、俳諧とのみ呼ばれる。

連歌が名高いものとして広まった一方、戯れとして一段低い位置にあった俳諧だったが、多くの人が興じるようになった。複数人で集まり、即興で句をつないでいくにあたり、滑稽を肝とする俳諧が盛り上がらないわけがない。

連歌が准勅撰の選集を出して正統性を得て、和歌的優美のもとで作られるのに対し、俳諧は正統性からも優美さからも自由だ。なんならそれらから逸脱していくところに、当時の人々は面白味を覚えたのだろう。

真っ当なものに反してふざけるときこそ、新たな着想が呼びこまれるというもの。お、そいつは面白いね、新しいね、うまいこと言うね、なんていうふうに。

俳諧は通俗的な言葉を用いることも、庶民的な価値観を反映させることも、俗習を扱うことも許される。俳諧のこういった点がわたしは好きだ。和歌を規範とする麗しい表現や、和歌でしか表現できない深い情緒も好きだが、それではわたしという人間を、出し尽くせないように感じてしまう。

俳諧の自由と俗っぽさのもとでこそ、等身大の自分を投影できる。実感を込められる。もっと言ってしまえば、この反正統的である俳諧でなければ、真実に迫れないように思われる。そして俳諧の中でも翁が目指すところのものが、自らを最も色濃く出せるように思えて師事したのだった。

二日目は間々田（ままだ）に泊まった。明くる日、朝の遅い時間に出発し、壬生（みぶ）通りを選んで日光を目指した。

次第に最初の歌枕である室（むろ）の八島（やしま）が近づいてくる。そのことを翁に告げなくてはいけないのだが、気が重くて声をかけられない。

というのも、室の八島が壬生通りから外れており、三里ほどの遠回りが必要で、さらに歌枕として期待できないためだった。

出発に先立ち、わたしは歌枕の覚書を準備した。室の八島にまつわる古歌もふたつ書き出してきた。そうした下調べの段階で、室の八島がすでに名ばかりとなっていて、形跡も残っていないとわかっていた。

歌枕の地に立ち、その地を五体で感じたうえで句を生み出すことを楽しみにしていた翁のことだ。寂れた歌枕を目の前にして、落胆してしまうのではと心配なのだ。

これは門弟の多くが同意してくれると思うのだが、わたしたちは翁が落胆する姿を見たくない。翁にはいつもご機嫌でいてほしい。

翁の俳諧の源のひとつである童心は、純真とも言い換えられるだろう。その純真さが汚されるような事態は、なるたけ避けたいのだ。

とはいえ、最初の歌枕を通り過ぎるわけにもいかない。心を決めて翁の隣に並んだ。

「そろそろ室の八島への分かれ道なのですが」

「おお、そうか。室の八島のけぶりならでは、だな」

古歌の一節がさらりと出てくるあたり、さすが翁だ。『詞花集』に載せられている藤原実方（さねかた）のもの。

「しかしながら翁、わたしの調べによれば、室の八島は名が残るばかりとなっているようでして」

「かまわん。たとえそうであっても、まずはこの目で見てみたいからな」

小倉川（こくらがわ）を越え、惣社河岸（そうじゃがし）という舟着き場を過ぎた。田畑がどこまでも広がり、それを二分するかのように細い畦道（あぜみち）が伸びている。やがてこんもりと茂れる神社森が近づいてきて、そこが室の八島だった。

室の八島の正式名称は大神神社(おおみわ)だ。かつて下野国(しもつけのくに)の総社として栄え、このあたりでは最古の神社だそうだ。

境内に湧き水があり、川霧のたぐいが煙のようにいつも立ちのぼっていることから、煙と結びつけて詠む歌枕となったらしい。八島とはかまどの別称だ。煙を上げるかまどの別称が、いつしか歌枕と結びついたのだろう。

「なにもないところだな」

翁が呆然(ぼうぜん)とつぶやく。神社を参詣したあと境内を回ってみたのだが、聞いていた湧き水は見当たらなかった。小島のような土の盛り上がりがいくつかあり、その周りが窪(くぼ)んで水が溜(た)まっていた形跡と思われるのだが、いまや干上がっていて湿ってさえいない。杉の木が頭上を覆い、日中とは思えないほど足元は暗かった。

「誰もいませんね」

そう言いつつ翁の顔を窺う。

「曾良が調べた通りだな」

翁がため息をついた。明らかに失望していた。室の八島が名ばかりとなってしまっていることがわたしの責任のように思え、申し訳なさで身を縮こめる。

しばしふたりで立ち尽くしたが、少しでも慰めになればと、大神神社の縁起を語って聞かせた。

「この神社に祀ってある神様は木花開耶姫なのです。富士山にある浅間神社と同じご神体ですね」

「ほう」

　気落ちしたままもよくないと思ったのか、翁は明るい反応を示してくれた。

「木花開耶姫は天孫である瓊瓊杵尊の后なのですが、夫婦となってたったひと晩で子を宿したものですから、本当に我が子なのかと瓊瓊杵尊に不貞を疑われたのです。そこで木花開耶姫は室に、つまり四方を壁で塗りこめた戸のない家に入って火を放ち、潔白を証明しようとしたとされています」

「火を放って潔白を証明するとは、どういうことだ」

「生まれてくる子が天孫の御子であれば、火の中でも無事に生まれるだろう、違うのであれば生まれないだろう、と誓いの言葉を述べて火を放ったのです。結果、燃えているさなか彦火火出見尊が無事に生まれたので、瓊瓊杵尊の子供と証明できた、ということのようです」

「神道を学んだだけあって、曾良は縁起に詳しいな」

　翁が褒めてくれる。『古事記』も『日本書紀』もかつて読みこんだ。神代のことならお任せあれ、だ。調子に乗ったわたしは、昨日泊まった宿の主人から仕入れた話を披露した。

「またこのあたりでは、コノシロを食べることを禁じているそうなのですよ」

出世魚であるコノシロは、幼魚のころはシンコ、成長するに従ってコハダ、ナカズミ、コノシロと呼び方が変わっていく。手のひらほどの大きさとなれば、もうコノシロと呼ばれる。

「なぜ食べてはいけないのだ」

「コノシロを焼くと、人を焼いたときと同じにおいがするため、だそうでして」

「武家が響きを嫌って食さないとは、よく聞くがな」

コノシロは語呂合わせで「この城」と読めるため、「この城を食う」や「この城を焼く」となって縁起が悪いとされる。

境内を出て、壬生通りへつながる道に戻った。またもや田畑が広がるばかりとなる。

「コノシロは焼かずに、酢で締めて食べるのがうまいな」

さきを歩く翁が独り言のようにもらす。

「そうなのですか」

隣に並んで尋ねた。

「小骨が多いのが難点だがな。背開きにしてさばいたコノシロを、再び重ねて中に甘く味つけしたおからを入れるとうまい。焼いてにおいがよくないというのも、はたしてそうだったろうか」

翁は食べることが好きだ。それに加え、藤堂良忠殿に仕えていたときは台所用人を務めていた。献立や食材の手配や配膳のみでなく、調理にも携わっていたらしい。

「まあ、よい。それより一句できたぞ」

ふいに翁が足を止めた。慌てて筆と記録用の手帳を用意する。中ほどを開き、「どうぞ」と翁にうながした。


〈糸遊(いという)に結(むすび)つきたる煙哉(けぶりかな)〉


糸遊いわゆる陽炎(かげろう)に結びついてのぼる煙であるなあ、といった句意になるのだろう。

翁は今回も出来栄えに納得していないようだ。しきりに首をかしげている。筆や手帳をしまいつつ、其角殿だったらどう評価しただろうか、なんて想像する。

「新しさがないよ」

わたしが勝手に想像した其角殿がつぶやく。

「煙を詠むという和歌の伝統に、引っ張られすぎているかもな」

まったくだ、と頷かざるを得ない。いずれ翁が記す奥州の旅日記に、この句は採用されないだろう。

しかし、と思う。しかし室の八島の縁起を話したわたしとしては、翁が煙を詠んだことがうれしかった。わたしの解説によっていにしえへと翁の目が開かれ、古歌を意識した句を詠んだかもしれないからだ。それだけでもう喜ばしくてしかたなかった。

わたしは翁の役に立ちたい。その一念はもはや焦りに似ていた。


明けて四月一日、日光東照宮(とうしょうぐう)へ向かった。

壬生通りは楡木(にれぎ)で例幣使(れいへいし)街道と合流する。毎年、京都の朝廷からの勅使が、東照宮へ幣帛(へいはく)を奉納するために使う道だ。

例幣使街道の両脇は熊野(くまの)から寄進された二十万本の杉が植えられ、若々しい並木道となっていた。植樹がされたのはわたしが生まれたころだそうだ。

正午に到着となった。前夜から降ったりやんだりをくり返していた雨もちょうど上がった。

神橋(しんきょう)に至り、わたしと翁はそろって感嘆の声を上げた。神橋は中禅寺湖(ちゅうぜんじこ)から流れてくる大谷川(だいやがわ)に架けられた橋だ。欄干や橋板や擬宝珠(ぎぼし)などはすべて朱色で塗られ、その厳かさによってここからさきは神域であることを伝えてくる。

渡るのを許されているのは社参する将軍のみ。例外的に山伏は水垢離と峰入りをするときに限って許された。将軍でも山伏でもないわたしたちは、下流に架けられた仮橋を渡らなくてはならない。仮橋ではわたしたちと同じく日光参詣をする人々が、雁首をそろえて神橋に見とれていた。

参道の石段をのぼった。参道は杉木立の中を曲がりながら続いていく。雨上がりの森はじっとりとしていて、石段を一段また一段とのぼるたびに汗が出た。

まずわたしたちは養源院へ向かい、浅草の清水寺からもらってきた紹介状を届けた。養源院は代々水戸家が大檀家となっている寺院だ。そこで使いの僧をつけてもらい、次に社務所である大楽院に向かった。東照宮拝観の許可を得るためだ。

大楽院では、案内の僧をつけるから待っていてくれ、と座敷へ通された。ところがいくら待っても誰も来ない。

翁を長く待たせると失礼になる。座敷を出て、通りすがりの僧をつかまえた。だいぶ待たされていることを説明する。しかし先客がいて忙しいのだと、にべもない。しかもまだまだ待つことになるだろう、とのこと。その旨を翁に報告すると、「そうか」と不満げに頷いた。

「今後、門人と会う約束があるのだが、一句したためてほしいと頼まれているのだ。それをいまのうちに書いてしまおう」

そう言う翁のために筆と懐紙を準備する。しかし準備を整える前に翁が句をそらんじたため、慌てて自分の手帳に書き留めた。

〈あなたふと木の下暗も日の光〉


なんて尊いことだ、日光というこの地の名にふさわしく、木の下の暗がりにまで光が届いている。そんなところだろうか。

家康公を祀った霊廟のあるこの地で詠んだことから、「日の光」の語には家康公の威徳の意味も含まれているのだろう。すごいな、家康公は。その神徳は木の下の闇にまで届いているぞ、なんていうふうに。

筆と懐紙を手渡した。翁はしばらくためらったあと筆を走らせた。


〈あらたふと木の下暗も日の光〉


さきほど口頭で述べたものと頭の五文字が違っている。

「こちらのほうがいいかと思ってな」

わたしの視線に気づいた翁がつぶやく。翁はでき上がりに納得するまで、何度でも作り直しをする。この句も形を変えていくことになるのだろう。

その後、待てど暮らせど誰も呼びにこない。さすがに翁の表情が険しくなってきた。

わたしひとりならば昼寝でもして、いくらだって時間を潰すことができる。だが翁がいてはそうもいかない。

せっかちな翁のことだ。これ以上待たされれば、堪忍袋の緒が切れる。収拾がつかなくなる。わたしは再び廊下に出て、通りかかった僧をつかまえた。やや語気を強め、いつまで待てばいいのか尋ねた。

ところがその僧は忙しさからいらいらしていたのか、ぞんざいな調子で返してきた。

「あのですね、ただいま御宮の修繕の真っ只中なのですよ。わかっておられますか」

東照宮と大猷院の増築と修繕を行っていることは説明を受けている。伊達藩に手伝いの命が下った大規模なものだそうだ。

「一応、聞いておりますが」

「今日は江戸から絵師の方々が来ておられるのです。取り壊しとなるところの襖絵を、その前に写し取っていただくのですよ。いまはその絵師の方々の接待に追われていて、お待ちくださいとしかこちらも言いようがないのです」

僧はわざとどすどす足音を立てて去っていった。待たされて困っているのはこちらだというのに、迷惑者みたいな扱いを受けた。忙しいのはわかるが、ひどいとばっちりではないか。

座敷に戻り、僧が語ったところをそのまま翁に伝える。翁は目をつぶると、「ぐ」と短くもらした。怒りを呑みこんでもれた声のようだった。

座を持たせるため、旅立ってから今日までの四日間について語ったり、門前町である上鉢石町でうまいものを食べられないだろうかと話を振ってみたりした。

もちろん焼け石に水なのは承知の上だ。不機嫌となった翁の耳に入る言葉などこの世にない。最初は相づちや返事をしてくれていたが、いまや仏頂面となってなにも返ってこない。

正午の到着だったのに、ゆうに一刻は過ぎている。唐突に翁が無言で立ち上がった。眉間に怒りの深いしわが刻まれている。こいつは穏やかではない。襖を開けて出ていこうとするので必死に押し止めた。

「翁、しばしお待ちを」

「こうやって座っていても埒が明かないではないか」

「わたしがもう一度掛け合って参りますから」

「曾良は手ぬるい。わたしが行く」

「いやいや、厄介ごとに関してはわたしの役目ですので」

翁を無理やり座らせ、座敷を出た。襖を閉めて、翁が出てこないことを確認してから頭を抱える。

参ったな。

ちょうどそのとき先刻の僧が通りかかった。すがるように声をかける。

「あのう、申し訳ないのですが」

「またあなたですか。お待ちくださいとしか言いようがないと、さきほどもお伝えしたではないですか」

「忙しいところ大変に申し訳ないのですが、わたしたちも江戸から参りまして、かなり長いこと待たされているのです。わたしはかまわないのですが、いま座敷で待っているわたしの師は、江戸でも名の知れた俳諧の宗匠でして、なんというかその、もう少しこちらの声を聞いて対応していただけないかと」

「あのですね」と僧に鋭く遮られた。「その俳諧の宗匠がどれだけ偉いかわかりませんが、いまわたしたちがてんてこ舞いになってもてなしているのは狩野探信殿なのですよ。あの狩野探信殿が多くの絵師や門人を引き連れ、わざわざやってきているのです。いかな名の知れた俳諧の宗匠とはいえ、あちら様を差し置いて応対させていただくわけにはいきません」

　僧はしゃべっているうちに興奮してきたのか、声が大きくなってきた。これでは中にいる翁に声が届いてしまう。

「あの、その、申し訳ないのですが」

「えええええ、あなたは狩野探信殿の名を聞いても、引き下がらないというのですか」

「そういうわけではなく声が」

「なんて傲慢な方だ。狩野探幽殿のご子息にして、鍛冶橋狩野家二代目の探信殿より、その俳諧の宗匠のほうが偉いとあなたは言うのですね」

「ちょっとお待ちを。わたしの話を」

「いいですか、探信殿は幕府の御用絵師ですぞ。将軍様に謁見できる方ですぞ。お父上の探幽殿と同様に、この御宮の絵の修繕を引き受けておられる方ですぞ。そうした方より、あなたの師のほうが偉いなんてよくもぬけぬけと」

　まったくわたしの話を聞いてくれない。僧はじりじりとにじり寄ってきて、下がったら踵が襖に当たった。その刹那、すとんと襖が左右に大きく開いた。みしりと畳が鳴って、背中で翁を感じた。

「ひ」

　思わず悲鳴をもらしてしまった。きっとすべて聞かれた。比較して見下げられていると翁は知ってしまった。怒り心頭に発するに違いない。

　顔面蒼白となって振り返る。ところが翁は穏やかな面持ちをしていた。端然とわたしを見ている。幸運にも僧の話は耳に入らなかったのだろうか。

「もうよい、曾良。狩野探信殿のお名前はわたしもよく聞いている。奥絵師がいらっしゃっているのならば致し方ない。待とうではないか」

いや、すべて聞いていたようだ。

「さすがお師匠様。話が早くてありがたい。申し訳ありませんが、お呼びするまでもうしばらくお待ちになっていただければ」

翁があっさりと引き下がったことで、僧は気をよくしたようだ。慇懃に礼を述べて去っていった。憎らしいことにわたしには侮蔑の一瞥をよこして。

それにしてもなぜ翁は引き下がったのだろう。御用絵師のうちで最も格式の高い奥絵師の前では、引き下がらざるを得ないと考えたのだろうか。

訝しみつつ座敷へ戻った。そっと翁の横顔を窺う。するとなんの表情も浮かんでいなかった。

「あのう、翁」

心配になって呼びかける。しかし翁は畳に腰を下ろすと、目を閉じてそのまま黙してしまった。

これはわたしの推測だが、御用絵師と比較され、どうでもよくなってしまったのかもしれない。翁にはこういうところがある。嫌気が差すと気持ちが萎え、すべてどうでもよくなってしまう。其角殿から聞いた話では、深川隠栖のときもそうだったという。いやになるとすべてぶん投げてしまうのだ。

翁は物を乞うての生き方を純粋と信じ、世俗的成功を毛嫌いしている。なのに僧が御用絵師とどちらが偉いかなどという談義を持ち出したため、翁の心を冷え冷えとさせたのだろう。どうせ自分は隠者。そういう暗い開き直りをしてしまったようだ。

待たされていた怒りが鎮火したのはよかった。しかし萎えたときの翁の扱いは、これはこれで厄介となる。怒っているならば、なだめすかせばいい。代わりにもっと怒ってみせ、翁の怒りをなし崩しにするといった方法もある。

だが沈んでしまった心を再び浮上させるのは、なかなか困難なのだ。やはりこうしたところも子供っぽさの表れと言えなくもない。

さて、どうしたものか。迷っているうちに案内係の僧がやってきた。拝観後は本日の宿を探す必要があり、拝観の時間は長く取れない。翁を急かして大楽院を出た。

ぽかんと口を開けてしまうほどの大きな石鳥居をくぐった。五重塔を左に見つつ、表門である仁王門にたどり着く。門は獅子(しし)や獏(ばく)などの霊獣の彫刻が施され、なにかひとつ気づくたびに驚きの声をもらしてしまう。くぐって進むと、諸国から送られた銅あるいは石の大きな灯籠が立ち並んでいた。

宝蔵はみっつあった。案内係の僧が由来を教えてくれる。

「あちらに見えるのが、狩野探幽殿が下絵を描かれた象になります」

二頭の大きな動物の彫刻がある。鯨に手足をつけたかのような、猪にも似たような、なにやら妖怪に見えなくもない姿だ。象の名は仏教にまつわる書物でしばしば目にしたが、姿を見るのは初めて。特に左側の象は尻尾が三本もあった。

「お、翁。尻尾が三本もありますよ」

驚いて指差すも、翁は抑揚のない声で疑問を呈す。

「探幽殿は実際に象を見て描いたのだろうか」

「そ、それは」

案内係の僧が言葉に詰まる。どうやら翁の心は沈んだままのようだ。

神厩舎（しんきゆうしや）に施された三猿の彫刻は見所となっていた。手水屋（ちようずや）の柱は御影石（みかげいし）で、銅の鳥居も見事であり、くぐって石段を上がれば左右に鼓楼と鐘楼が配されていた。そしていよいよ陽明門（ようめいもん）と対面となる。

なんだ、これは。

絢爛（けんらん）たる門に言葉を失った。

門全体がおびただしい数の彫刻で覆われていた。仙人、聖人、賢人に、鳥獣から龍（りゆう）などの霊獣まで、極彩色の像がひしめいている。随所に金箔（きんぱく）が貼られ、要所要所で金色の金具が嵌（は）められていた。今日のような薄曇りの日でも金はきらめき、門そのものが宝物であるかのように輝いている。柱や唐獅子（からじし）や龍馬は白い顔料で塗られていた。鮮やかな彩色を施された部分が豪華さを演出するのに対し、柱の白は神秘的で清浄な雰囲気を醸し出している。

東照宮は五十年ほど前に、三代将軍家光公が選りすぐりの名工を集め、大改築を行って完成したという。まさに美の集合体で、この世のものと思えない。あちらこちらと目移りが止まらず、丸一日与えられても見終えることができなそうだ。

はっと我に返って翁を見た。翁は丹念に門を眺めたあと、門の前で恭しく膝を折った。陽明門は武家であれば中の石畳まで進むことができるが、庶民はくぐることを許されていない。門の手前で跪いて拝見することになっている。慌てて翁に並んで正座をし、深く頭を垂れた。

翁は静かな面持ちで陽明門を見上げている。わたしのように浮かれてもいなければ、まるっきりの敬服にも見えない。

なにを思っているのだろう。なにを感じているのだろう。心が凪いだままの翁を心配しつつ、陽明門を退いた。

参道を歩き、巨大な石鳥居まで戻った。ふいに翁が足を止めて振り返る。あたり一帯を埋め尽くす緑を眺めたあと、わたしを見た。

「そのむかし、この山は二に荒れると書いて、ふたらと読んだそうだ。それを弘法大師が寺を建立した際、日光と改めたとか。二荒を音読して日光の字を当てた、と」

「わたしも伺ったことがあります」

「大師様は千年のちの世も予見して、日光と改めたのかもしれないな」

「なぜそう思われるのでしょう」

「東照宮が建てられ、家康公の威光は天下に輝き、恵みは国の隅々にまで行き渡った。すべての民が安楽な生活を送り、世の中も太平に治まっている。大師様はこんなふうに光が行き届くときが来ることを、千年前に予見されて日光と改めたのでは、などと思ってな」

「なるほど」

「素晴らしいな、東照宮も、大師様も、この山々の緑たちも」

翁はぐるりと見渡し、目を細めた。同じようにわたしも周囲を見渡してみる。雨後の植物たちはたっぷりと水を吸い、頭上を覆う葉から下草まですべての緑がのびやかで瑞々しい。折しも今日は四月の一日で初夏の始まりだ。緑の季節が始まる。

「青葉若葉だな」と翁が言う。

「え」

「青葉若葉の日の光のほうがよいな」

そこまで翁が言ったとき、大楽院で懐紙に書いた句についてだと気づく。

「書きつけておきます」

頭陀袋から手帳を出そうとしたが、「かまわん」と制せられた。

「わたしのほうで書き留めておく」

翁は参道の石段を下りていった。

〈あらたふと木の下暗も日の光〉

大楽院で懐紙に書いたあの俳諧を、翁は大胆に変えるつもりのようだ。翁の言葉から判断するに、このように変えるのだろう。

〈あらたふと青葉若葉の日の光〉

こちらのほうが断然よい。夏の季語である「木の下暗」を取り下げ、いま目の前で健やかに広がる緑への感動を、「青葉若葉」としてそのまま詠んだ。

新たな案を出されてみれば、初案は家康公の威徳を賞賛する意図がいささか強すぎることに気づく。人によっては、おもねっていると受け取るかもしれない。また、わたしが作る句のように観念的すぎる嫌いもあった。

それが「青葉若葉」とすることで、家康公の威徳も、弘法大師の先見や仏徳も、日光山(にっこうさん)の新緑も、すべて礼賛する器の大きな句へ生まれ変わっていた。さすが翁だ。作り直しの鮮やかさに驚嘆する。

翁の背中を追いながら考える。大楽院で待たされ、翁の心持ちが萎えたことは、結果的によかったのかもしれない。翁は御用絵師と比較され、自分という存在を改めて自覚したに違いない。自らは無用者で世捨て人である、と。

初案では翁の浮かれた心が透けて見えた。東照宮を初めて訪れ、心が浮き立ち、家康公を仰ぎ尊ぶ思いが率直に出すぎていた。しかし自らの立ち位置を再確認し、そのうえで句を作り直したことで、句の品格が押し上げられた。

「ふふ」

忍び笑いが声になって出る。詩文において添削することを斧正と言い、我ら門弟は翁の斧正を請う立場にあるのだが、翁は自らの句へ斧正を行うときこそ並々ならぬ才を発揮する。作り直しにかけて、翁以上の才覚を見たことがない。日の本一であるとわたしは信じている。

この作り直しの現場に居合わせられることに、わたしは無上の喜びを感じる。多くの人々を感心せしめ、胸の奥を震わせる句が誕生する場にいられるなんて、なんて幸せなのだろう。

奥州の旅のあいだ、名句の誕生の場面にあと何度立ち会えるだろうか。旅中に自分の俳諧の腕を上げたいのは山々だが、なにが一番の望みかと問われれば、いまのところは翁の名句の誕生に立ち会いたい。目撃者となり、最初の享受者になりたい。俳諧を愛する者にとって、これほどの幸せはないではないか。

　わたしは興奮してきて、小走りで翁を追いかけた。

四

　東照宮の門前町である上鉢石町の旅籠に泊まった。近隣は土産物屋をはじめとして多くの店舗が建ち並び、にぎわいを見せていた。

　旅籠の上り口で主人の五左衛門（ござえもん）が、妻を伴って挨拶してくれた。ふたりともわたしと同い年くらいだろうか。挨拶の折、五左衛門が面白いことを言う。

「なんでもかんでもお申しつけくださいませ。どんなことでもお応えさせていただきましょう。なにせわたしは仏（ほとけ）五左衛門と呼ばれておりますゆえ」

「仏ですか」

　思わずわたしは聞き返した。なんとも大仰だ。

「万事につけて正直を第一としておりましたら、世間がそのようにわたしを呼ぶようになりまして」

「ほお、仏五左衛門殿とな」と翁が感に打たれたのか、ずいと前に出た。「いったいどのような御仏（みほとけ）が、濁り穢（けが）れた現（うつ）し世（よ）に仮の姿でやってきて、格好ばかりは僧の乞食巡礼であるわたしたちをお助けしてくださるというのか」

どうやら翁は隠者としての気分からまだ抜け出していないようだ。芝居がかった卑下をしてみせる。五左衛門が応じかけたが、彼の後ろに控えていた妻がさっと割って入った。

「お疲れでしょうから、まずはお荷物を下ろしていただいたほうがよろしいかと」

勧めに従い、荷物を下ろしてわらじを脱いだ。桶に汲んでくれた湯で足を洗う。土間を上がり、廊下を進んで客間へ向かった。翁に続いて客間に入ろうとすると、五左衛門の妻に小声で呼び止められた。

「もし、旅のお方。申し訳ないのですが」

「なにか」

「うちの人はお泊まりになった方の話を伺うのが好きなのですが、調子に乗るとずけずけと立ち入ったことまでお尋ねしてしまうのです。悪気はないのですけれど、しつこいようでしたら、ほっといてくださいましね」

「はあ」

返事は曖昧にしておいた。それというのも翁が、旅先での人との出会いを楽しみにしているからだ。中でも風雅のある人との出会いを、このうえない喜びとまでかつて語っていた。

日頃の翁は、考え方が古かったり頑固だったりする人を毛嫌いし、顧みることもしない。しかしそうした人であっても、旅先の片田舎で出会い、道連れとして語り合って、粗末な家や葎の這い回るあばら家などでいっしょに泊まるうちに、風雅を解する人だと見出すことがある。これこそ旅の醍醐味と翁は言う。瓦礫のうちから宝玉を拾うような、泥の中から黄金を見つけるような心地がするのだそうだ。

旅装を解く翁は浮き浮きとしていた。仏五左衛門という新たな宝玉か黄金に出会えたかもと、期待しているようだった。

夕食後、翁から句を提出するように言われた。鹿島神宮へ参詣したときのことは、翁によって『鹿島詣』としてまとめられ、わたしや宗波の句も載録してくれた。同じように奥州の旅をまとめる旅日記にも、わたしの句を載せてくれるようで、よい句ができたら申し出るように言われていたのだ。

翁を前にしていくつかそらんじる。だが芳しい反応が返ってこない。翁は低く唸ってから言った。

「ものになりそうなのは黒髪山の句ぐらいか」

わたしたち門弟の句は、翁に斧正を請うたうえで載録される。添削を受け、どういったふうに作り直されるかは知るよしもないが、翁の句とともに載せてもらえるのだから光栄だ。

ただ、でき上がった句を告げても、毎度よくない反応しか引き出せないのが忍びない。収穫なしといった顔をする翁を見るたびに、わき腹を針で突かれたような心地がする。

みしみしと廊下から足音が聞こえた。やってきたのは行燈（あんどん）を手にした五左衛門だった。

「少しばかりよいですかな」

本人が意識しているのかどうかわからないが、五左衛門は仏像のような薄い微笑（ほほえ）みを口元に湛えていた。翁が待ってましたとばかりに迎え入れる。気まずい雰囲気となりつつあったので、ありがたい訪れだった。

ひと通り自己紹介を交わしたあと、五左衛門が質問を投げかけ、翁が答えるといったやり取りが続いた。五左衛門は自らを田舎者とへりくだるが、なかなか博識だった。杜甫や荘子（そうし）や西行上人に関しての説明がいらない。好奇心が強いと見え、江戸について、俳諧について、いままでの翁の旅について、あれこれ矢継ぎ早に質問をする。

的外れな質問がないので、安心して聞いていられた。翁が回答すれば、大袈裟なくらい驚嘆してみせる。合いの手も絶妙だ。この仏はだいぶ聞き上手のようだ。

翁も話していて気分がいいようで、饒舌（じょうぜつ）になっていく。五左衛門の質問がいままでわたしが尋ねたことのない事柄にまで及ぶものだから、わたしも興味津々で耳を傾けた。

雲行きが変わったのは、翁の深川での生活に関しての質問が出てからだった。

「わたしがわからないのは、芭蕉殿が隠者として生活していることです。俳諧の宗匠であるなら、人に教えて点料を取るのが当然でしょう。というより、がっぽり稼ぐことができるはず。それなのになにゆえ江戸市中から退いて、深川などという辺鄙なところで隠遁生活をされておられるのか」

　それまで軽快に答えていた翁が初めて詰まった。代わりにわたしが答える。

「点料を取れば、その人を育てねばならないと翁は考えておられるようでして」

「本当でしょうか」と五左衛門は疑いの笑みを浮かべた。「門弟の面倒がいやで逃げる諸芸の師匠なんて、わたしは聞いたことがありませんよ。まずは人に教えて、それで自分の食い扶持を稼ぐことのほうが、筋が通っているではありませんか」

「翁は教えることで食べていくよりも、自らの俳諧を極めたくなったのです」

　翁に答える隙を与えず、すかさず主張した。出しゃばっただろうかと翁を窺うと、表情は曇っていた。

「実のところ、芭蕉殿はほかの俳諧の宗匠に負けたのではございませんか」

　五左衛門が無遠慮に言い放ち、ひっと悲鳴が起きそうになるのをこらえる。五左衛門の妻がずけずけと言っていたのはこのことか。

「いや、翁に限ってはそのようなことはけっして」

　間髪を容れずに否定した。しかし五左衛門は引き下がらない。翁を真っ直ぐ見つめて詰め寄る。

「繁華な江戸市中で食べていくには、ほかの俳諧の宗匠に勝ち続けなくてはいけないわけでしょう。それができなくて芭蕉殿は深川にお隠れになられたのでは。いかがでしょうか」

これほどまでの放言は聞いたことがない。さすがに翁も怒り出すのでは。びくびくしながら答えを待つ。

すると翁は意外にも穏やかに切り出した。片田舎で出会えた新たな宝玉か黄金かどうかは、胸襟を開いて語り合ってみないとわからない。そんなふうに考えているのかもしれない。

「五左衛門殿の言うところの、勝ち続けなくてはいけないといった問題はたしかにありました。しかし単純に嫌気が差したのですよ。点料を取って生計を立てていくとなれば、世間に名が売れる必要があります。多くの門人を抱える必要も出てきます。そうした場合、媚を売ったり、門人のご機嫌取りをしたりしなくてはならない。それがなによりいやだったのです」

五左衛門は翁の答えに納得がいっていないようだ。媚を売るのも、門人のご機嫌取りも、宗匠の仕事のうちのひとつのはず。そう顔に書いてある。翁も五左衛門の釈然としない様子に気づいたらしい。笑顔で説き伏せにかかった。

「まあ、深川での生活も悪くないものですよ。杜甫が浣花渓という名の川に臨んだ書斎で過ごしていた気分を、同じように深川でも味わえるのですから。江戸市中でないからこそ、侘び(わ)に徹した生活を送れるわけです」

翁は杜甫の茅舎(ぼうしゃ)の漢詩を愛している。茅葺(かやぶ)きの粗末な家に住み、雨漏りのために寝床が濡れてしまっている、と詠った詩だ。翁は杜甫の詩境である侘びを積極的に継承したがっている。ゆえに杜甫に自らを重ねるようなことを好んでする。

「それですよ、それ」

突然、五左衛門が膝立ちになった。急に興奮を見せたので、わたしも翁も驚いて座したままのけ反った。

「わたしが理解しかねるのは、そういった杜甫気取りなところですよ」

「杜甫気取り」

思わずわたしは声を裏返してくり返してしまった。なんという危うい言葉を。

「芭蕉殿にはそういったところがあると、お話を伺っているあいだに思っておりました。たとえば西行上人の名前が出たときも、西行気取りのところがあるなあ、と」

「ご、五左衛門殿」

ずけずけにもほどがある。こうなったら力ずくでも口を塞がなければ。しかし片膝を立てたところで、「よい」と翁が制してくる。

五左衛門はわたしたちが気色ばんだことに気づいてもいないようだ。なんて鈍い人だろう。悪びれる様子もなく、正座に戻って朗らかに続けた。

「芭蕉殿は多くの先人に、並々ならぬ憧れを抱いているお方なのですね。しかしながら、西行上人が生きておられたころと、いまの世は違います。西行上人が生きておられた時代は、武家が台頭して世の中はたいそう荒れておりました。そうしたなかでも西行上人は隠者として生き、旅をしたわけです。それを天下が治まっているいまの世で、芭蕉殿が西行上人の境涯をまねることになんの意義がありましょうか。容易な道に思えますが」

「翁は先人のあとをただ求めているのではなくて、先人の求めていたところを求めているのですよ」

翁が常々口にしている言葉でわたしは答えた。だが五左衛門の疑問を覆すことはできなかったようだ。微笑んで返してくる。

「おっしゃられるところの違いが、わたしにはわかりません。杜甫の詩にしても、田舎者であるわたしの浅薄な知識でしかないのですが、彼は天下国家に相対しての政を題材としていたではないですか。それを芭蕉殿が都合よく貧寒や侘びばかりを抜き出して讃えるのは、手抜かりというもの。牽強付会というやつです」

わたしは目を白黒させて固まってしまった。五左衛門の指摘も一理あったためだ。けれど翁への批判とも取れる言葉を、放っておくわけにはいかない。

「たしかに杜甫の詩において政は重要な一面です。しかし浣花渓が流れる成都に住んでいたころは、杜甫も自然や身近なことがらを題材とし、そのあたりを含めて考えていただいたほうがよろしいかと」

　杜甫について知りうるかぎりを注ぎこんで抵抗したため、答えはこじつけとなった。自分でもなにを言っているのかわからないくらいだ。二の矢をどうすべきかと焦っていると、五左衛門があっけらかんと笑った。

「あはは、そうですか。わたしは浅学ゆえ、これ以上杜甫に関して深くは存じ上げません。すみません」

　やけに簡単に引き下がった。肩透かしを食らった形になる。おかしな方向に転がっていた話が、やっと止まった。そっと安堵の息を吐く。しかし翁はすっかり意気消沈してしまっていた。

「おや、これは」と五左衛門がおどけた声を出す。「申し訳ない。またやってしまった。つい探究心にあおられ、しつこく問いかけてお客様の気分を害してしまうことがしばしばあるのですよ。わたしがあまりにしつこいゆえ、仏五左衛門ならぬ、ほっとけ五左衛門と陰では言われているようでして。肝胆相照らしたいがゆえに気が急いて、忌憚のない意見を述べねばと執心するうちに、お客様を怒らせてしまうことが多々ありまして。これもまたわたしが正直すぎるゆえの過ち。まことに申し訳ございませんでした。ああ、また妻に叱られる」

　五左衛門はぺこぺこと頭を下げ、泣きまねなどをしつつ下がっていった。しんと静まり返ったところで翁に語りかける。

「あの、翁」

　返事はない。わたしの声は聞こえているはずなのに、寝支度を整えて布団に仰向けになった。辱めを受けたというより、五左衛門の無邪気な指摘が正鵠を射てしまい、翁の心を傷つけたといったふうだった。そっと翁に投げかける。

「口さがない人でしたな」

　今度は短く答えがあった。

「知らん」

　翁は五左衛門との出会いを、最初からなかったものにしたいのかもしれない。翁が今後したためる奥州の旅日記には、今宵の出来事は登場しないだろう。登場するにしても、たぶん色づけされたものになる。わたしと翁が断金の交わりを結んだ、と色づけされたように。

　行燈の火を消し、わたしも横になった。五左衛門の起こしたことが胸をざわつかせ、眠りに就くことができない。真っ暗な天井を見上げていると、ぼそぼそと翁の声が聞こえてきた。

「どのような御仏かと思ったら、無知無分別で気遣いのない男だったな。本人はそれを正直さゆえと思っているようだったが」

「あんな田舎者の言うことは、お気になさらずに」

しばらくの沈黙のあと返答があった。

「だが五左衛門殿は本当のことを言ってくれた。あの性分の清らかさは、ある意味最も尊ぶべきものかもしれん。誰からも言われなかったことだからな」

翁は五左衛門とのことを、なんとか呑みこもうとしているようだった。であるならば、わたしから言うべきことはもうなにもない。慰めを重ねれば、かえって翁を傷つける。

その後、翁は悔しさのためか寝つけないようだった。寝返りを打ったり、足をばたつかせたり、薄闇の中で悶えていた。

かわいそうな、翁。

翁は理想が高く、なにごとにつけても勝手に期待し、理想が高すぎるゆえに勝手に失望する。今宵の五左衛門との出会いにも、相当期待したのだろう。

深川へ隠退した理由のひとつに、翁特有のこの過大な期待が関係していたとわたしは睨(にら)んでいる。俳諧を学びたいと門戸を叩いてくる人物に勝手に期待し、勝手に失望することをくり返し、疲弊したのでは。

翁としては、自らが掲げる俳諧の理想と響き合う人物との出会いを求めているのに、やってくるのは名のある宗匠からお墨つきを与えられたい俗物ばかり。俳諧は理想を理解しようとしてくれる人物とだけ。そう翁は他を見限り、深川に下がったのかもしれない。これ以上失望したくなくて。これ以上傷つきたくなくて。

明くる日は快晴だった。一里ほど歩いて裏見(うらみ)の滝を見物し、その戻りに含満ヶ淵(がんまんがふち)へ寄った。

裏見の滝は山道を分け入ったさきにあった。岩屋のある岩山の頂上から、滝の水が百尺も直下に流れ飛んでいた。滝壺は岩が重なり合ったその底にあり、水の色は青々として深そうだ。

岩屋にかがんで入り、進んでいくと滝の裏に出た。滝を裏側から見られることから、裏見の滝と言うのだそうだ。

滝の裏側は涼しかった。水音が左右からこだまして凄(すご)みがある。翁が目を細めて言う。

「まるで夏行(げぎょう)だな」

四月十六日からの九十日間、僧が一室にこもって念仏を唱えたり、写経をしたりすることを夏行と言う。滝の裏側の岩窟で身を潜めている様子が、夏行のようだというのだ。

なるほど、面白い。

翁は仏五左衛門の一件で、朝までまんじりともできなかったようだ。顔色がすぐれない。かく言うわたしも、翁が憐(あわ)れでほとんど寝つけなかった。

二人旅はひとりの気分が沈むと、伝播(でんぱ)してふたりとも沈みがちになる。わたしも翁も黙って滝の裏にこもった。時間の流れが翁の心を慰めることを願いつつ。

大田原(おおたわら)に向けて出発したのは、昼近くになってからだった。今市(いまいち)まで戻り、そこから問屋場(といやば)である大渡(おおわたり)へ向かうのが通常の道順だ。だが五左衛門が近道を教えてくれた。

五左衛門は昨夜の一件で、妻から相当絞られたらしい。お詫(わ)びとして近道を丁寧に教えてくれた。まずは二十町ほど下り、左に切れたあと大谷川を越えて大渡へ。このほうが今市経由より一里ほど近い。

その大渡へたどり着き、舟で絹川(きぬがわ)を渡った。北東へ向かって歩を進めると、船生(ふにゅう)を過ぎたころ天気が急変した。黒い雲が押し寄せ、猛烈な雷雨となった。雨は横殴りで、菅笠をかぶっているのに顔はびしょ濡れだ。普請されていない道は、あっという間にぬかるみに変わった。

翁に教わったぬかるみでの歩き方で進む。雨宿りをする辻堂(つじどう)もないので前進あるのみ。雷鳴の轟(とどろ)きは江戸市中で聞くより間近に聞こえる。稲光に何度も身をすくめ、落雷のたびに地響きがした。

ほうほうの体で玉生(たまにゅう)にたどり着き、早めに宿を取ることにした。ところがみすぼらしい宿しかなくて、翁が首を縦に振らない。どうしたって汚い宿に泊まりたくないのだ。

「わたしたちは泥まみれの濡れ鼠で、贅沢を言えた義理ではないのですよ」

強く言って説得を試みたが、翁は譲らない。さすがに小憎らしくなってきて、憐れに思った昨夜が惜しくなる。しかたがないので名主の家を探し、無理を言って泊めてもらった。

明けて四月三日、雨が上がった。快晴だ。那須野へ足を踏み入れる。那須野は恐ろしくだだっ広い野原だった。痩せ地なのか、日陰を作る大樹が一本も見当たらない。草たちは自由に高く生い茂り、人が隠れていても気づかないだろう。

昨夜世話になった名主は、那須野は日も落ちないうちから追いはぎが出ると言っていた。日が落ちたら落ちたで狼に出くわすという。狼は数十頭と群れを成し、出会ったが最後だとか。さらに狐狸に騙されるなんて話まで吹きこまれ、翁もわたしも黙々とさきを急いだ。

道なりに進めばよかったのだが、名主の話が耳にこびりついていたのか、翁が近道を主張した。はるか遠くに村らしきものが見え、方向は合ってはいた。

わたしは反対した。初めての土地で往来から外れるのはよくない。しかし昨晩に泊まる宿に関して押し問答をしたばかり。言い争うのがいやで、「迷っても知りませんからね」と断りを入れて従った。

下草が踏み分けられてできた小道を行く。翁は意気揚々と進んでいき、その背中を渋々追った。次第に草の丈が高くなってくる。わたしは不安で振り返りつつ進んだが、翁はとにかく突き進んだ。

やがて踏み分け道は草に埋没し、道と呼べないものとなり、見えていたはずの村を見失った。翁の背中が焦慮に駆られているのがわかる。止まって思案すればいいのに、近道を主張した手前ばつが悪いのか、意地になっているのか、どんどん足早になっていく。

翁は草が低いところを選んで進んだ。右を目指したり左を目指したりと一貫性はなく、いつしかどちらの方角へ進んでいるのかさえわからなくなった。わたしは呆れ返るとともに意地悪な気持ちが芽生えてきて、あえて声をかけなかった。翁には申し訳ないのだけれど。

もはややみくもに突き進んでいるようにしか見えなくなったそのとき、翁の足が止まった。追いついてその背に立つと、翁が前を向いたまま言う。

「すまぬ」

人に謝ることがまずない翁が謝った。そのことに驚く。それから畏れ多さと、ほんの少しのかわいげを覚えた。普段は宗匠然とした態度に努めている翁が謝ったのだ。どうしてかわいげを覚えずにいられよう。安心させたくて、その背中にやさしく語りかける。

「いかがいたしましょうか。どこまで行っても草、草、草。笑ってしまいそうになるくらいですね」

「ちょうど人の背丈ほどの草木のせいで見晴らしが遮られてしまう。高い木があれば、のぼって方角だけでも見極められるのだが」

「では肩車をいたしましょう。ほんの少しでも見晴らしがよくなりますよ」

意外そうに翁が振り向く。ためらう翁をほぼ無理やり肩に乗せて担いだ。存外に軽く、魂や来歴は体重に関係ないのだな、なんて当たり前のことを考えた。

「どうでしょう、翁。なにか見えますか」

肩車をしたままゆっくりと左回りで足踏みをする。

「む」と翁がもらした。「まぐさを負う者がおるぞ」

牛馬の飼料となるまぐさを背負って運ぶ者がいるようだ。急いで翁を下ろし、その者を追った。

追ううちに草の丈が低くなっていった。まぐさを背負う男の背中が近づいてくる。視界が開けていき、馬が見えた。男はその馬のそばまで行くと、背負っていたまぐさを下ろした。刈り集めたものをまとめて馬で運ぶのだろう。

驚いたことに、馬のそばにはふたりの子供がいた。ひとりは幼い女子(おなご)のようで、もうひとりはさらに小さい坊主だ。姉と弟だろう。

「あれは狸(たぬき)の親子であろうか」

翁が臆したのか歩調をゆるめる。

「なにをおっしゃっているんですか。渡りに舟ならぬ、迷い道に馬ではないですか。ここはひとつ案内してもらうように頼みましょう」

男がわたしたちに気づいた。作業をやめてこちらを窺っている。野中で働く者特有のむさ苦しさを漂わせており、翁がひるむのがわかった。

「人情を解さず、邪険にあしらわれるかもしれんな」

「ではわたしが交渉いたしましょう」

「いや、わたしが行く」

道に迷った責任を感じているのか、翁にしては珍しく率先して近づいていった。切々と訴え、助けを請う声が聞こえる。男はこのあたりの土地の訛りなのか、抑揚のない間延びした話し方をした。

「さて、どうしたもんでしょうかねえ。わたしはまだ仕事の最中で、あなたがたを馬に乗せて案内する暇がないんですよねえ。だけんども、この那須野は道が東西縦横に分かれ、しかも入り組んでおります。初めて訪れる旅のお方は迷ってしまわれるでしょうねえ。困ったなあ」

悪い男ではないようだ。

「どうしたの」

子供のうちの姉のほうがやってきて男に尋ねた。年齢は五つか六つほど。麻の着物は着たきり雀のようで薄汚れている。顔立ちは無骨な父親と違い、ちんまりとして愛らしかった。男はその娘の顔を見て心を決めたようだ。

「わかりました。心配ですからうちの馬をお貸しいたしましょう。この馬はいつも隣村へまぐさを運ぶので道を知っております。こいつに乗っていき、動かなくなったところでお返しください」

男に丁重に礼を言って別れた。借りた栗毛の馬はがっしりしていて、豊かなたてがみを誇っていた。温厚な性格のようで、手綱を取って引くわたしにおとなしく従う。乗り心地もまずまずらしく、鞍に跨る翁はご満悦な様子だ。一時はどうなることかと思ったが、これで無事に那須野を抜けられるだろう。

後ろから駆けてくる足音が聞こえ、振り向いたらさきほどの娘とその弟だった。

「お見送り」

娘が息を弾ませて言う。こんなかわいらしい見送りは初めてだ。名を問うと元気な声が返ってくる。

「かさね」

「よい名ではないか」と馬上で翁が微笑む。「こんな鄙びた土地で、そうした優雅な名を聞けるとは思わなかったぞ」

かさねは褒められて恥ずかしいのか、遅れていた弟をうつむき加減で呼び寄せ、その手をつないだ。

「もし自分に子がいたら、かさねという名前をつけたかったものだ。なあ、曾良よ」

仏五左衛門との一件で消沈していた翁の気分が上向きになっている。優雅な名を持つ少女との出会いのおかげだ。馬上の翁に向かって言う。

「古来、かわいらしい子供を撫子（なでしこ）の花にたとえますが、この子はかさねという名ですから、撫子の中でも花弁を重ねた八重撫子となるんでしょうね」

「曾良よ。一句できているではないか」

「え」

疑問の声を上げて翁を見ると、なんとも楽しげに笑っている。翁はわたしが話した言葉を俳諧にして述べてみせた。


〈かさねとは八重撫子の名なるべし〉


そのままだ。そのままだが、風雅な名前を持つ少女との出会いを記念した、よい句となっていた。些事もすべからく俳諧にしてしまう翁の才腕に舌を巻く。

子供らが馬に蹴られたら一大事なので、手綱を引くわたしの外側を歩くようにかさねへ伝える。すると彼女は弟の手を取ったまま、空いたもう片方の手でわたしの手を握ってきた。

そうか、幼き者の手は、こんなにもささやかで、やわらかいのか。

わたしは妻も子もいない。いま一瞬、手を握られて夢を見た。もし自分に子がいたら、このように手をつないだかもしれない、と。

「おじさんたちはお坊さんなの」

かさねが見上げて尋ねてくる。翁を窺うと、おまえが答えよ、と目で伝えてくる。

「わたしたちはお坊さんの格好をしているが、正しくはお坊さんではないのだよ。仏道の修行をしているわけではないのでね」

やさしく嚙み砕いて伝えたが、幼い子には理解しがたいようだ。かさねは小首をかしげた。

「おじさんたちは働いていないの」

これまた答えに窮する問いだった。この子の父親は野良着を真っ黒にして働いている。ふらふらと旅をして、道に迷うわたしたちの姿は、幼い彼女の目に奇異なものとして映るに違いない。

「かさねは和歌を知っているかな。わたしたちは和歌のような俳諧といったものを作っていて、そのための修行の旅をしているのだよ」

「いろは歌だったら、ちょっとだけ知ってる」

「そうか、偉いな。だったらそのいろは歌の遠い親戚みたいなものが俳諧だ。おじさんたちはその俳諧のために、百日以上かけて歩く修行をしにいくところなんだよ。北の地へ、生きて帰ってこられるかもわからない修行の旅へ行くんだ」

かさねは目を見開き、信じられないといった顔つきで尋ねてくる。

「いろは歌みたいなもののために、危ない旅に出るの」

わたしは苦笑いで頷いた。

翁は常日頃、自らの俳諧は夏炉冬扇（かろとうせん）と口にする。暑い夏に囲炉裏はいらず、寒い冬に扇はいらない。それらと同様の実生活になんの役にも立たない俳諧を作っているのだ、と門弟に説く。多くの人の好みや求めに逆らった、誰も必要としていないものを作っていることを忘れるな、だそうだ。

これらの言葉は翁の志を裏返したものと受け取っている。実生活に用立てるのではなく、純粋な俳諧を作ろうといった志を裏返したもの。

ただ実際のところ、かさねのような子に俳諧はまさに無縁で無用の代物だ。夏炉冬扇を作る身と自覚しているが、わたしたちにとって大切なものをわかってもらえない寂しさがある。一方で、本来は重なり合わない一生を送る彼女と、ほんの一時でもいっしょに過ごせた喜ばしさがあった。

この寂しさと喜ばしさ。旅だからこそ味わうものなのだろう。

「気をつけてね」

かさねとその弟は大きく手を振って帰っていった。手のひらには彼女の温もりがまだ残っている。出会いの余韻に浸りたくて、わたしは黙して歩いた。翁も同じ心境のようだ。笑みを浮かべ、ただただ馬に揺られている。

まもなくして人里へ出た。駄賃を鞍壺に結びつけ、馬を放って返した。再び徒歩にて進み、大田原を過ぎて黒羽へ至った。

訪れの約束をしてある翠桃殿の屋敷は、黒羽より二十町ほど西にそれた余瀬という土地にあった。やや戻る形で余瀬にたどり着いたのは、夜も遅くになってからだった。

黒羽の藩主である大関増恒殿はわずか四歳で、いまは江戸屋敷に住んでいる。そのため城代家老として、浄法寺図書高勝殿が代わりに藩政を取り仕切っていた。

この図書殿こそ、秋鴉といった俳号を持つ翁の門弟で、その弟が翠桃の俳号を持つ鹿子畑豊明殿だった。

図書殿も翠桃殿も幼き日に江戸に出て、翁に薫陶を得た。黒羽に戻って十年、図書殿は二十九歳、翠桃殿は二十八歳。いまはそれぞれ浄法寺家と鹿子畑家の当主として納まっている。

兄弟のうち弟の翠桃殿の俳号には桃の一字がつく。翁が与えた俳号のためだ。翁はかつての俳号である松尾桃青から、桃の一字を授けるのが慣例となっている。兄弟はともに翁を慕っているが、特に翠桃殿の心酔ぶりは甚だしく、出府のときには必ず深川へ顔を出している。

黒羽の二日目は、兄である図書殿の屋敷へ招かれた。一族を挙げての大歓迎を受けた。ご馳走が振る舞われ、久々に酒を口にした。

わたしも翁も酒は好きだ。翁に至ってはかなりの量を飲む。しかし節度は守り、酩酊はしない。また、あえて貧賤たろうとする翁だが、もてなしの酒はきちんと楽しむ。そのあたりやはり無風流ではない。

この日は疲れているために早めに床に就き、夜中に起き出してまたみんなで酒を飲んで、菓子を食べた。翁も図書殿も翠桃殿も久方ぶりのためか、話が尽きない。兄弟は風流を解する者たちゆえ、翁も心を許して寛いでいた。

明けて五日、雲巌寺に出かけた。翁たっての希望だ。翁の禅の師匠である仏頂和尚が、雲巌寺で山籠りしたことがあり、その草庵を見たいのだという。

仏頂和尚は深川にある臨川庵によく滞在していたと聞く。翁はちょくちょく通い、禅を習ったのだそうだ。わたしもお会いしたことがある。二年前、翁とともに鹿島神宮参詣に出かけた際に世話になり、十五夜の月をともに眺めた。

雲巌寺へは図書殿や翠桃殿とともに向かった。彼らの一族や当地の俳諧仲間が続々と集まってきて、気づけばかなりの大人数となった。若い者が多い。にぎやかで華やいだ一行となり、先頭を歩く翁も笑みが絶えない。
深川を発(た)って以降、翁とずっとふたりきりだったから大勢は楽しい。まるで祭りのようだ。騒ぎながら歩いているうちに、あっという間に到着した。寺の裏山へのぼり、草庵を見学する。

〈竪横(たてよこ)の五尺にたらぬ草の庵(いほ)むすぶもくやし雨なかりせば〉

これは仏頂和尚が草庵で過ごしていたころ、松明(たいまつ)の燃えさしで岩に書きつけたとされる和歌だ。縦横が五尺にも満たない小さな草庵でさえ、造らなければならないのは残念だと言っている。雨さえ降らなければ草庵もいらないのに、と。
なにも所有せず、住むところもいらない。この無所有、無所住の境地は翁と同じもの。というより翁が仏頂和尚に傾倒し、強く影響を受けていた。翁の乞食僧への大いなる憧憬は、仏頂和尚から始まっているのだろう。
草庵を前にして翁が詠んだ句を手帳に書き留める。

〈木啄(きつつき)も庵はやぶらず夏木立〉

句意としては、夏木立に囲まれた中、仏頂和尚の草庵は啄木鳥(きつつき)に突き破られることもなく、往時のまま残っていることだ、といったところ。寺を突き壊すとされる啄木鳥ではあるが、仏頂和尚の草庵は壊さなかったと讃える気持ちが込められている。翁はどこまでも仏頂和尚を敬愛していた。

それにしても、と思う。それにしても翁は矛盾だらけだ。無依(むえ)の道者(どうしゃ)たる仏頂和尚の草庵を訪ねたいと願い、敬愛する和尚に倣って捨身行脚を望むのに、みすぼらしい宿は嫌い、ご馳走も酒もたいらげ、人の輪に加わることを好む。つまり徹底的な世捨人にはならない。

翁は自らの矛盾にどれだけ自覚的なのだろう。随行していると、翁の矛盾をこれでもかと目にする。多くの人に囲まれて楽しげな翁の姿を、あえて離れて見守った。

五

黒羽には足かけ十四日間も滞在した。

深川を発ってさほど経っていないのに、十四日間も滞在したのは翁が出立の意思を示さなかったからだ。雨で足止めされたことも理由に挙げられるが、図書殿と翠桃殿が様々なもてなしをしてくれて、立ち去りがたくなったようだった。

滞在中、兄弟に誘われてあちらこちらへ足を延ばした。四月九日は雨の中を光明寺へ出かけた。

光明寺の住職の妻は図書殿たちの妹だという。修験道の開祖である役行者を祀った行者堂があり、役行者が履いていたとされる一本歯の足駄が安置されていた。翁は一句残している。


〈夏山や首途を拝む高あしだ〉


十二日は図書殿と犬追物の跡を見にいった。犬追物とは鎌倉時代に流行した、走る犬を馬上から弓で射る武技のことだ。

「犬追物といえば、三浦介義明だな」

翁は謡曲『殺生石』を引き合いに出して、弓を引く格好をする。翁は謡曲が大好きなのだ。

「さすが翁。よくご存じで」

図書殿が拍手を送ってほめそやす。

鳥羽院の時代、玉藻の前という美しい寵姫がいた。しかし彼女は金毛九尾の妖狐が化けたもの。正体を見破られて退治される。妖狐を弓で射殺したのが三浦介義明だ。妖狐の怨霊は那須の殺生石となったとされる。

十三日は金丸八幡へ足を運んだ。那須与一が屋島の合戦で、平家の小舟に立てられた扇の的を射落とした逸話を知らない者はいないだろう。

那須与一が弓を放つ際、〈南無八幡大菩薩、我が国の神明、日光の権現、宇都宮、那須の湯泉大明神、願はくは、あの扇の真ん中射させてたばせたまへ〉と願いを捧げたのは、この金丸八幡だったそうだ。『平家物語』で読んだあの名場面がよみがえり、わたしも翁も大興奮だった。

十四日のあいだ遊山ばかりしていたわけではない。歌仙も巻いた。歌仙とは俳諧の形式の名だ。

前の句に対し、次の句を連ねることを付けると言う。俳諧は正式には百句すなわち百韻をもって完成となるが、百句も付けていたらかなりの時間を要してしまう。

そこで三十六句をもって完成となる略式が行われるようになった。それが歌仙だ。翁は俳諧興行を行うときはもっぱらこの形式を用いている。

黒羽での俳諧興行は翠桃殿の屋敷で昼下がりに催された。俳諧興行に出座する者は連衆と呼ばれる。奥州の旅の目的のひとつに、新たな連衆との出会いといったものがある。翁が目指す理想の俳諧に理解を示し、ともに三十六句を連ねる相手を探しての旅でもあるのだ。

いよいよ旅における最初の俳諧興行だ。はやる気持ちを翁は抑えられないらしく、さっそく上座に着座してそわそわとしている。上座には宗匠、脇宗匠、執筆（しゅひつ）が座る。執筆とは記録の担当だ。宗匠を助け、俳諧興行の進行も司（つかさど）る。文台の上に硯、文鎮、水引、懐紙を置き、宗匠と脇宗匠のあいだに着座する。今回の執筆は図書殿が担うこととなった。脇宗匠は置かない。

連衆は宗匠から見て左右に分かれて並ぶ。この屋敷の主人は翠桃殿なので、上座に一番近いところへ座り、わたしはその反対側の一番目に座った。

「光栄です。まことに光栄です」

翠桃殿のつぶやきが聞こえる。見るとかすかに震えていた。武者震いだろう。翁を主賓として俳諧興行に招くことができて、感極まっているようだった。

かさね、ほら見てみなさい。那須野で出会ったかさねに心の内で呼びかける。純粋な俳諧を求める同志がここにもいるのだよ。

実をいえば、図書殿と翠桃殿は苦労人だ。かつて彼らの父は藩を追放され、それゆえ兄弟もいっしょに江戸へ出た。いまは帰参が叶（かな）い、兄弟それぞれ立派に当主を務めている。そうした経緯を思えば、翁を招いての俳諧興行は感慨も一入（ひとしお）だろう。

また、一年前にわたしは翠桃殿とともに、蕉門の中でも高弟である嵐雪（らんせつ）殿の俳諧興行に出座している。翠桃殿とはよく知る間柄だ。彼の俳諧への入れ込みようも知っている。

嵐雪殿が編んだ『若水（わかみず）』に句が収められ、大変に喜んでいた。

二十八歳という若さで当主として翁をもてなし、俳諧の新しい潮流たる蕉門を懸命に学ぼうとする。なんて見上げた若者だろう。兄である図書殿も、頼もしげに翠桃殿を見ていた。

俳諧の興行が始まった。翁が発句を小短冊に書いて出す。発句とは三十六句連ねていくうちの最初の句のこと。

発句は客人が詠む決まりだ。挨拶の意味が込められる。挨拶なのだから、人々がいやな思いを抱くような句は詠まない。季語と切れ字を入れる約束がある。

図書殿が発句の書かれた小短冊を受け取り、高らかに二度吟じ上げた。よい吟声だ。のどやかで品位がある。

句を吟ずるのは執筆の役目。吟ずる声や読み方は重要で、それらが悪ければせっかくの秀句も悪く聞こえてしまう。俳諧興行の興不興は、執筆次第と言ってもいい。翁も図書殿の執筆ぶりに満足げだ。

図書殿は文台で懐紙に発句を書きつけ、改めて吟じ上げた。翁が出した発句はこうだ。

〈秣（まぐさ）おふ人を枝折（しおり）の夏野哉（かな）〉

さすが翁。さらりとしていてうまい。

連衆がそろって感嘆の声をもらす。みなが感服したことがうれしくて、笑みが浮かんでしまう。だが改まった場である俳諧興行でにやつくのはどうか。すぐにうつむいて笑みを消した。

句の意味としては、秣を背負った人を目印として進んできた広い夏野であるな、といったところ。枝折とは、山道などで木の枝を折って目印として置いておくものだ。「夏野」が季語となっている。

わたしと翁は那須野でさんざん迷った。秣を背負ったかさねの父に助けられた。あの経験が句に生かされていた。

ただ、これは発句である。挨拶なのだ。それゆえ翁は「秣おふ人」を翠桃殿として詠んだ。

翠桃殿を目印として広い那須野を渡ってきましたよ。そういった挨拶句となっている。会いたい気持ちが素直に述べられ、気持ちのいい一句に仕上がっていた。

発句は難しい。わたしはいやで逃げ出したくなる。発句はすべての句の先頭であるため、まずは独立した風格や余意余情を持つべきとされるのだ。

だからといって重苦しい発句は敬遠される。作り手の強すぎる思い入れや深刻さが反映されてしまうと、次またはその次に句を付ける連衆が重たさに引きずられ、自由な発想を奪ってしまう。

俳諧興行は連衆みんなで作っていくもの。句の作り手だった者が次には受け取り手になり、受け取り手だった者が次には作り手になる。そうして複数人で三十六句をつなげていく。

創作と鑑賞が互いにくり返されるなかで、一座の興が盛り上がるように気を配り、そのうえで作り手の個の世界を打ち出していく。

個でありながら衆である。衆でありながら個である。

この意識を忘れないようにしつつ、連帯する。しかも即興で。

一瞬たりとも気の抜けない真剣勝負なのだよ、かさね。

怖気(おじけ)づきそうになり、またもやかさねに語りかけてしまった。

俳諧興行は言わば生ものだ。筋書きもなければ、事前の打ち合わせもない。即興で出された句を重ねていき、どこへたどり着くかは誰もわからない。そして始まってしまえば、一歩たりとも引き下がれない。とにかくさきへ進むのみ。

各々が出した句が連なり、響き合って調和し、風流の世界が立ち上がってきたら大成功。しかし前の連衆が出した句を各自で解釈し、そのうえで自由に連想して句を付けていくのだから、うまくいかない状況も出てくる。一句また一句と付けていった結果、流れが悪くなってしまう場合だ。

そうなると、もはや個の力での打開は難しい。自らが出した句のせいで流れが悪くなり、低調な歌仙となってしまうことだってある。

わたしはこれがなによりこわい。たかだか言の葉の世界の話なのに、身震いするほどこわいのだ。

翠桃殿が脇句を出した。脇句とは二句目のこと。

発句の五七五に対し、脇句は七七で詠む。これもまた図書殿が吟じ上げ、懐紙に書きつけた。


〈青き覆盆子(いちご)をこぼす椎(しひ)の葉〉


句意は、青いいちごを椎の葉に盛っていたがこぼしてしまった、といったもの。

脇句は挨拶句である発句への返答だ。そういった点を念頭に置き、翁の発句と合わせて解釈するとこんなふうになる。

秣を背負ったわたしを目指して翁は夏野を渡ってきたということですが、こうした片田舎では大したもてなしもできず、椎の葉にいちごを盛って野趣を楽しんでいただこうとしていたところ、こぼしてしまいました。翁はそうした青いいちごを目印に参られたのでしょう。

翁は発句で、翠桃殿を目印に那須野を渡ってきたと挨拶をした。それに翠桃殿は謙遜の挨拶で返したのだ。いえいえわたしなど青いいちごです、目印として頼りになるかどうかわからない若輩者です、と。

さて、次はわたしの出番だ。ごくりと唾を呑む。

発句から数えて三番目の句は、第三と呼ばれる。

俳諧は五七五の長句と、七七の短句を交互に付けていく。なので第三は五七五で詠む。この第三は第三で難しい。

第三は歌仙の第一の難所なり、と言われる。というのも発句と脇句は挨拶だ。現実の世界での話。それが第三からは現実を離れ、また違った世界を作り上げていかねばならないゆえに難しい。

また違った世界というのは、言葉で紡ぐ風流の世界と言ったらいいだろうか。第三はその世界の入口となるべき句なのだ。変化を心がける必要があり、発句から離れることとなっている。

だからまず翁が出した発句から離れる。翁が発句で提示した、旅人として句を詠んだその姿は消し去り、翠桃殿の脇句にのみ対応して詠む。

さあ、どういった句を付けよう。さんざん迷う。しかし迷ってばかりで時間が経てば、座がしらけてしまう。翁は座の興が削(そ)がれることをなによりも嫌う。

俳諧興行は人が集まり、連帯して歌仙を巻く共同作業の場だ。なのにたとえば発句を出すべき人が迷って出し渋り、時間ばかりが過ぎてしまったような場合、連衆は困惑するし、しらけもする。

翁は停滞を引き起こす失態を絶対に許さない。目くじらを立てて怒る。ねちねちとひと晩かけて咎(とが)めることだってあった。

俳諧は一刻に十句進めるのがせいぜいだ。たとえば夕食後に始めても、終わるのは子(ね)の剋(こく)を越えた深夜になる。遅々として進まなかったら、丑三(うしみ)つどきになってしまう恐れもある。三十六句とはいえ時間を要するため、一句にかける時間は限られてくるわけだ。

翁がちらりとこちらを見た。冷たい脇汗が胴を伝う。

ええい、ままよ。

思いきって句をひねり出した。小短冊に書きつけ、執筆の図書殿に渡す。

〈村雨に市のかりやを吹(ふき)とりて〉

翠桃殿の〈青き覆盆子をこぼす椎の葉〉を、わたしは辻で開かれる市場の光景ととらえ直した。仮の露店である小屋掛けが市場に並んでいたが、ざっと降った村雨によってみんなばたばたと店じまいをしてしまった。句はそういう意味だ。翠桃殿の句と続けて解釈をすればこうなる。

あたかも村雨によって吹き飛ばされてしまったかのように、小屋掛けはみんなたたまれて、青いいちごが誰もいなくなった市場の地に点々とこぼれている。

執筆の図書殿がわたしの句を確認し、宗匠である翁へ渡す。翁が目を通し、付け句として問題ないと見極めたところで、図書殿が吟じ上げて懐紙に書きつけた。

翁はわたしの第三が書かれた小短冊に目を通すあいだ、眉ひとつ動かさなかった。可もなく不可もなく。そんな評価なのだろう。がっかりしてしまう。

四句目は翁が詠んだ。それを聞きながら、自分の出した第三がいまひとつだったのではと心配になってくる。いや、かなりまずかったかもしれない。

発句と脇句の挨拶から転じて、市場という別の世界を第三で提示できたのはよかった。けれど第三は明るく転じたほうが好ましいとされている。窓を開けるとか、出港するとか、明るい予感に満ちたもののほうがいい。丈高い句が望ましいともされている。丈高いとは、品位や格調が高いといった意味だ。

その点、わたしが出した第三は、村雨によって仮屋が吹き飛ばされたかのように市場は閑散となった、と不穏だ。

翁が芳しい反応を示さなかったのは、わたしの句が暗くて重たかったからでは。曾良のやつ、つまらぬ句を出しよって。内心そう思われているのでは。

まずい、やってしまった。

後悔が胸の中で膨らみ、頭を抱えて畳の上を転がり回りたくなる。だがいまは俳諧興行の真っ最中だ。取り乱すわけにいかない。

不穏な情景を詠んでしまったのは、黒羽に至るまでにひどい雷雨に出くわしたせいだ。濡れ鼠になったあの体験が頭にこびりつき、つい詠んでしまったのだ。

自らの句の拙さに早く気づき、付け直しを申し出ればよかった。しかしすでに翁が四句目を出している。あと戻りはできない。歌仙はさきへ進むのみ。

今回の歌仙は、まず翁と翠桃殿とわたしの三人で順番に詠む膝送りという方式で始めた。なのですぐまたわたしの番が回ってくる。くよくよしている暇はない。集中しなくては。

六句目と九句目にわたしの番が回ってきて、挽回(ばんかい)を図った。出来栄えについて頭をめぐらせる暇はやはりない。そして歌仙は進み、待機していたこの土地の俳人が加わった。翅輪(しりん)、桃里(とうり)、二寸(にき)の三人だ。

翅輪は金丸八幡を案内してくれた津久江(つくえ)氏だ。

桃里は余瀬の本陣問屋の主人である蓮見(はすみ)氏。

二寸は姓を森田(もりた)と言い、三人のうちで俳諧歴が一番浅いらしい。

三人とも平人(へいじん)で、図書殿と翠桃殿は武家だ。翁とわたしは世捨て人のようなもの。俳諧は身分も出自も関係ない。風流を解する者ならば、誰でも連衆となれる。旅先で出会った見知らぬ者とも、歌仙を巻くことができるのだ。

素晴らしきかな、俳諧。

俳諧の懐の広さや自由さを感じるたびに、そうした言葉が思い浮かぶ。

黒羽の三人が参加してからは、句が早くできた者が採用される出勝ち(でがち)の方式へ移った。でき上がったら、「付け」と声を上げて申請するのだ。

出勝ちとはいえ、早くできた者の句ばかりで歌仙の一巻を作り上げればいいわけではない。また、上手な者の句ばかりが並べばいいわけでもない。

俳諧はみんなで作るもの。前の句に対し、ほかの連衆が句を付け、組み合わせで風流の世界を生み出すことに意義がある。

しかしながら黒羽の三人が加わって以降、流れが停滞し始めた。翁の二十一句目の「酒呑(のめ)ば」まではよかったのだが。

〈酒呑ば谷の朽木も仏也　翁〉
〈狩人かへる岨(そば)の松明(たいまつ)　曾良〉
〈落武者の明日の道問(とふ)草枕　翠桃〉
〈森の透間(すきま)に千木(ちぎ)の片そぎ　翅輪〉

〈日中の鐘つく比に成にけり　桃里〉
〈一釜の茶もかすり終ぬ　曾良〉
〈乞食ともしらで憂世の物語　翅輪〉
〈洞の地蔵にこもる有明　翠桃〉
〈蔦の葉は猿の泪や染つらん　翁〉
〈流人柴刈秋風の音　桃里〉
〈今日も又朝日を拝む石の上　翁〉

俳諧はどんどん転じていくその変化を尊び、変化こそ命と言っていい。それがどうもうまく変化していかない。

俳諧興行において宗匠は全権を握り、連衆の音頭も取る。連衆が出した句を吟味し、流れにふさわしいように添削を行い、停滞すればみんなを鼓舞して、ときには出された句をほかの作者に譲る差配もする。

本日の俳諧興行の十三句目でも、譲る譲らないの話が出た。十三句目を誰も付けられないでいたところ、翅輪が着想のみを述べた。それを翁が〈名どころのをかしき小野、炭俵〉と句にして、案を出した翅輪の句としてはどうかと提案したのだ。

「いやはや、畏れ多すぎます」

翅輪が必死に固辞したため、誰の句とするかは宙に浮いてしまったけれども。

ともかく、翁も宗匠として今回の歌仙をよい一巻にしようと、あれやこれやと立ち回った。

興行中の翁は実に懇切丁寧だ。俳諧の入口に立ったばかりの者には、ことさらにやさしい。俳諧興行の新たな参加者が、うれしくてしかたないのだろう。手取り足取りといった具合で教える。翁は自分の門弟には厳しいので、そうした指導がうらやましいくらいだ。

黒羽勢は翁に寄り添われつつ、頭から煙が上がるのではないかというほど悩んで句作を続けた。だが、流れがどうしても重たくて粘りのあるほうへ向かってしまう。軽く食事を取って気分転換を図ったが、それも無駄に終わった。

途中、わたしも停滞と重さを解消しようと、〈一釜の茶もかすり終ぬ〉と手を打った。茶飲みの情景へ明るく転じようとしたのだ。

ところが次の翅輪が、茶飲みの相手を乞食として詠み、また重くしてしまった。さらにその次の翠桃殿も、有明の月がのぼる明け方になって相手が乞食とわかった、と変化に乏しい。なぜ乞食から離れないのか。

そこで翁が〈蔦の葉は猿の泪や染つらん〉と逃げを打った。和歌の伝統では、蔦や紅葉は時雨(しぐれ)によって赤く染まるとされる。そこを猿の涙によって染まったものかもしれませんね、と軽く受け流した。場面を転換し、次の連衆が付けやすくするためだ。さすが翁と心の内で拍手を送る。

しかし桃里が再び〈流人柴刈秋風の音〉と、流人の愁いや嘆きを思わせる句を出して、翁の逃げの一句を無駄にしてしまった。

落武者、乞食、流人と黒羽勢はそろいもそろってどうしたのだろう。あまりにも重い。重すぎる。

翁は澄まし顔で通しているが口数が減ってきた。いかんともしがたいな、と内心では困惑していそうだ。

さすがに黒羽勢も流れが芳しくないことに気づいたようで、動揺の色を隠せない。お互いにちらちらと視線を交し、どうしたものかと探り合っている。

俳諧興行において、句は懐紙へ書いて記録する。歌仙形式の場合、懐紙は二枚使う。それぞれ半分に折って、折り目を下にし、表と裏の両面に句を書く。

一枚目の表には六句、裏は十二句。二枚目の表には十二句、裏は六句。そういう決まりで、合わせて三十六句となる。

すでに二枚目の裏の一句目を翁が出した。これは通しで三十一句目だ。現在、残りが五句の最終局面を迎えている。しかしながら森田二寸が、いまだ一句も出せていなかった。

何度も言うが、俳諧はみんなで作るもの。二寸が参加しないまま終わっていいはずがない。

ただし、最終の三十六句目である挙句(あげく)や、花を詠みこむ約束のある三十五句目は、詠むのに技術が必要となる。俳諧の歴が浅い二寸には荷が重い。なので三十二句目のここらで彼には句を出してほしいところ。

さあ、誰が翁の三十一句目に句を付けるのか。

二寸はこの翁の句に付けられるのか。

緊張感が漂う。

流れが悪いため、黒羽勢が臆して出し渋った。翅輪が小短冊と筆を手に取るも、案じるばかりで筆が動かない。

二寸も自分が出すべきとわかっているはずだ。だが気後れしてしまっているようで、筆と小短冊を手にしたまま硬直している。

〈今日も又朝日を拝む石の上〉

この翁の三十一句目が、見事すぎるのも次の連衆が付けにくい理由なのだよ。心の中でかさね相手にぼやく。

この句は本当に素晴らしい。宗匠としての面目躍如だ。この三十一句目で翁の出番は終わりとなる。それゆえ、ばっちり決めた句を出してきた。

前の句からのつながりで解釈すれば、自らは流人ではあるが、今日もまた石の上に立ち、朝日を拝むことができている、となる。

この句は生きていることへの讃歌だ。漂泊者として生きる翁の矜持がどっしりと感じられる。見事としか言いようがない。

個でありながら衆である。衆でありながら個である。

連帯を心がけつつも、個の世界を打ち出していく。

そういった連衆としての在り方に立ち戻ってみれば、俳諧の一句は開かれた対話であると同時に、個をさらけ出す独白でもある。

その独白の面で翁の句は立派すぎた。圧倒される。わたしなどはそこに痺れ、心の底から憧れるのだが、次に句を付ける連衆の身になってみれば臆するのも道理。特に歴の浅い二寸には、おいそれと付けられない秀句となってしまっていた。

またこの三十一句目は、懐紙の二枚目裏の一句目に当たる。そもそも歌仙形式は三十六句を通し、序破急の流れがあるべきとされる。そして二枚目の裏の一句目は、序破急のうちの急をゆるめにかかる句であるべきともされている。

つまり翁はこの三十一句目で、急の流れを受け止め、ゆるめにかかっていた。そのためにどっしりとした立派な句を出してきた。定石通りでもあるのだ。

黒羽勢がおろおろしている。二寸などは額から流れ出た汗がこめかみを伝い、顎先から離れて畳を打った。

見ていられなくなり、わたしが付けようかなどと迷う。しかし挙句までの流れを考慮すれば、出番は取っておいたほうがいい。

すでにとっぷりと日は暮れ、行燈の灯（あか）りのみが頼りだ。この暗さがなおさら座の雰囲気を沈ませ、緊迫させる。息が詰まりそうだ。

「うまい、拙いに、こだわらなくてもいいのだよ」

翁が朗らかな声を出した。空気をやわらげようとしてのことだろう。うつむいていた黒羽勢が顔を上げる。

三十六句すべて付け終わることを満尾（まんび）すると言う。翁は早く満尾することに重きを置かない。大切なのは座の雰囲気だ。でき上がった歌仙の一巻の良し悪（よしあ）しよりも、過程であるやり取りを重視している。

即興で句をつなぐ俳諧は複数人で句を付けていくゆえに、連衆ひとりひとりの思惑や技量を超え、思わぬ風流の世界が立ち上がってくる。

俳諧とは、個人では生み出せない世界を、複数人で偶発的に生み出そうとする作業なのだ。

だから句が生み出されるその一瞬、はたまた出された句を分かち合うその瞬間こそが尊い。

それを誰よりも理解している翁は、出座する連衆を誰ひとりとして見捨てない。みんなでまだ見ぬその風流の世界へたどり着こうと、連衆の手を引き、背中を押す。

翁の心遣いに二寸が心を奮い立たせたようだ。筆を走らせた。

「つ、つ、付け」

二寸が緊張で顔を真っ赤にして、でき上がりを知らせる言葉を述べる。執筆である図書殿が小短冊を受け取り、吟じ上げた。

え、それはないいんじゃないか。

句を耳にして、最初に抱いた感想だ。

「むむむ」

「え」

「はあ」

黒羽勢からも怪訝と戸惑いの声が上がる。

図書殿が小短冊を宗匠である翁に渡した。句として差し障りがないか、審査してもらうためだ。

問題ありとして句は二寸へ戻されるのでは。誰もがそう予想したはずだ。しかし驚いたことに治定（じじょう）した。治定とは付け句として適していると宗匠が判断を下すこと。
治定したので、図書殿が再び二寸の付け句を吟じ上げる。

〈米とぎ散（ちら）す滝の白浪（しらなみ）〉

翁の前句はたいそう立派だった。翁の人生が乗っかっていた。しかし二寸のこの付け句は、翁の前句を受け止めていない。それは二句を並べてみれば明らかだ。

〈今日も又朝日を拝む石の上〉
〈米とぎ散す滝の白浪〉

二寸は翁の「朝日を拝む」を、早起きくらいにしかとらえてない。だから翁の長句と二寸の短句を続けて解釈すると、こんなふうになる。
今日もまた早起きをして石の上で朝日を拝み、滝の水で米を研いで朝餉（あさげ）の仕度をしています。
なんて安っぽくしてしまったのだろう。翁の孤高の独白はどこへ行ったのか。二寸は翁が句に込めたものを、なにも受け取らなかったのだろうか。

黒羽勢がしきりに翁を窺っている。失礼だったのではと心配しているのだ。

翠桃殿は立ち膝となって翁の言葉を待ち構えていた。なぜ二寸の句が治定したのか、不可解だからだろう。

わたしもそうだ。翁が問題なしと下したのだから、考えがあってのことだろうが説明を聞きたい。

かわいそうなのは悲壮な決意のもと句を出した二寸だ。さきほどよりもさらに汗をかき、ぽたりぽたりと畳を濡らしている。針のむしろとはこのこと。

翁が咳払い（せきばら）をした。視線が集まったところで、たしなめるように言う。

「みな落ち着きなさい」

「し、しかし」と翠桃殿は納得がいかない様子だ。

「みなが腑に落ちない点はわたしもわかっておる。わたしの渾身（こんしん）の句を袖にした森田二寸氏の付け句は、今日の一巻を校合（きょうごう）する機会があったら採用しない」

校合とは満尾した歌仙の一巻を、宗匠があとから手直しすることだ。改作もするし、差し替えもするし、作者名を変えることもある。全体の体裁を整えるためだ。

「申し訳ありません。わたしが至らないばかりに」

二寸が平伏する。

「いや、謝ることはない。うまい、拙いに、こだわらなくてもいいと、さきほども申したではないか。それより、二寸氏の付け句がどうも気になってな」

「気になるとは」

わたしは横から尋ねてみた。翁は腕を組み、言葉を選びつつ語った。

「付け句の〈米とぎ散す滝の白浪〉は、付け方としてうまいとは言いがたい。しかし平易な言葉で、米研ぎといった卑近な生活を詠んでみせるとき、やはりそこには詩趣がきちんとあるものだな、と」

「わたしなどは、安っぽくなってしまうのではと心配になるのですが」

ほかの連衆が抱いているだろう疑問を、代表して差しはさむ。

「曾良がそう言うのもわからないでもない。だが連衆全員が抗えなかった今日の重い流れに、楔を打ちこめたのはこの二寸氏の軽い句だけだったわけだ。この軽さこそが」

そこまで言ったところで翁は口をつぐんだ。手がかりは握ったが、答えまでたどり着けない。そんなふうに見えた。

「まあ、よい」と翁が笑みを浮かべた。「この軽みについてはのちほど考えよう。今日のところは救ってくれた二寸氏へ、でかしたと声を大にして言いたい。米の研ぎ汁の白さと滝の白浪を掛け合わせるなんて、なかなかうまいじゃないか」

翁が静かに興奮していた。常とは違う光が目に宿っている。俳諧に関して、なにか新たなことをつかみかけているのかもしれない。

黒羽勢がぽかんとしているので、翁の代わりに言ってやった。

「今日の歌仙は重い流れとなってしまいましたが、二寸氏の付け句は翁にとって意味があったもののようでした。さあ、残りもあとわずか。挙句まで気を引き締めて参りましょう」

その後、わたし、翅輪と続いた。三十五句目は執筆を務めていた図書殿が、自らの俳号秋鴉で付けた。挙句は桃里。これにてついに満尾した。

俳諧興行が終わったあとは、図書殿が用意してくれた重箱の料理を囲んでの、どんちゃん騒ぎとなった。

無事に巻き終えたその安堵からか、黒羽勢の酒が進む。重い流れから一躍救ってみせた二寸は、仲間内に小突かれながら讃えられ、だいぶ飲まされてへべれけだ。そうした様子を翁が微笑ましげに眺めている。

酒宴は夜更けまで及んだ。もし二寸の句でなく、別の句を付けるとしたら、といった遊びで盛り上がった。黒羽勢は様々な句を提案しては、翁に吟味してもらっていた。翁は出された句をどれも「面白い、面白い」と感心し、すべて書き留めていた。

今日の歌仙が不思議と重かった理由は、行燈の火を消して布団に入り、眠る寸前に翁から知らされた。酒宴のあいだ、翠桃殿から聞き出したそうだ。隣の布団から翁が眠たげな声で言う。

「黒羽の彼らは、『冬の日』を相当読みこんで今日に臨んだそうなのだよ」

いまから五年前、翁は尾張の門弟たちと『冬の日』と題した五巻の歌仙を巻いた。巻いた翌年には出板(しゅっぱん)もされ、翁を信奉する人々は必ず目を通している。『冬の日』は誰もが蕉風開眼の集と口をそろえる。

「こがらしの巻を彼らは特に好きなんだそうだ」

翁の発句〈狂句こがらしの身は竹斎に似たる哉〉から始まる一巻は、こがらしの巻と呼ばれる。こがらしの巻は暗くて重い気分の句が続く。

「なるほど。こがらしの巻に引っ張られていたわけですか」

「ありがたいことだが、あれは幾年も前の歌仙だ。俳諧の風体としてもはや古い」

常々翁が言っていることがある。

新しみは俳諧の花なり。

翁はたった一年前の俳諧の風体でも古いと言う。

いままでにない新しい表現を追い求めていかないと、俳諧は痩せていってしまう。そういった翁の主張はよくわかる。

ただ、新味を求めての変化はわたしの苦手とするところ。わたしの俳諧はいつも過去を振り返り、蓄積から編み出すものばかり。新しさとはまったくの逆だ。

暗然としていると翁が言う。

「学ぶことも、上達を目指して励むこともいい。しかしうまくなればなるほど陥る病がある。みんな初心のころの面白味や趣を失ってしまう。俳諧は幼い子供の発想くらいで作るほうがいいのだよ。二寸氏は拙かったが、三尺ほどの幼子に作らせたような面白味があった。よかったと思うぞ」

寝息が聞こえてきた。言うだけ言って眠ってしまったようだ。わたしは寝つけなくなり、真っ暗な天井を見えもしないのに目を凝らした。

恥ずかしいことだが、わたしは二寸に嫉妬していた。彼がどう足掻（あが）いても、俳諧歴の長いわたしのほうが上手だろう。

しかし巧者となればなるほどつまらなくなる病に罹（かか）るのであれば、わたしはどうしたらいいというのか。いまさら三尺の童に戻れるわけでもない。

翁は残酷なことを言った。その自覚はあるのだろうか。

いや、きっとない。わたしなど配慮の必要のない人物と考えているに違いない。

嫉妬心を抱いてしまう情けなさと、翁をなじる気持ちが胸から去らず、落ちた眠りも浅かった。

明くる日は図書殿の屋敷へ翁と呼ばれていたが、仮病を使ってひとり辞退した。

六

図書殿と翠桃殿が、旅立ちを何度も引き止めてくれた。

「若鮎が獲れる時期まであと少し。それまでご逗留なされては」

翁は若鮎の言葉に大いに心を揺さぶられたようだったが、わたしが尻を叩く形でなんとか出発となった。

改めて那須野原に足を踏み入れる。目指すは那須湯本にある温泉神社および殺生石だ。翁は図書殿が差し回してくれた馬に乗り、弾蔵という名の馬子が馬を引く。図書殿はさらにもうひとり角左衛門という名の家来をつけてくれた。土地の人間が案内してくれることほど心強いものはない。

野に分け入って進んでいく。進むさきの奥に、青く霞む那須の山々が並ぶ。周囲からはもはや草と土のにおいしかしない。

黒羽では足かけ十四日間ものんびりしてしまった。まさに下にも置かない歓待ぶりで居心地は極上だったが、旅が始まればそれはそれで心が躍る。翁が旅に誘われる心持ちはわたしの中にもある。

二里余り進んだ野間で馬を戻す手筈だった。それがまもなく到着となるあたりで、弾蔵がしきりに「あのう、あのう」とくり返す。

「どうしました。道を間違えましたか」

不審に思って尋ねると、弾蔵が馬を止めた。かぶっていたほっかむりを脱ぐ。

「あのう、芭蕉様はお江戸のたいそう偉い俳諧の先生とお聞きしました。会えた記念に、どうか短冊を書いてくだせえ」

句を請いたかったのか。同行の角左衛門が咎める。

「馬子の分際でなにを言っている。そもそもおまえ、字は読めるのか」

「一応、なんとか」

「馬子ごときが芭蕉様の俳諧を理解できると思えないがな」

弾蔵がしょげ返る。わたしは翁を窺った。気にかかっているのは、馬子だからどうのこうのではない。せせこましい話だが、短冊を無料で与えるかどうかだ。旅中、懐が寂しくなったら、句を書いた短冊を売ってしのぐはずだった。

「風流なことを望むではないか」と翁は馬上でご機嫌な声を上げた。「句を書きつける紙は持っておるか」

弾蔵が慌てて紙を探す。しかし出てきたのは鼻紙などに用いる小菊紙(こぎくがみ)だけ。

「それは失礼千万」と角左衛門が目を三角にして怒る。

「かまわんよ」

翁は小菊紙を受け取り、わたしを見た。筆を貸せと目で伝えてくる。矢立から筆を取り出し、墨に浸して渡した。

金銭の話を出しそびれた。くよくよ考えていたちょうどそのとき、ほととぎすが鳴いた。翁が筆を走らせる。書き終えた小菊紙はわたしが受け取った。書かれていた句はこうだ。

〈野を横に馬引き向けよほととぎす〉

句意は明快だ。馬子よ、ほととぎすが鳴いて飛び去った方向へ、馬を引き向けておくれ。

ほととぎすの声といえば、聞く人をはっとさせるもの。そして足を止めて聞き入るべきもの。翁は句で、ほととぎすの声を聞こうではないか、と弾蔵を誘っていた。

わたしが思うに「野を横に」の上五文字がいい。那須野の広がりをこの五文字でさっと描いている。そこから馬の方向転換といった動きを入れることで、句中の世界はさらに広がる。鳴いて飛び去ったほととぎすの存在も奥行きをもたらし、風雅の彩りを添えていた。

また「引き向けよ」の勇ましさもいいではないか。これは馬上で句作したせいだろうか。あるいは黒羽で犬追物の跡を見て、謡曲『殺生石』から勇壮さを受け取ったせいかもしれない。

当初の予定通り、野間で馬を返し、弾蔵と別れた。彼はいつまでも見送ってくれた。遠く離れてからは、手元の小菊紙をしげしげと眺めている様子が見て取れた。ささやかな小菊紙を、宝物を抱くかのように持っていた。

弾蔵はあの句を理解できるだろうか。たとえできなくても、あの十七文字がいつまでも彼の中で響き、人生を豊かにしてくれればいい。

わたしは想像する。弾蔵が馬を引くある日、ほととぎすの声を聞いて翁の句を思い出す姿を。句の勇壮さで彼の胸の温度は上がり、ほんのひとときほととぎすの声に耳を澄ます。

ほととぎすの季節が、弾蔵の中でよりよいものになる。たった十七文字の言の葉によって。


一里半ほど進むと雨が降ってきた。この地で名のある庄屋だという高久覚左衛門の家を訪ねる。図書殿からの紹介状ですんなり泊めてもらえた。

明くる日は雨で逗留し、次の日にやっと出発。高久覚左衛門も翁のために馬を一頭貸してくれた。那須湯本に近づくにつれて勾配がきつくなっていくらしいので、ありがたい話だった。

お礼として翁が句を書き、それにわたしが付け句をした。その際、翁は芭蕉とは別の俳号である風羅坊を懐紙に書いた。最近、気に入っている別号だ。風に破れやすい薄衣といった意味で、芭蕉という俳号と同様に無用者としての自覚が見て取れる。

翁の正式な俳号は桃青だ。公の場ではこれを用いる。深川隠栖後は芭蕉を用い、そのほか多くの俳号を持つ。今回、風羅坊を用いたのは、奥州への旅が無用者による漂泊であるといった心構えを示したかったためだろう。

こうした俳号の使い分けも、人によっては自らを演出しているとか、気取っているとか、悪く受け取られることもある。なにが無用者の漂泊だ、と。しかし臆せずに標榜するその風狂の姿勢にこそ、わたしは強く惹かれる。

わたしは自分という人間を強く押し出すのが苦手だ。本当は翁と同じように生きてみたい。わずらわしさをすべて捨て去り、無用の漂泊者となりたい。

だが残念なことにわたしは無用者になれない。旅は実務が肝心だ。わたしは世間とつながり、役に立つ側でいなければならない。ふたりして無用者になっては路頭に迷ってしまう。翁への憧れがあるのに、もどかしい状況なのだ。

では、随行者として実務を全うできているのかと問われれば、恥ずかしながら自信を持って首肯できない。

たとえば弾蔵が短冊を請うたとき、それなりの心づけをもらうべきだったのに、言い出せなかった。言い出して無粋とそしりを受けそうで臆した。情けない。

黒羽で図書殿たちからたんまりと俳諧の教授料をもらったため、いまの翁は気が大きくなっている。それを諫める必要があるのだが、揉めるのが面倒で切り出せていない。

つまるところ、翁のような俳諧師を目指すうえでも、随行者としても、わたしは不徹底なのだ。なににつけても中途半端。今朝は太陽ものぼらぬ卯の尅に地震があった。その後は寝つけないまま、自らの至らなさについてぐずぐずと考え続けている。

湯本に到着し、温泉宿の和泉屋へ泊まった。明くる日の早朝、わたしはひとり托鉢に出た。弾蔵から短冊の料金をもらわなかったことを引きずるそのせせこましさがいやになり、だったら労を惜しまずに路銀の足しになることをしようと出かけたのだ。

托鉢でいただくのは金銭でなくてもいい。米や麦、野菜の切れ端だってありがたい。なんでもいいからいただき、自らを役立つ人物だと感じたかった。

ところが湯本の町にある家はほんの二十軒ばかり。人影はまるでない。家々を訪ねても喜捨を受けられず、手ぶらで帰った。

わたしは随行者として不甲斐ない。

俳諧においてもぱっとしない。

本当に自分がいやになる。

そのくせ森田二寸への嫉妬はいまだ胸中で燻っている。

わたしはいままで賛辞を受けるような句を作ってこなかったが、二寸のように拙ければ拙いなりに翁の新風への手がかりとなるような句も作れていないのだ。

可もなく不可もなく、とにかく凡愚。

其角殿はわたしに遊べと言った。あれはわたしを暗に唐変木と揶揄していたのでは。そんな悪い考えがよぎってしまう。其角殿はそんな腹の黒い人間ではないとわかっているのに。

朝食後、黒羽からいっしょだった角左衛門が帰っていった。昼前に和泉屋の主人である湯本五左衛門の案内で、温泉神社を参詣した。那須与一が扇を射落としたときに残ったとされる矢などを、神主に見せてもらった。

殺生石へも行った。大小の石が転がる河原のような谷あいの地に、ごろんと大きな赤黒い石があった。四方は七尺、高さは四寸ほど。玉藻の前の怨念が宿っていて、妖狐の毒気がいまも吐き出されているという。

周囲は異臭で満ちていた。これが毒気だろうか。毒気は近寄った野うさぎや烏だけでなく、猪まで殺してしまうそうだ。石のそばには蝶や蜂たちが折り重なるようにして死んでいた。付近には木立がない。それどころか草一本生えていない。毒気は植物の命すら奪ってしまうようだ。

人が近づきすぎないように、石の十間四方に柵がめぐらせてある。翁が柵に手をかけてつぶやいた。

「まるで賽の河原だな」

謡曲の『殺生石』は、玄翁という高僧がお供の僧と那須野を訪れた場面から始まる。巨石の上に鳥が落ちるのを目撃し、近づこうとすると女に呼び止められる。巨石は近づく者の命を奪うから行くな、と。女は殺生石の由来を語り、自分こそが石に宿る玉藻の前の執心であると打ち明ける。

玄翁が引導を渡して怨みを封じ、毒気は少なくなったとされている。しかし案内役の湯本五左衛門から、長居は危険と釘を刺された。風のない日は毒気が溜まってしまうのだそうだ。

そろそろ帰りましょう。そう声をかけようとしたときだった。翁が柵をくぐって入っていく。

「お、翁」

叫んで駆け寄り、翁の僧衣の袖をつかんだ。柵のこちら側へ引きずり戻す。翁は「おおう」と夢から醒めたばかりのような、ぼんやりとした声を出した。

「なにをやっておられるのですか。危ないですよ」

「玄翁の心持ちを想像していたら、つい」

「命を落とします」

「やはりまずいか」

大それたことをしたのに、翁はぴんときていないようだ。湯本五左衛門が青ざめた顔で、信じられないというふうに首を横に振っていた。

信じられないだろうな、このように謡曲の夢幻の世界に没入し、我を忘れてしまう者がいるなんて。でもこれが松尾芭蕉という人なのだ。

たとえば理想とする風流の世界への穴がぽっかりと開いていたら、ためらうことなく進んでいき、二度と戻ってこないだろう。

翁の軸足は現世に置かれていない。そういった危うさをいつも感じている。

夢幻の世界への没入は、次の訪れの地である遊行柳でも見られた。遊行柳は西行上人が立ち寄ったことで名高く、謡曲の『遊行柳』でも広く知られる。

那須湯本より五里余り下った芦野に遊行柳はあった。芦野氏の領地であり、領主の芦野民部資俊殿は、翁から桃酔という俳号を授かった人でもある。

その芦野氏はいま在府して湯島にいるのだが、翁の西行好きを知り、西行ゆかりの柳があるから見せたいものだ、と常々言っていたのだ。

遊行柳は町の外れに位置し、茶屋の前を横切って向かった。案内は茶屋の松本市兵衛に頼んだ。

翁はかねてより聞かされていた柳を見られるうれしさで、那須湯本からここまで尋常ではない早足でやってきた。翁の頑健さは年齢不相応のものだ。

くだんの柳は古木であって、田の畦に取り残されるようにぽつんと立っていた。

「おお、これが」

翁は恍惚（こうこつ）の表情を浮かべ、手のひらを柳の幹に当てた。目をつぶり、そのまま微動だにしない。夢幻の世界で遊ぶ時間が始まったようだ。

いま翁が見ているのは、かつてここを訪れた西行上人の姿だろうか。はたまた謡曲『遊行柳』の世界だろうか。長くなりそうなので荷物を下ろした。

ゆるやかな風が吹き、柳の枝を揺らす。そばに八幡宮の社があり、そのほかはぐるりと田んぼが広がっていて、外側は里山に囲まれている。田んぼでは柳腰の早乙女（さおとめ）たちが、せっせと早苗を植えていた。張られた水には空の青が映っている。緑と青しかない世界。なんてのどやかだ。

しばらく待ったが翁は動かない。市兵衛がおかしなものを見るかのように翁を観察していた。翁のこうした姿を初めて見た者はみんな驚く。わたしだって最初は驚いた。

下手したら翁は半刻（はんとき）ほどこのまま動かない。ぼうっとしているのももったいないので、田の畦に沿って散策することにした。ぶらぶら進んでいくと、早乙女のひとりが会釈をしてくれた。数人いるほかの早乙女も続く。

「手伝いましょうか」

思いがけず、そう声をかけていた。時間ならいくらでもある。早乙女たちは互いに目配せをし、なかなか返事をしない。恥ずかしがって返答に窮しているようだ。

「暇を持て余しているのでお手伝いいたしますよ」

僧衣の上を脱いで裸になる。はいている白衣はたくし上げた。脚絆（きやはん）とわらじは畦に放る。

其角殿が勧めてくれたような宿場の飯盛女との遊びは性に合わない。陰で堅物と笑う人間がいることも知っている。女と関わるのが嫌いなわけではない。どうせ関わるならともに働くほうが、後ろめたさがなくていい。

田んぼに足を下ろす。水も泥も生暖かかった。足はずぶずぶと沈み、泥が吸いついてくる。足首から下を揺らして、泥をほぐして次の一歩を踏み出す。

昨日の殺生石の賽の河原と打って変わり、今日は草木に早苗に早乙女にと活（い）き活（い）きとしたものに囲まれている。足にまとわりつく泥からも生命力を感じた。

「唐突な申し出、失礼つかまつる」

菅笠をかぶった頭を下げ、早乙女たちから苗を分けてもらった。横一列に並んで植える彼女たちの一番端につき、指示に従って植えていく。わたしも田植えの経験ならある。

だが手馴れた早乙女たちに敵うべくもない。横一列に並んでいたはずが遅れ出し、気づけばひとり取り残されていた。

「お気になさらずごゆっくり」

最初に会釈をしてくれた早乙女が笑顔で気遣ってくれた。

「申し訳ない」

まずは手を動かすべきと必死に苗を植えていく。次第に汗が噴き出てきた。下を向いて植えているものだから、鼻先から汗がこぼれて田んぼに落ちる。田植えは簡単な労働ではない。そんな当たり前のことを、いまさらながら思い知らされる。

「みなさんはそこに生えている柳についてご存じですか」

新たな苗を受け取るとき、早乙女たちに尋ねた。ひとりが顔を赤らめて答える。

「謂れのある柳だとは聞いておりますが、詳しくは存じ上げなくて」

「柳なんていくらでもありますし、すばらしい柳と言われましても、ここで暮らす者には関係ないですよ」とそっけない早乙女もいる。

「そうですよね」

苦笑を浮かべて同意した。由緒があろうが、名高いものであろうが、日々の生活に追われる者にとっては関わりのないことだ。ありがたがってやってくるわたしや翁は、さぞかし風変わりに見えるのだろう。

「もし坊様があの柳についてお詳しいのであれば、教えてくださいな」

そういった声が出たので、苗を植えながら謡曲『遊行柳』について語った。

室町のころだ。時宗(じしゅう)の遊行上人がほかの僧を従えてこの地を訪れると、ひとりの老人が現れた。老人は僧たちを、先代の遊行上人が通った古道へ誘う。そして名木である朽木の柳に案内する。

老人によれば、むかし西行上人がこの柳に立ち寄り、和歌を詠んだのだという。老人は「南無阿弥陀仏(なむあみだぶつ)」と十回唱える十念を、いまや老いた柳に授けるように遊行上人に頼む。願いを聞き入れて十念を授けると、老人は姿を消してしまう。

その夜、朽木の柳の精が現れる。昼間の老人は老いた柳の精だったのだ。華やかだった過去への執心が断ち切れずにいたが、十念を賜って成仏できると礼を述べ、感謝の舞を踊ってみせる。やがて朝が訪れ、柳の精は姿を消し、朽木の柳だけが残った。

いわゆる草木成仏の話だ。早乙女たちは「へえ」とか「ほう」とか驚きの声を上げながら苗を植えた。

「あの柳はこの土地に暮らすみなさんのものであり、誇るべきものなのですよ」

西行上人の和歌も教えてやった。『新古今和歌集』に載るものだ。

〈道のべに清水流るる柳陰しばしとてこそ立ちどまりつれ〉

歌意を噛み砕いて伝える。

「道のほとりに清水が流れる柳があって、西行上人は少しのあいだということで立ち止まった、といった意味ですね」

「坊様は賢いですねえ」

褒められて照れくさくなり、柳のほうを向く。翁がしゃがんで筆を握っていた。夢幻の世界から戻ってきたようだ。早乙女たちに別れを告げ、田んぼから上がる。桶の水をもらって足の泥を流した。

急いで翁のもとへ戻ると、「一句できたぞ」と帳面を見せられた。


〈水せきて早苗たばぬる柳陰〉


西行上人の和歌を踏まえ、「柳陰」としたのだろう。

「もしくは柳陰ではなく、柳かな、だな」

そう言って顎先をなでる翁の目は虚ろだ。自作に納得しておらず、作り直すか、新たな一句を作るか、考えをめぐらせているのだろう。

まだまだ出発とならなそうなので、旅中の記録を書くために腰を下ろす。そこへさきほどの早乙女たちがぞろぞろとやってきた。田んぼを見ると、すでに植え終わっている。

「速いですな」

おどけて驚いてみせると、早乙女たちは笑顔で誇らしげに柳を見上げ、会釈をして去っていった。次の田んぼへ移るのだろう。華やかな余韻に浸っていると、翁が筆を走らせた。無言で見せてくる。

〈田一枚植て立寄る柳かな〉

翁は首をひねり、書き直した。

〈田一枚植て立去る柳かな〉

わたしは大きく頷いた。初案よりこちらのほうが格段にいい。句意はこんなふうだろう。西行上人が立ち寄った柳を訪れて感慨にふけっていると、そのあいだに早乙女たちが一枚の田を植え終えて去っていくことだ。

西行上人は「しばしとてこそ立ちどまりつれ」と和歌に詠んだ。それと同じように翁も柳の陰に少しのあいだ立ち止まり、その「しばし」の様を句にした。

ただ、早乙女たちが田一枚を植えて立ち去るまでの時間は、けっして短いものではない。田植えは時間がかかる根気のいる仕事だ。

しかし翁にとっては、田一枚を植える時間は短いものだった。それは西行上人に思いを馳せていたから。長いはずの田植えの時間が、あっという間に感じた。その驚きがこの句における味噌なのだろう。

謡曲『遊行柳』では老いた柳の精が感謝の舞を踊って姿を消し、朽木の柳だけが残る。

翁の句では早乙女たちが立ち去り、やはり柳の木が残る。

立ち去るのがうら若き早乙女としたところに、俳諧としての面白味いわゆる俳味がある。

「では、わたしたちも立ち去るとしようか」

翁が重い腰を上げた。市兵衛はやっと解放されるということで、ほっとした顔つきに変わった。

去り際にわたしはもう一度柳に目をやった。里山にぐるりと取り囲まれたこの地で、一面に水田が広がり、遊行柳が一本立っている。そうした舞台からいま翁が退場していく。

深川を発ったのは三月二十七日のこと。

二十三日目である今日、とうとう白河の地に入った。

下野国の行程は長くてしんどかった。日光を目指して北西に進み、次に黒羽を目指して北東へ進み、那須湯本を目指して北西にまた向かい、白河を目指して再び北東に向かう。

奥州道中をそのまま北上するのではなく、大蛇が蛇行するかのような道筋で進んできたものだから、ひどく時間を要した。

白河の関を越えればそこはもう奥州だ。暮らす人々の言葉も違えば、気風も異なる辺境の地。

また奥州は歌枕の宝庫でもある。山城（やましろ）、大和（やまと）に次ぐ第三の歌枕の国と言われ、その境となる白河の関も、漢詩、和歌、連歌、俳諧に携わる者なら、作品を残したいと願う憧憬の地となっている。翁は近づくにつれ、興奮して饒舌になっていった。

「いよいよ白河の関だな。いかで都へ、と便りを求めたのも道理なことよ」

「兼盛（かねもり）ですね」

即座に返すと翁は破顔する。

そのむかし、平（たいらの）兼盛が白河の関までやってきたとき、関越えの感銘をなんとかして都へ伝えたいと、伝手（つて）を求める和歌を詠み残したのだ。

「翁は白河の関といえば、どんな和歌がよぎられますか」
「まずは能因（のういん）法師の秋風だな」
「名歌中の名歌です」

〈都をば霞とともに立ちしかど秋風ぞ吹く白河の関〉

都を春の霞とともに旅立ったのに、白河の関にたどり着いたときには秋風が吹いている。都と白河の関の遠さ、時の推移、旅愁を詠みこんだすばらしい一首だ。
「源　頼政（みなもとのよりまさ）の紅葉もよいな、うむ」

〈都にはまだ青葉にて見しかども紅葉散りしく白河の関〉

都ではまだ青葉として見ていたが、白河の関にたどり着くと紅葉が散り敷かれている。この一首も距離と季節の移ろいが詠みこまれたもの。
翁は歩きながら、白河の関が詠まれた和歌をいくつもそらんじた。翁の中には名歌や古歌が詰まっていて、血液のように体中を駆けめぐっている。切りつけられればきっと噴き出す。

「古人が冠を正して、衣装を改めたうえで関を越えたその心持ち、実際に訪れてみると身にしみてわかるな」

「我々も用意してきましたので、どこかで着替えましょう」

藤原清輔が残した歌学書の『袋草紙』に、竹田大夫国行の挿話がある。国行が奥州へ下向して白河の関を越えるとき、冠を正し、装束へ着替えたそうだ。どうして正装をするのかと問われた国行は、こう答えた。

「能因法師が『秋風ぞ吹く白河の関』と詠んだその場所を、どうして普段の装いで通ることができようか」

痺れる振る舞いだ。当時の平安の世において、すでに名歌やその歌を生んだ歌枕へ信仰にも似た敬いがあったことが窺い知れる。そしてそれは数百年が経ったいまでも我々に引き継がれ、翁たっての願いで関越えの際には衣装を改めることになったのだ。

晴れの衣装に着替えて関越えするなんて、先人に自らを重ねることを好む翁が思いつきそうなことだ。この案を黒羽にて披露したところ、図書殿が小袖と羽織を用意してくれたのだった。

しかしながら、ここへきてまだ大きな問題が残されていた。なにを隠そう白河の関の場所が定かではないのだ。現在、関所とは名ばかりで、番所はすでにないという。

そもそも白河の関は、都が奈良にあったいにしえの時代に設けられ、そこへ平兼盛も能因法師も西行上人も訪れた。その後、新しい道が開かれて関所が移り、のちに廃されて場所はわからなくなってしまったという。

翁にとって、恋焦がれていると言っていいほどの白河の関なのに、その場所がわからない。翁は落ち着かない心地のまま、この地までやってきたというわけだ。

わたしは随行者として選ばれたのち、白河の関の場所についても調べた。現在は下野国側に住吉（すみよし）明神、奥州側に玉津島（たまつしま）明神があるその境を、境の明神と呼んで白河の関と定めているようだ。

しかしこれは新しく設けられたもの。白河の古関と呼ばれる本来の関は、境の明神より東の旗宿（はたじゅく）という地から、南へ一里ほど下った追分にあるようだ。ただ、それ以上のことは調べられなかった。

さらなる手がかりは、図書殿と翠桃殿の兄弟からもたらされた。彼らが言うには奥州道中に沿う形で、関街道という名の荷街道が走っているのだそうだ。関街道は時代によって変遷しているが、宇都宮を起点として烏山（からすやま）と黒羽を通り、奥州へ抜ける筋があるという。そして関街道の名の由来は、白河の関を通るからだとか。つまり、古関の跡は関街道にあるだろうとのこと。

「実際に足を運び、この目で確かめるしかないな」

翁は勇ましく言って話を結んだのだった。

最初に奥州道中にある境の明神へ訪れた。下野国側に住吉明神、奥州側に玉津島明神がある。そのあいだは二十間ほど。それぞれの社の門前に茶屋があった。

「お茶を飲んでいってくださいい。茶の子はいかがですか」

茶屋の主人が走り寄ってくる。茶屋ののぼりには南部屋(なんぶや)と書かれていた。翁は売りこみの言葉などまるで無視して主人に詰め寄った。

「ここは新しい白河の関と聞く。古関の跡はどちらになる」

主人は露骨にいやそうな顔をした。

「古関と申されましても、そうした話は耳にしますが、どこにあるかわからない幻のようなものかと。わたしどもはこの境の明神こそ、白河の関と考えておりますので」

「能因法師や西行上人が訪れたのは、ここではないのだろう」

「ここへ訪れたと信じて、多くの方に足を運んでいただいておりますよ」

「追分という地が古関だと聞くがどうなのだ」

「いにしえの関が廃されてからというもの、この地を治めた者が各々白河の関を築いておりいます。どの関をもって古関とするかは、とんとわからぬ次第でして」

「ううむ」

翁が困惑して黙る。茶屋の主人は一転して追従の笑みを浮かべた。

「そうそう、うちは餅が名物なんです。いかがでしょうか。酒もございますよ」

商魂の逞しい人だ。だがいま翁は関の所在にしか関心がない。なにも喉を通らないだろう。横から主人に言ってやる。

「ご主人、翁にとって白河の関がどこにあるかは、本懐を遂げられるかどうかの重大事なのですよ。協力していただきたいのですが」

「そうでしたか。当地をそこまでせちに望んでいたということは、こちらの翁はなにかしらの文人であられますか」

「俳諧の宗匠なのです。芦野のご領主もこの翁に学んでいるのですよ」

「なんと芦野様が。ちょっとお待ちくだされ」

主人は慌てて茶屋へ走っていった。地図でも探しにいってくれたのかと思ったが、なぜか冊子を手に戻ってきた。

「ぜひ一句、こちらの冊子に書きつけてくださいませ。文人の方々はここを通るとき、詩歌連俳を心のままに書きつけていかれるのですよ。わたしはそれを集めるのがなによりも楽しみでしてね」

冊子が翁の眼前に差し出された。なんと身勝手な。呆れていると翁が大きく息を吸い、大声で叫んだ。

「いやだ」

こちらはこちらで大人げない。しかし茶屋の主人は引かなかった。冊子を開いて翁に見せる。

「ほら、ご覧くださいませ。多くの方が書いてくださっているのですよ」

「いやだと言ったではないか」と翁がさらに声を大きくする。「ここが先人たちの訪れた地と決まったわけでもないのに、喜んで句を残す者たちの気が知れん。行くぞ、曾良」

　翁は肩を怒らせて立ち去っていった。茶屋の主人が呆れ顔でわたしに言ってくる。

「あなたの師匠は頭の固い方ですねえ」

「真面目な方なのですよ」

「能因様や西行様はここへ来た。そういうことにして楽しまれればいいのに」

　まさか主人の声が届いたのだろうか。翁が踵(きびす)を返して戻ってきた。尻込みをする主人の前まで来ると問う。

「社の入口はどっちだ」

「それならあちらです」

　指差す方向へ翁はこれまた肩を怒らせて向かっていく。追おうするると翁が振り返って言う。

「曾良よ、餅を買っておけ。名物だという餅をふたつな」

「承知致しました」

翁の姿が見えなくなると、茶屋の主人が大笑いした。

「あなたの師匠は面白い人ですなあ。怒っているがきちんと参詣するし、餅も買ってくれる。悪い方ではないようですな」

南部屋の餅はひとつ四文だった。器を受け取り、奥州を回る旅の途中であることを伝える。すると主人はとぼけた口調で言う。

「わたしはこのいまの白河の関に食わせてもらっておりますから、古関がどこにあるかなんて大っぴらには申せません。けれどどうしても訪ねたいのであれば、このまま白河城下へ向かわず、途中を右に曲がった旗宿で泊まったらどうでしょう。宿の者に聞けば教えてくれるかもしれませんねえ」

主人の勧めに従い、その日は旗宿に泊まった。

翌朝、霧雨が降っていた。辰の上尅（たつのじょうこく）にやんだので宿を出る。

はたして南部屋の主人が言っていた通り、宿の者から古関の場所を聞けた。下調べで見当をつけていた追分の地にあるという。いまの境の明神とはまた別の、いにしえの境の明神があるそうで、そこが古関の跡なのだそうだ。

関街道を一里ほど下れば追分だ。古代の国境であり、現在は下野国に入った土地となっていた。

「丘の上に玉津島神社が建っております。それを目印とされればいいでしょう」

宿の者がそう教えてくれた。かつては住吉神社と玉津島神社の双方がそろっていたが、住吉神社が廃れて合祀（ごうし）され、玉津島神社のみ残っているそうだ。

長いあいだ憧憬を抱いてきた歌枕の地まであと少し。翁の足はどんどん速くなっていき、ついには駆け出した。しかたなしにわたしも走った。

わたしの背中で風呂敷が盛大に揺れる。入っているのは着替えの小袖と羽織だ。竹田大夫国行が晴れの衣装に着替えたそのめでたさを、まもなく自分も味わえる。心が弾み、大地を蹴る足に力が入る。

いままでわたしは、先人と自らを重ねる翁の癖を感心してこなかった。だがこうした高揚感に翁は浸っていたわけか。

狭隘（きょうあい）な峠道を駆け上がった。杉木立のあいだから、丘の上に建つ玉津島神社の社が見えた。しかしふもとの鳥居までたどり着いたとき、わたしも翁も愕然（がくぜん）として足を止めた。念願叶ってたどり着いた歌枕の地が、あまりに寂しかったからだ。

社は寂れていた。木々は好き放題に繁茂し、青葉が壁となって取り囲んでいる。おお、ここが白河の関か、などと感興を誘うものがなにひとつない。

この地で翁は夢幻の世界に浸りたかったはず。先人たちに倣って句作をしたかったはず。ところが眼前に広がるのは、歴史の残滓（ざんし）としか言いようのない荒れ果てた光景だった。

　翁はかぶっていた菅笠を脱ぐと、力なく地面に落とした。両手で頭を抱え、がっくりと膝をついた。夢幻の世界へ入ることを阻まれ、失意と混乱の中に突き落とされたのだろう。

「お、翁」

「大丈夫だ」

　返ってきたその声に覇気はない。

　背負っていた風呂敷を草地に下ろす。とてもじゃないがここは晴れの衣装に着替えるような場所ではない。先人の顰み（ひそみ）にただただ倣おうとしていた自分を突きつけられ、風呂敷を解く気にならなかった。

「まずお参りをいたしましょうか」

　そっと翁に伺う。だが翁は悄然（しょうぜん）としてしまっていて、応じる気配はない。かける言葉もなくて寄り添っていると、翁の絞り出したような声がする。

「さきに参詣してくるがよい」

　翁から離れてよいか迷ったが、石段をのぼって玉津島神社へ向かった。参詣を終えて石段の上から見下ろす。翁はさきほどと同じ格好のまま座りこんでいた。

　ひどい落ちこみようだ。人目も憚（はばか）らずここまで落胆できる人物を、わたしは翁以外に知らない。

以前だったら、大袈裟すぎると冷たく見る気持ちが働いたかもしれない。しかし翁が白河の関に抱く思いの深さを知ったいま、憐憫(れんびん)の情でいっぱいだ。

時節柄、あたり一面に白い卯の花が咲き誇っていた。茨(いばら)の白い花が添うようにして咲き、まるで雪の降った白河の関に翁が座りこんでいるかのようだ。翁の目先を変えたくて呼びかける。

「ご覧になってください。卯の花と茨の花の白で雪景色のようですよ」

杉木立にわたしの声が響く。翁はゆるゆると立ち上がり、周囲を見回した。四十代も半ばを過ぎているのに、幼い迷い子のような顔をしていた。

翁の中には名歌や古歌がぎゅうぎゅうに詰まっている。それらが翁の心の内に広がる夢幻の世界においても白河の関を築き上げ、翁をとらえて離さず、今回の旅の大きなきっかけとなった。だが実際に訪れてみれば、現実はまったく異なっていた。

翁は思いの強い人だ。強く仔細に思い描くことで、なにごとも成し遂げてきた。しかし思い描いたものと実際が異なった場合、思いが強かった分、大変な空振りとなる。本人でもどうしようもないくらい落ちこんでしまう。夢幻の世界で遊ぶことを奪われてしまうほどに。

かわいそうな、翁。

こうなってみると、翁をこの地まで突き動かしてきた名歌や古歌たちが恨めしくなってくる。もしかすると翁に宿る名歌や古歌たちは、誕生の地まで自分たちを運ばせようと、翁をかどわかしたのでは。そんな理屈の通らない想像をしてしまう。

歌枕は誕生から数百年が経ったいまでも、人々を惹きつける不思議な魅力を放つ。これはもはや魔力と言ってもいい。歌枕にまつわる名歌や古歌は、誘いをかけてくる呪文のようなもの。翁はまんまと魅入られてしまった。

では、魔力や呪文から翁を解き放つにはどうしたらいいのか。

いま陥っている失意からどう救えばいいのか。

わたしにはいったいなにができるだろう。

しばし思案に暮れたあと、意を決して石段を下りた。卯の花を咲かせる空木へと向かう。空木の細い枝には、数輪の卯の花が押し合うようにして連なっていた。花びらが透けるほど白い。小さなめしべたちはかすかに黄色く染まっている。枝の一本を手折り、翁に掲げる。あえて大きな声で呼びかけた。

「翁、わたしたちは俳諧を詠む者ですよ。俳諧を詠む者として、この白河の関を越えて参りましょう」

翁がこちらを向いた。わたしはいましがたできたばかりの句を告げる。

「卯の花をかざしに関の晴れ着かな」

見る見るうちに翁の瞳に生気が戻ってくる。口の端には笑みが浮かんでいた。

さすが翁だ。わたしの句の意図をすぐに察してくれたようだ。

わたしはもともと和歌が好きだ。和歌に由来する麗しい表現も、深い情緒も好き。魔力だ呪文だと言いつつも、わたしだって名歌や古歌によって育まれた人間であり、崇敬の念を抱いている。

けれども俳諧はもっと好きだ。

たとえ悲しい目にあっても、その出来事から距離を置いて肩の力を抜き、おかしみを添えて言葉にできるのが俳諧だ。自由かつ俗であることを許容する俳諧だからこそ、言葉にできる悲嘆があって、それらの言葉は生きていくうえでの灯火(ともしび)となる。人の営みに最も寄り添ってくれるのが俳諧であるとわたしは信じている。

そうした俳諧ならではのあり方や精神を通し、いま置かれている境遇を眺めてみれば、わたしたちはだいぶ滑稽ではないか。

四十を越えた大人ふたりが、誰も通らない峠道の廃れた関跡で、思い描いていた筋書きと違うと往生している。しかもご丁寧に正装まで用意してきているのだ。こんな滑稽なことはない。

この気づきを伝えたくて、わたしは卯の花の句を作った。

〈卯の花をかざしに関の晴れ着かな〉

竹田大夫国行は能因法師に敬意を表し、関を越えるときは冠を正して装束に着替えた。しかし俳諧を詠むわたしたちは、卯の花をかざしにして、それをもって晴れの衣装として白河の関を越えようではないですか。そう俳諧ならではの遊び心を含ませ、翁を誘ったのだ。

俳諧というひと筋の道を貫こうとする翁が、わたしの意図に気づかないはずがない。西行法師の和歌、宗祇の連歌、雪舟の絵、利休の茶など、風雅の伝統に自分の俳諧もつながるのだといった自負を抱く翁が、俳諧を詠む者として関を越えましょうと訴えるわたしの句で、目を覚まさないはずがないのだ。

「いい句ではないか」

翁が目を細める。恐縮して息が止まりかけた。

「あ、あ、ありがとうございます」

「溺れかかっておった。すまぬな」

きっと翁は胸に去来する夥しい数の名歌や古歌に、呑まれかかっていたのだろう。

翁に卯の花の枝を渡す。

「曾良の言う通り、我々は俳諧を詠み、俳諧を一生の仕事と選んだ者だったな。歌枕を探り、名歌や古歌に詩心を駆り立てられつつも、我が目、我が耳、我が心が出会ったものに言の葉を与えて命を吹きこむ。それでいいんだったな」

翁は大きな笑みを浮かべ、卯の花を頭にかざすまねをして続けた。

「曾良のおかげで、どういう旅をしていくか心が定まったわ」

この旅で初めてきちんと翁の役に立てたように思えて、わたしは深々と頭を下げた。

七

四月二十二日、須賀川（すかがわ）へ到着した。

「おお、桃青。よくぞ来た」

等躬（とうきゅう）殿が翁を笑顔で迎え、ふたりは抱擁したあと、お互いの体を手のひらで叩いてその存在を確かめ合った。翁を桃青と呼び捨てにできる人物についぞ会ったことがないわたしは、ふたりのやり取りをしげしげと眺めた。

たしか等躬殿は翁より六歳の年長。むかしからの馴染みで、旧友にして先輩といった間柄と聞く。須賀川の宿駅で大きな問屋を営み、奥州俳壇の実力者であって、こちらの歌枕について大変に詳しいらしい。

「疲れただろう、桃青。何日だって逗留していっていいからな。とにかく体を休めることだ」

「久しぶりにお会いしましたが、等躬殿はいつまでも若々しいですなあ」

「なにを言う。おまえのほうが年若なのに自ら翁と名乗り、門弟たちにもそう呼ばせているというではないか。そんなだから老けこんだことを言うのだ」

　ふたりはそろって声を上げて笑った。翁が気の置けない人物と接している姿は珍しい。翁の後ろに控えていると、等躬殿がわたしを見て言う。

「干支がひと回りするよりずっと前からわしらは既知だったからな。無礼に見えるかもしれないが許しておくれ」

　わたしは畏まってお辞儀をし、改めて挨拶をした。等躬殿はかつて江戸の伊勢町で暮らしていたらしいが、わたしは初対面だった。

「かの陽関を出で、故人に会うなるべし」

　翁が感慨深げにつぶやく。すぐに等躬殿が反応した。

「王維の詩だな。甘粛省の陽関を出たら、旧友に会うことはできないというやつ。しかし自分は白河の関を越えたあとも旧友に会えた、とひねったわけか」

「さすが等躬殿、察しが早い」

「相変わらず古今東西の文人墨客の詩歌に詳しいやつだ。そうそう、白河の関ではどんな句を作った。聞かせてくれないか」

「いや、長旅で心身ともに疲れ果て、その一方で美しい風景に心がとらわれ、白河の関ゆかりの古歌や古人の詩情が胸に迫ってきたものですから、思うように句を案ずることができなかったのですよ」

「またまた」と等躬殿が翁の肩口を叩いて笑う。「そうやってもったいぶるところは変わっておらんな」

ちらりと翁がわたしを見る。白河の古関で句作をできず、途方に暮れたことは黙っておれ。そう目で訴えてきていた。

「それにしても奥州はすばらしいですな。白河の関を越えてからも、歌枕の地である阿武隈川を渡り、これまた歌枕である会津根が高く聳えているのを左に眺め、右を見れば謡曲で知られた岩城、相馬、三春の庄。音に聞いた地が目白押し。おちおち句作をしていられないというのは本当なのですよ。なあ、曾良よ」

急に翁から話を向けられて驚いたが、調子を合わせる。

「まったくです。わたしなんてさっぱり句が浮かびませんでした。そういえば影沼も通りましたね。残念ながら今日は空が曇り、物影はなにも映っておりませんでしたが」

影沼は天候がよければ、地面の気が蒸して沼の水のように見える地と聞いている。飛ぶ鳥の影も映るのだとか。それが今日は曇っていて見えなかった。

その後も奥州路に入ってからの出来事を翁とわたしとで語っていると、等躬殿はさもうれしそうに耳を傾けていた。この地を愛していることも、翁を敬愛していることも窺える態度で、信頼に足る人物と思えた。

到着した日のその晩、翁と等躬殿とわたしの三人で歌仙を巻いた。発句は客人が詠むもの。なので翁が出した。

「一句も詠まないいまま白河の関を越えるのも、心残りになるかと思いましたので」と前置きをしてから。

〈風流の初めや奥の田植歌〉

句意はこんなふうだ。白河の関を越え、今後は歌枕や名跡をめぐることになるが、その風流の最初は鄙びた奥州の田植歌だったことだ。

発句を聞いたわたしは、心の中で激しく拍手を送った。和歌で関越えを題材として扱う場合、都と白河の関がいかに離れているかや、時の推移を詠みこむのがお決まりだ。しかし翁は俳諧を詠む者として、いまを生きる農民たちの素朴な田植歌に着目して句にした。

奥州はいままさに田植えの時期。そこかしこで早乙女たちが田植えをしている。彼女たちが口ずさむ田植歌に、翁は詩歌の源流を嗅ぎ取って心を動かされたのだろう。詩歌はやはり生活に密着した言葉から生まれるのだ、と。

田植歌といった庶民の生活を、そのまま題材として使えるのは俳諧だからこそ。俳諧の強みを存分に活かした関越えの一句だった。翁は白河の関を越えるとともに吹っ切れた。そうしたことを感じさせる名句だった。

須賀川では等躬殿の世話になり、七日間の滞在をした。二日目に可伸（かしん）という隠遁暮らしの僧を紹介してもらった。

可伸は須賀川宿の片隅で、大きな栗の木の陰に庵を結んで暮らしていた。俗塵（ぞくじん）を避けた隠栖は、翁がまさに理想とするもの。はるばるやってきた奥州の地で同志を見つけることができた、と翁は心を射貫（いぬ）かれたようで、可伸をたいそう気に入った。

翁は常日頃から自らの理想を標榜し、実践することで多くの人たちを魅了して、門弟や支持者を増やしてきた。面倒見もよくて、人たらしな一面もある。その一方で簡単に人に魅了され、惚れこんでしまう性情を持つ。

路通のときもそうだった。あいつは素行が悪いですよ、と門弟が忠告したにもかかわらず、聞く耳を持たなかった。一度惚れこんでしまうと甘いのだ。

今回、いかに可伸に惹かれたかは、翁の言葉の端々から感じられた。なんと翁は尊敬してやまない西行上人を引き合いに出し、こんなふうに讃えたのだ。

「いやはや可伸殿の閑寂な生活ぶり、西行上人が橡（とち）を拾った深山での生活もこんなふうだったろうか、などと思いやられますよ」

そばで聞いていて苦々しくてしかたなかった。いくらなんでも褒めすぎだ。そして翁ははしゃぎすぎていた。

西行上人の和歌に〈山深み岩にしただる水とめむかつがつ落つる橡拾ふほど〉といったものがある。翁は可伸の庵にある栗の木から、西行上人の和歌に出てくる橡の木を想起したようだ。そのうえで可伸と西行上人が、同等の閑寂な生活を送り、同じような境地にあると褒めたわけだ。

さすがに可伸も持ち上げられすぎて困惑の表情を浮かべていた。だがそれも翁の目には殊勝な態度と映るようで、好感度が上がる一方のようだった。

明けて三日目も可伸の庵を訪ねた。等躬殿、可伸、それから地元の連衆たちを加えた七人で歌仙を巻いた。

主客である翁が発句を出したが、今度は前置きとして東大寺(とうだいじ)造営に携わったあの行基(ぎようき)菩薩(ぼさつ)を引き合いに出した。

「栗という字は、上下に分けると西と木に分かれる。そこから栗は西方にある極楽浄土に縁のある木として、行基菩薩は杖にも柱にも栗の木を使ったそうだ」

〈隠家(かくれが)やめにたゝぬ花を軒の栗〉

翁のいつもの癖で作り直しがあり、後日こう変わった。

〈世の人の見付けぬ花や軒の栗〉

栗の花は地味で目立たない。世の人の目にも留まらない。そうした栗の花を庵のそばに植えて愛でる庵の主である可伸も、隠遁生活をしていて世の人の目に留まらず、世の人では真の価値を見つけられないだろうが、わたしは限りない共感を覚えたよ。そんなふうな句だった。

西行上人に行基菩薩。べた惚れではないか、まったく。

須賀川滞在中は、蕎麦を振る舞ってもらったり、芹沢の滝を訪れたり、連衆の係累の家へ赴いて遊んだりと忙しく過ごした。

翁も疲れがたまったのか早めに就寝し、等躬殿とふたりきりの夜があった。

「寝つけぬようなら、少々つき合わんか。うまい下り酒を手に入れたのでな」

酒盃を傾けるしぐさで等躬殿が誘ってくれたのだ。等躬殿は問屋の仕事をこなしつつ、近くに持つ田畑で家人総出での田植えまでしている。相当疲れているはずなのに誘ってくれるのには、わけがあるように思えた。

「ぜひお願いいたします」

平膳に用意された酒は伊丹のものだという。漆器の杯に注がれたその酒はとろみが強く、味は甘くて濃いものだった。

「うまいですな」

感嘆していると等躬殿が単刀直入に聞いてきた。

「桃青の世話はしんどいだろう。深川からここまでずっと二人旅。気が休まる暇もないのではないか」

どうやら等躬殿はわたしを心配して、誘ってくれたようだった。

「気は休まりませんね。しかし楽しくもありますよ」

「楽しいとは」

「翁の句が生まれる瞬間に立ち会えるのです。こんなうれしいことはないですから」

「なんだ、曾良殿も桃青の心酔者か。よくもまあ、こらえ性がなくて自分にしか興味のない男につき従って、平然としていられるものだ」

等躬殿が苦笑いで酒をあおる。以前より疑念を抱いていたことがあり、ふと尋ねてみた。

「古参の門弟たちは、かつての翁はもっと厳しかったと口をそろえます。いまも気難しいですが、閉口して離れたくなるほどではありません。そんなにも甚だしかったのですか、かつての翁は」

「なるほどな」と等躬殿は少しばかり考えにふけってから口を開いた。「いまの桃青はわしが武州で見ていたころとは違っているというわけだな。たしかにこの数日、桃青の様子を窺っておったが、宗匠然とした落ち着きを感じられたわ。わしが知っているのは宗匠になる前と、なってからしばらくのあいつだからな」

「そのかつての翁について教えてほしいのです」

わたしは杯を置いて居住まいを正した。等躬殿が声を上げて笑う。

「そこまでか。そこまで桃青を慕っているのか。であるなら、桃青に可伸を紹介すべきでなかったかもしれんな。桃青の可伸への尋常ではない入れこみよう、曾良殿には面白くなかろう」

答えに窮してうつむくと、「悪かった、悪かった。冗談だ」と等躬殿は笑いながら謝った。

「曾良殿は桃青の来し方を、どのくらい知っておるのだ」

「藤堂家に仕えていたことや、そこで俳諧に出会ったことは」

「では、桃青の俳諧の始まりが、貞門(ていもん)だったことは知っているわけだな」

「もちろんです」

俳諧は連歌から生まれた。そして俳諧が普及するにあたり、中心にいたのが松永貞徳(まつながていとく)だ。彼を祖とする一派は貞門と呼ばれる。

翁が藤堂家の良忠殿に仕えたのは十九歳のときのこと。良忠殿は蝉吟という俳号を持ち、松永貞徳の門人である北村季吟(きたむらきぎん)に教えを請うていて、若き日の翁もともに指導を受けた。つまり翁の出発点は貞門だったわけだ。

貞門は京都を中心に興ったものだが、遅れて大坂より西山宗因(にしやまそういん)を指導者とする談林(だんりん)と呼ばれる一派が生まれた。

談林は付け句の方法が貞門と異なる。句の題材はより奔放だ。古典をばかばかしく作り直して詠みこんだり、謡曲調を取り入れたり、とにかく真新しさを追究することで一世を風靡(ふうび)した。

求めるところが違う貞門と談林は反目し合うようになる。貞門は談林の自由奔放さを阿蘭陀(おらんだ)流などと呼んで蔑み、談林は貞門の古い伝統の一切を否定した。

この対立は古典の伝統を受け継いできた京都と、天下の台所として栄えて町人が台頭した大坂による、文化面での抗争とも言えた。

対立が表面化したのは延宝二年頃。翁はすでに江戸へ下っていた。明けて延宝三年、西山宗因が東下した際に百韻興行である『談林十百韻(とっぴゃくいん)』が催され、翁も参加したそうだ。

当時、翁は三十二歳。若き翁が談林の祖である西山宗因とどのようにまみえたのか、その絵を想像すると面白い。翁が談林にぐっと接近した時期だった。

「桃青が藤堂家を致仕したのち、京都の北村季吟に直接の指導を受け、連俳の秘書である『埋木』を伝授したのは知っておるな」

「はい」

「あのころ京都や大坂の西の地は、談林の新風が吹きまくっておってな。俳諧師としてやっていく隙がなかったのだよ。それで桃青は江戸へ出たようだ。野心に満ちあふれていたぞ、あのころの桃青は」

「野心ですか」

「剝き出しだったわ。なにせ三十歳を越えているのに、宗匠立机がまだときている。俳諧で名を上げるには遅い年齢だ。しかも地縁もなければ縁故もない江戸で、俳諧師として食っていこうというのだ。駆けずり回っておったな」

「あの翁が食べていくために駆けずり回っていたなんて」

等躬殿が懐かしそうに目を細めて言う。

「支援者となる杉風殿を見つけ、高野幽山の執筆を務めて宗匠立机の準備を着々と進め、句会も盛んに行っておった。天満宮に百韻の二巻を奉納したこともあったな。そしてなにより万句興行よ」

わたしはごくりと唾を呑んだ。

「延宝五年のことですね」

万句興行とは、百句で一巻とする俳諧の興行を百巻行うもの。つまり一万句読む。興行で一万句を詠むとなれば、時間も人数も膨大となる。俳諧が詠める者を百五十人ほど集めるのが常で、延べ人数で言ったら三百人から四百人まで届く。

こうした人たちを江戸市中から掻き集めるには、伝手を最大限に活用しなくては不可能だ。翻って言うなら、集めることができた翁はそれだけの人脈を築いていたことになる。なるほど、駆けずり回っていたのだろう。

万句興行は場所代や懐紙の代金など経費もかさむ。四十両から五十両は必要となる。普通に働いたら半年近くかかる金額だ。おいそれと用意できるものではない。こうした経費の出資を請け負ってくれる人物も、翁は駆けずり回って探したはずだ。

当時の支援者として野口在色(のぐちざいしき)の名を聞いている。西山宗因が東下したときに催された『談林十百韻』において、野口在色は主要な連衆だった。材木問屋を営んで裕福であり、出資の面でも、参加者を募るうえでも、大変に世話になったようだ。

「万句興行は大規模ゆえ、成功すれば知名度がいっきに上がる。多くの門人を獲得するために打ってつけだからな」

「しかし失敗すればすべてを失いますよね」

「もちろん桃青はそれを承知で、江戸の俳壇に躍り出るための大博打へ打って出たってわけだ。意欲なんて言葉では生ぬるい。野心がなければ万句興行などできやしない」

「まさに野心ですね」

あの翁が、と驚く。

「まあ、当時の桃青は万句興行の成功で地歩を固め、宗匠として食っていく以外に、俳諧に携わる生き方はできなかったからな。年齢的には遅く、ゆかりのない土地で門戸を張ろうというのだから」

翁が大勝負をしていた。その姿を想像して、わたしはなんだか興奮してきて杯を重ねた。等躬殿はわたしの興奮を見透かしたのか、「ふふ」と笑みをもらした。

「がつがつしていたころの桃青をわたしは知っているからこそ、曾良殿が心酔している姿には驚いたのだよ。桃青が深川に隠遁したと聞いたときも信じられなかったが、久々に会ってみたらなるほど灰汁が抜けている。心酔者が多いのもむべなるかな、と考え直した次第さ」

等躬殿も杯をあおった。それから「ただな」と続けた。

「三つ子の魂百までと言うだろう。桃青は変わっていないぞ。きっとまだまだごりごりの野心を抱いておる」

「たとえばどのような」

思い当たらないので尋ねる。

「では聞くが、奥州の旅の目的はなんだ。終着の地はどこだ」

「歌枕を訪ねる旅とわたしは聞いております。終着の地はいまひとつ定かではなくて。塩竈の桜と松島の月を見たいとだけはかねてより申されております。奥州をぐるりと回り、最終的には伊賀にいる翁の兄に会いにいくのではないかと」

「それは確かなのか。桃青の口から聞いたのか」

「いえ、それが」

言葉を濁すと、等躬殿はからからと笑った。

「よいか、桃青は有為転変ぞ」

「はあ」

「あいつは望むところは激しく心に描くくせに、目的やら主義やらはくるくる変わる。一定であることがない。宗匠として三都に名を響かせ、優秀な門弟を擁して江戸に蕉門ありと一流を確立したのに、あっさりと投げ打って隠遁した。わしをはじめ万句興行に協力した者たちも、あ然としたものよ。せっかく宗匠として神輿（みこし）に担いだのに、名利はいらぬなどと言ってすべて捨ててしまうのだからな。俳風だってころころ変えるだろう」

「そうですね」

「貞門に始まり、談林の影響を強く受け、やがて独自の俳風を求めるようになった。昨今は『冬の日』に始まる漢語を多用した情緒も感傷もたっぷりなものへ変わった。わしは好きだぞ、あの『冬の日』の調子は。だが漢詩趣味のお高く留まったものと嫌う者もいる。談林の誹風を卑俗と暗に難じているように感じられるらしくてな」

「そんなことは」

「そう受け止める者もいるということだ。在色殿などは面白く思っていないようだったな」

「初めて聞く話です」

「思うに、桃青の誹風はまだまだ変わるぞ。そばにいる曾良殿なら、すでに感づいているだろう」

新しみは俳諧の花なり。翁は常に新風の足がかりを探している。

「変わろうとしていると思います」

「あいつは変化するその瞬間にしか、生きている実感に浸れないのだよ。むかしと変わらずそうした自分にしか興味がないのだ。そしてわしら他人からでは、変化の前後の脈絡が見出しにくい。もしかしたらだが、桃青は変化していくそのさきを、己でも理解していないのではないのか。桃青が俳書を残さないのは、あいつの中に筋の通った理がないからではないのか」

　等躬殿も酔ってきたのか、だいぶ辛らつになってきた。

「わたしは未熟ゆえ、翁の方寸はわかりかねます」

「いや、誰もわからないだろうな。きっと桃青自身もわかっていない。あいつにあるのは変化したい欲求だけだ。旅に身を置くのも、変化に心を晒しておきたいがため。そうであろう」

　そうかもしれない。わたしは頷かざるを得なかった。

「しかしながら桃青が切り開いた、いや、いまも切り開き続けている蕉風はすばらしい。そこに疑いの余地はない。あいつの名はのちのちの世まで残る。あいつの句も百年あるいは二百年と時を超える。ただ、後世の人たちは困惑するはずだ」

「なにゆえに」

「桃青がどういった意図で句を詠み、どういった理由で俳風を変えるのか、道筋が見えにくいだろうからな」

　等躬殿が言わんとしていることは、わからないでもなかった。翁は説明をしない人だ。俳諧興行で句を評価する言葉から、普段のふとした瞬間にもらす俳諧にまつわる言葉から、翁の考えを推し量るしかない。ともに過ごす門弟一同でも、真意を測りかねるのだ。後世の人となったら、ちんぷんかんぷんだろう。

「そこで旅の目的と終着地の件に話が戻るのだが」

ぴしゃりと等躬殿が自らの膝を打った。等躬殿の会話がどこに向かっているのか、これまでの流れから推察できた。

「旅の目的も終着の地も、翁の中で変わっていくと等躬殿は言いたいわけですね。この旅中にも変わっていく」

「曾良殿は聡い。その通りだ。桃青は奥州の旅の目的を、歌枕探訪と明言していたのだろうが、すでに変容しているかもしれん。そして旅の目的が変われば、終着地も自ずと変わるであろう」

「もし旅の目的が変わるとしたら、どのようなものになると思われますか」

ずばり問うてみた。等躬殿には思うところがあったようだ。神妙な顔つきに変わる。

「須賀川での初日、三吟で桃青が出した発句を曾良殿は覚えておるか」

三吟とは一巻を三人の連衆で詠作することだ。当然、覚えているので頷く。発句は関越えに寄せたものだった。


〈風流の初めや奥の田植歌〉


等躬殿が顔をしかめて言う。

「なんだ、あの句は」

「まずい句だったでしょうか」

「そうではない。逆だ。すばらしい。だがあまりに吹っ切れている。歌枕を巡礼し、その地の名歌古歌に詩趣を駆り立てられ、同じように句を残そうとする態度とは違う。桃青が残そうとしているのは自分自身ではないのか」

「自分自身とは」

「白河の関を訪れた者は、西行上人が歌を詠み残した地と心を揺り動かされ、和歌を残したくなる。そうした心持ちはわかるな」

「それはもう」

　歌枕の地に着いたなら、どうしたって先人に倣って自らも一筆残したくなる。

「西行上人が亡くなられて五百年が経つ。それでも西行上人の言の葉は影響を持ち続けている。それと同じように桃青も五百年後に残る白河の関にまつわる言の葉を、俳諧にて残そうと試みているのではないか。もっと言ってしまえば、歌枕にまつわる言の葉を、自らの俳諧へと新しく塗り替えようとしているのではないか」

「塗り替える、ですか」

「名歌や古歌に取って代わろうというわけさ」

「それは大胆すぎます。不遜です」

「だから言ったであろう、桃青はいまもごりごりの野心を抱いているに違いない、と」

白河の古関で翁が失意と混乱の中に突き落とされたとき、俳諧師として旅をしていきましょうとわたしは句にて訴えた。まさかあれが契機となったのだろうか。

いや、翁ほどの人がわたしごときの言葉に左右されるとは思えない。もともと名歌や古歌に取って代わろうといった野心があり、鳴りを潜めていただけでは。思い返せば、翁は奥州への旅立ちを異様に急いていた。あれはほかの俳諧師に先駆けて野心を果たしたかったからでは。

「俳枕だな」と等躬殿が言う。

「歌枕ではなくて、俳枕ですか」

「そうだ。雨に一日降りこめられた日があったろう。あの日、桃青は奥州の歌枕の所在について、わしに入念に聞いてきた。覚えているか」

「覚えております」

翁が執拗に質問していたので不思議に思いつつ、等躬殿が教えてくれた歌枕を帳面に書き留めていた。

「あれは歌枕の地に自らの俳諧を残し、上書きをしていくつもりだからだよ。俳枕に変えていくつもりなのだ。それからあいつは奥州の名所旧跡や、謡曲に登場する地まで仔細に聞いてきていたな」

「ええ」

「俳諧は雪月花から人糞まで題材にできる懐の深さがある。和歌では無理だが、俳諧ならば謡曲を題材とすることだってできる。たとえば奥州にある謡曲で知られた地で名吟を残せば、俳枕として地図に記されるようになる。もちろんその地には桃青の名も刻まれる。あいつはこれから奥州に自らの名を残す旅に出るつもりなのだよ。途方もない野心さ」

等躬殿が唱える通りならば、あまりに業が深い。

「妄言と思うか」

ずいとその身を等躬殿は乗り出してきた。

「まだ判断はつきかねます」

「桃青をよく見ておれ。あいつが俳枕のための種を蒔き、奥州に新たな地図を作り上げる様子を観察できるのは、随行者である曾良殿だけだからな。それからもうひとつ気がかりな点がある」

等躬殿の人差し指が天井を指して伸びる。身構えて顎を引くと、行燈の明かりが人差し指に当たり、襖に不吉な影を作った。

「桃青が今回の旅を旅日記としてまとめようとしていること、曾良殿は耳にしておられるか」

「翁は冒頭の草案をすでに書いておりました」

「その旅日記だが、書くうえでの組み立てというか、仕掛けについて、桃青から相談されてな」

旅日記を書くならば、ありきたりなものにしたくないと翁は言っていた。

「どのような相談でしょう」

「連句の形式を下敷きにして、旅日記をしたためたいそうなのだ」

「面白そうではないですか」

長句と短句を交互に付けていく連句の形式に、翁は並々ならぬ自信と愛着を抱いている。

一句を独立した形で鑑賞する発句なら、其角殿は肩を並べると翁も認める。だが連句だったら自らが随一と翁は譲らない。

あの自信や誇りから、連句を下敷きにすることを思いついたのかもしれない。

「歌仙を下敷きとするからには、旅日記を四つの部に分けたいそうだ。歌仙は懐紙の一枚目を表と裏に、二枚目も表と裏にと、四つに分けるだろう。旅日記もそれに準じた作りにしたいというのだよ」

一枚目の表は初折(しょおり)の表、裏は初折の裏、二枚目の表は名残の表、裏は名残の裏とそれぞれ呼ばれる。

漢詩に起承転結があるように、歌仙も分けられた四つの部にそれぞれ特色があり、序破急でもって説明される。

　初折の表は序なので落ち着いてゆるやかに。

　初折の裏と名残の表は破なので、大胆かつ変幻自在で趣があふれるように。

　名残の裏は急ぎつつも穏やかに。

「歌仙の序破急の流れを、旅日記に用いようというわけですね」

「ご明察。そして旅日記を四つの部に分けたうえで、句の数も歌仙に照応させたいらしい。歌仙と同じように六句、十二句、十二句、六句とそれぞれ四つの部に配置する」

「注文が多いですね」

「さらに歌仙を下敷きにするからには定座(じょうざ)も入れたい、と」

　わたしは思わず顔をしかめた。

「それはさすがに難しいのでは」

　歌仙には二花三月(にかさんがつ)の決まりがある。一巻の中に花の句つまり桜の句をふたつ、月の句をみっつ詠み入れなければいけない。詠む位置もおよそ定まっており、それゆえに定座の花とか定座の月と呼ばれる。

「わしも無理だと言ったさ。事実を書き留めていく旅日記を、歌仙の形式に仕立てあげるのは難題だ」

「着想はすばらしいですが、旅日記としても成り立たなくなるのでは」

「しかし桃青が聞き入れなくてな。それで全体の構えや仕掛けはあと回しにして、題材だけを歌仙に寄せるべきと提案したのさ。桜や月を出し、ほかは雑の句と同じようにすればいいとな」

発句とそれに続く脇句には、句が詠まれたその時期の季語を入れるのが決まりだ。たとえば夏に詠まれた発句ならば夏の季語を、冬に詠まれた発句ならば冬の季語を。

また、定座の花とは桜であるため季節は春であり、定座の月は秋のものとされる。歌仙はその成り立ちに四季が大いに関係しているわけだ。

しかしそれ以外は季語を持たない無季の句、いわゆる雑の句と呼ばれるものが、歌仙の三十六句中の大半を占めている。

雑の句の題材は森羅万象に及ぶ。無尽蔵と言ってもいい。ゆえに題材はある程度だが整理され、分類されている。神祇、釈教、恋、無常、述懐、懐旧、人倫、旅体、生類、植物、時分、夜分、名所、山類、水辺、降物、聳物、居所、食物、衣類、同字などなどだ。

つまるところ等躬殿の翁への提案は、歌仙における四季と、雑の句の題材のみを、旅日記に応用したらどうかといったものだった。

「それならばできそうですね」

桜と月は旅日記に登場させやすい。神社や神道に関連する神祇も、仏教や仏法に関連する釈教も、旅中いくらでも出会う。

「旅日記でありながら、読んでみれば歌仙の面影を感じられる。そういったものに仕上がるだろうと提案したところ、桃青はたいそう気に入ってな。いますぐにでも書きたくなったようで、うずうずしておったわ。だが不穏なことも口にしておった」

ふいに等躬殿の顔が曇った。

「不穏とは」

「季語や季題はいいとして、雑の句の題材と都合よく出会えないかもしれないと心配するのだ。恋も、死別を扱う無常も、旅中に出会うのは難しい、と」

それはそうだ。わたしや翁ほど恋と無縁な人間はいない。其角殿だったら、宿場の遊女となんらかの物語を紡げるだろうが。死別に関してはご遠慮願いたい。

「翁が望むような旅にはならないと思いますよ」

「桃青もそれはわかっておる。だからこそ旅日記の展開に起伏を持たせるために、あえてそれらに近づくような旅をせねばならないと言うのだ」

「それはつまり、言の葉での作品のために、現実のほうを曲げていくというわけでしょうか」

「そのつもりのようだ」

翁なら言い出しかねないことだった。

「そのうえで曾良殿には言い出しにくいのだが、旅中に雑の句の題材が集まらなかった場合、人倫といった題材で曾良殿との別れを設けねばと、桃青は言うのだ」

「え」

「ともに旅をしてきた人物との別れ。それを旅日記におけるひとつの場面として描きたい。そういった腹案を練っておってな」

頭の中から言葉が失われていく。呆(ほう)けたように口を開け、等躬殿の言葉を反芻(はんすう)する。

つまり今後、翁から切り捨てられるというのか。

旅日記に山場を設けるために、離脱するように命じられるというのか。

「曾良殿が傷つくのはもっともだ。だが桃青から唐突に宣告されるよりはよいかと思って、伝えさせてもらった。もちろん桃青がどこまで本気かはわからない。気まぐれなあいつのことだ、思いつきで話しただけってこともある。ともかく桃青が離別を仄(ほの)めかしてきたら、今宵わしが伝えたことを思い出してくれ。そのときの身の振り方は、曾良殿に任せる」

任せると言われても。わたしにしてみれば、翁の望むところがすべてだ。離別を仄めかされたら、一も二もなく従うしかない。

願わくは、今回の奥州の旅が起伏に富んだものとなり、わたしとの別れを盛りこむ必要などなくなればいい。なんだったらわたしから率先して、旅日記に書かねばならないことがらを増やせばいいのでは。

そんなことを朦朧とした頭で考えていたところ、廊下からみしみしと足音が聞こえた。等躬殿と視線を交わす。障子戸が開き、翁が大あくびで現れた。

「なんですか、ふたりでこそこそと。わたしの陰口が酒の肴というわけですか」

「よくわかったな、桃青。壁に耳あり障子に目ありだ。桃青がいかに西鶴を嫌っているか、曾良殿にじっくりと聞かせてやっていたところだ」

翁は心底いやそうに顔をしかめ、中まで入ってくると胡座をかいた。等躬殿が杯を渡して酒を注ぐ。翁は起き抜けのはずなのに、ぐっと飲み干した。

「せっかくの美酒なのに、聞きたくもない名前のせいで味が落ちますな」

「わはは、桃青は相変わらずの西鶴嫌いだな」

等躬殿は顎を上げ、大笑いした。

井原西鶴。

言わずと知れた西の大傑物だ。当世を生きる文人でその名を知らない者はいない。もちろん市井の人々にも広く知れ渡っている。翁があまりに嫌うため、わたしはかえって西鶴について詳しくなってしまった。

年齢は翁よりふたつ上。十五歳で俳諧を始め、二十歳過ぎには俳諧に評点を加える点者となった。三十二歳にして万句興行である生玉万句を成し遂げる。翁より二歳ほど早い。

もともとは貞門で鶴永（かくえい）という俳号を名乗っていたが、西山宗因の門下となり一字をいただいて西鶴となった。

折しも宗因の主導する談林が活況で、西鶴は談林の俊秀として成り上がった。翁が京都や大坂の地で俳諧師として食いこめなかったのは、西鶴をはじめとする談林の新風が猛威を振るっていたせいだろう。

翁が西鶴を嫌う理由はふたつある。

ひとつには点料を取るため。宗匠の中には点料を受け取るために、門弟におべっかを使う者までいる。門弟は大切なめしの種というわけだ。

翁はこうした輩を俗物として嫌う。西鶴もそうしたひとりと目しているのだろう。銭のために俳諧をやりやがってと腹立たしいのだ。

もうひとつは西鶴が創始した矢数（やかず）俳諧のせい。矢数俳諧とは三十三間堂（さんじゅうさんげんどう）で行われた通し矢に模して、一昼夜または一日のあいだに、どれだけ独吟を作れるかを競う俳諧興行だ。

西鶴は幾度かの興行を重ねたのち、ついには一昼夜で二万三千五百句を作り、自らを二万翁などと呼んだ。

一昼夜で二万三千五百句を作るとなれば、息を吸って吐き、また吸って吐いてと、二度の呼吸のあいだに一句を作らねばなるまい。究極の速吟と言っていい。

翁は一句を何度も練り直し、最上のものに仕上げていく。速吟や数ばかりを誇る西鶴を、自らを喧伝したいだけの浅ましくて賤(いや)しい人間と嫌った。門弟一同が困惑してしまうほどの嫌いようなのだ。

「昨年に西鶴が出した『日本永代蔵』は、評判がいいみたいだな」

等躬殿が挑発するように、西鶴の浮世草子の名を挙げた。浮世草子は通俗的な読み物だ。

「そんなものは知りません。当世の人情を小賢(こざか)しいくらい隅々にまで求め、洗練されていない文章で綴(つづ)られているのに、喜んで読む人たちはどうかしている」

翁は不快を示すためにか、ぷいと横を向いた。等躬殿が笑う。

「なんだ、桃青。文句を言うわりには目を通しているではないか」

「いやでも目に入ってきた。それまでのことです」

西鶴が二万三千五百句を詠んだのは貞享(じょうきょう)元年のこと。それ以降、表立った俳諧の活動は見られない。

代わりにと言ってはなんだが、その二年前に『好色一代男』を出板し、これが好評を博して売れに売れ、その後は多くの浮世草子を書いて第一人者となった。『日本永代蔵』は猫も杓子(しゃくし)も手に入れるほど。いまや西鶴の名は全国津々浦々にまで知れ渡っている。

歌舞伎や浄瑠璃にも手を出し、流行り(はやり)の渦の中心にはいつも西鶴の名があった。

「矢数俳諧を流行らせ、一昼夜で二万を超える句を詠み、浮世草子も出せば飛ぶように売れる。西鶴は化け物だな」

等躬殿が素直に感心してみせる。

「くだらない」

翁は言下に否定した。等躬殿がわたしを見る。

「曾良殿はどう思われる」

旅中に翁から別れを切り出されるかもしれない。その話がまだ呑みこめていないのに、翁の前で西鶴について語るなんて難しい。懸命に頭を働かせ、はぐらかすための言葉をなんとか吐いた。

「其角殿は西鶴の奇才ぶりに、見るべきものがあると言っておりましたが」

「それよ」と翁が不満げな声をもらす。「其角のやつ、去年も西鶴と会っておった。あんなでたらめな阿蘭陀西鶴の、どこに見るべきところがあるというのか」

実は其角殿は、西鶴が二万三千五百句を詠んだ興行の後見人を務めていた。昨年も大坂へ訪ねていき、杯を酌み交わして楽しく過ごしたとのこと。

其角殿は西鶴を兄のように慕っている。翁はそれが面白くない。だからわざと阿蘭陀西鶴とけなした。

わたしは西鶴と面識はない。聞くかぎりでは食えない人物のようだ。異端とそしるための阿蘭陀流という語で非難されても、面白がって阿蘭陀西鶴と自ら名乗る。そうした居直りが翁には腹立たしく感じられ、其角殿の目には図太くて好ましく映るのだろう。

「桃青よ、そんないらいらするな。わしからすれば、おまえも西鶴と同等の化け物よ。西の化け物と東の化け物さ」

等躬殿が再び翁に酒を注いだ。翁は黙って杯をあおる。褒められて気をよくしたのか、それとも同列では面白くないのか、表情からは読み取れない。

たしかに等躬殿が言う通り、翁も化け物だ。俳諧のために名利も現し世の幸せもすべて捨てた。夜具と米を入れるための瓢簞(ひょうたん)しかない草庵で暮らし、体ひとつで俳諧と対峙(たいじ)する生活を選んだ。俳諧のことだけを考えていられるように。いや、俳諧のことだけしか考えられないように自らを追いこんだ。

どうしてそこまで俳諧ひと筋になれるのか。無心になるためとはいえ、なぜ俳諧以外の一切を捨てられるのか。解脱を求める修行のようなことを、翁は俳諧において行っているのだ。誰もが理解に苦しみ、「もっと楽しめばいいのに」と門弟が陰で言うのをよく聞く。

昨年、其角殿は西鶴の家を訪れ、さらに親交を深めたという。だが、とある翁の句をめぐって意見が割れたそうだ。

西鶴は翁の句を俳諧ではなく、連歌であろうと疑義をはさんだ。しかし其角殿は即座にこう返したという。

「翁は全身俳諧なる者なり」

其角殿の心中は察して余りある。翁は俳諧に一途だ。翁から生まれ出るものはすべて俳諧だ。頭のてっぺんから足の爪先まで、俳諧を生み出すためにあるような人だ。言うなれば、全身俳諧師。俳諧のためだけに息をして、いまわの際まで俳諧だけを考える。そういう透徹した化け物だ。

西鶴の名を売らんとする態度や姿勢を強欲というなら、俳諧を和歌などの風雅の伝統にまで押し上げようとする翁の願いも、じゅうぶんに強欲の域に達している。

翁は脱俗を求め、名聞に背を向けるがゆえに気づかれにくいが、この欲深さは尋常ではないのだ。

なぜ同じ時代の同じ俳諧という野に、こうも毛色の違う化け物が二匹放たれたのだろう。わたしは不思議でならない。

そして化け物であるがゆえに翁は、旅中に平気でわたしを切り捨てるだろう。化け物はいまわたしの隣で、素知らぬ顔で酒を飲んでいる。

八

四月二十九日、等躬殿たちと別れ、須賀川を発った。郡山まで移って泊まる。五月一日には歌枕として有名な浅香山へ。翁の好きな藤原実方にまつわる歌枕がある。

藤原実方は平安時代の風流才子だ。多くの女性と浮名を流し、『枕草子』の清少納言とも交わりがあったと言われている。

なぜかわからないが、翁は敗残した武士や憂き目にあった歌人を好む。栄華を極めた権力者やその道の成功者より、辛酸を嘗めた者に惹かれる。実方もそうしたひとりだ。

実方は説話によれば、三蹟のひとりとして知られる藤原行成と宮中で口論になり、冠を奪って庭へ投げ捨てた。それを見ていた一条天皇の怒りを買い、「歌枕を見て参れ」と陸奥守に左遷された。

冠を投げ捨てる実方の姿を思い描くとき、わたしはどうしてもその顔が翁になってしまう。がまんならずに相手の冠を奪うあたり、翁と重なる部分が大いにある。

その実方が奥州に着任して、端午の節句を迎えたときのことだ。端午の節句といえば、軒先に菖蒲を飾って邪気を払うのが習わし。しかしこの地に菖蒲はないと土地の者たちが言う。

であるならばと実方は、『古今集』の〈みちのくのあさかの沼の花かつみかつ見る人に恋やわたらむ〉で知られた花かつみを軒先に飾ったとされる。

浅香山を訪ねたあと二本松へ入った。安達ヶ原の鬼婆で有名な黒塚へ向かう。もちろん、ここも歌枕として有名だ。その日は福島まで移動して泊まった。

五月二日、福島を出て、もぢ摺石を見るために信夫の里に向かった。そのむかし信夫の里では、よじれた流線模様を染め出した布地が特産だった。もぢ摺石は摺り染めをするために用いられていたものだったらしい。石に布を当て、草の葉や茎などの汁で模様を摺り出す。ここ信夫の里もまた歌枕として有名で、『伊勢物語』にも出てくる。

もぢ摺石は谷あいの地にあった。喜び勇んで向かったのだが、やっと対面できたもぢ摺石は半ば土に埋もれていた。しかも模様のある表側が下になっている。白河の関といっしょだ。歌枕として廃れてしまっていた。

石は長さ一丈余りで幅は六尺ほど。楢の丸太の柵で囲まれている。呆然と眺めていると村の子供たちが集まってきた。ひとりの男の子が得意げに教えてくれる。

「むかし、もぢ摺石は山の上にあったんだって。だけどね、通りかかった人たちが畑の麦の葉を勝手に取って、この石で擦ってみるもんだから、村の人たちが怒って石をこの谷に突き落としちゃったんだってさ」

子供たちは案内をしたことで褒めてもらえると期待していたようだ。わたしと翁の周りをうろつく。しかし翁が体を震わせ、怒りの言葉を発した。

「こんなことがあっていいのだろうか。なんて残念なことを」

翁は歌枕の壊廃を激しく嘆いていた。怒りが収まらないらしく、手にしていた竹杖で何度も地面を突く。

歌枕の成れの果てを見て、これほどまでに怒る人間などいままでいなかったに違いない。子供たちの目に恐れが浮かぶ。あとずさりしたあと、蜘蛛の子を散らすかのように去っていった。

すまない、子供たち。君たちには想像もできないこだわりを持つ大人がいるものなのだよ、世の中には。

怒りで煮立った翁をなだめながら歩かせ、阿武隈川を舟で越えた。十四、五町歩き、瀬の上という宿場に着く。このあたりの庄司だった佐藤基治の館の跡は、左手の山寄りへ一里半ほど行ったところにあるという。

その佐藤基治は平泉の藤原秀衡の家臣である。息子である継信と忠信は、源義経の忠臣として華々しい活躍をし、その命を捧げたことは古浄瑠璃の『八島』などに詳しい。特に兄の継信は屋島の戦いで義経の矢面に立ち、射貫かれて死んだ。彼らはいわば悲劇の一族。翁の敗残者好きが発揮され、菩提寺である医王寺を訪れることとなった。

医王寺には佐藤基治夫婦の墓碑と、継信と忠信の兄弟の墓碑があった。また、宝物として源義経の笈(おい)や、弁慶(べんけい)が書写した大般若経(だいはんにゃきょう)があるそうだ。

翁が歌枕でもない佐藤一族の地を訪れ先と選んだのは、等躬殿が言っていたように、俳枕の候補地ゆえだろう。今後の旅は、翁が抱く思惑との答え合わせになりそうだ。

しかしながら、このまま翁の不遜な旅に黙ってつき従っていいのだろうか。見て見ぬふりが随行者としての正しい態度なのだろうか。旅が進めば進むほど、悩みの嵩が増えていきそうでいやになる。

しかもわたしは翁からいつ別れを切り出されるかわからない身。投げやりな気分に陥りそうになるのをこらえ、翁の背中に続いた。

五月三日、宿を取った飯坂(いいざか)の地を発ち、伊達の大木戸(おおきど)を過ぎた。藤原泰衡(やすひら)の軍が、奥州討伐の源頼朝(よりとも)の軍を迎え撃った地だ。佐藤基治敗軍の戦地でもある。

さらに進み、越河(こすごう)の番所からいよいよ仙台領へ入った。

江戸を発って今日で三十五日目。予想よりだいぶ日数がかかっている。

越河の番所で誰何(すいか)されたのち、入判を受け取る。この入判は入国許可の証(あか)しであり、身分を証明するものでもある。なくしてはいけないので大切にしまっておく。

仙台領に入ると、道中に沿って美しい松並木が続いていた。鐙摺(あぶみずり)と呼ばれる大きな岩が重なった狭い道を通る。馬が通ると鐙がぶつかり、摺れたり壊れたりしてしまうことで有名だ。ここも義経が通ったといった逸話が残る。

鐙摺を抜ければ、これまた佐藤庄司の一族にまつわる甲冑堂へ至る。小さなお堂で、中に長刀を持ったふたりの女性の木像が安置されていた。継信と忠信の妻である楓と初音の像だ。

古浄瑠璃の『八島』によれば、継信と忠信が源義経につき従って出陣したあと、父の基治が子らを心配するあまり病に伏せってしまった。臨終の際、基治が安心して往生できるように、妻は楓と初音に甲冑を着せてこう語りかけた。

「継信が帰ってきましたよ、忠信が帰ってきましたよ」

無事に凱旋したように見せかけたというわけだ。なんとも家族思いな一族ではないか。楓と初音の木像を見た翁は、悲劇の佐藤一族への思いが募りすぎてこらえきれなくなったのか、むせび泣いた。涙も鼻水もいっしょくたになるくらいの泣きっぷりだ。

そうした翁を見て案内をしてくれた土地の者がうろたえている。甲冑堂を見て号泣する者などいないのだろう。

わたしはもはや翁の涙もろさや怒りっぽさに慣れてしまい、傍らにいても冷静だった。声をかけずにそっと小菊紙を差し出す。翁の喜怒哀楽にいちいちつき合っていたら、こっちが疲れてしまう。そう学んだ。

ただ冷静である分、不審な点に目がいってしまう。

翁が敗残者に惹かれる人であることは承知している。だがここまで深く嘆き、しのぶのはなぜなのか。しかとした理由があるから肩入れするのではないだろうか。

五月四日、白石を発って阿武隈川を右に見つつ北上し、岩沼に入った。岩沼の歌枕といえば武隈の松を外せない。

武隈の松は根元から二股に分かれ、二木の松とも呼ばれる。勇んで見にいくと、松は竹垣で囲ってあった。

かつて武隈の松は名取川の橋杭にするため、伐って用いられたこともあるそうだ。また、かの能因法師が訪れた折には存在しなかったという。代々伐られたり、枯れては植え継がれたりしつつ、松はむかしと変わらぬ姿を留めてきたというわけだ。

翁は武隈の松を見て、大はしゃぎだった。

「実にすばらしいな。はっと目が覚めるような心地がするではないか」

ここまでいくつもの廃れた歌枕を見て翁は胸を痛めてきた。千年の齢を重ねためでたい姿を見られて、喜びも一入といったところなのだろう。

思い返せば須賀川を発って以降、浅香山、黒塚、もぢ摺石、医王寺、甲冑堂、武隈の松と俳枕の候補地をめぐってきた。白河の関を越えたとき翁は「どういう旅をしていくか心が定まったわ」と旅心が定まったことを口にしたが、たしかに以前と旅に臨む態度が変化している。

一番変わったのは目つきだ。ふたつのまなこを炯々(けいけい)とさせ、熱に浮かされたような面持ちで突き進んでいる。たぶん、少しでも多くの俳枕の候補地を渉猟したいからだろう。

ただ、ここまで順風満帆の旅だったわけではない。須賀川を発ってまもなく翁は体調を崩している。

旅立ちに際し、等躬殿が馬をつけてくれて、弁当まで持たせてくれた。翁はさきを急ぐあまり弁当に手をつけず、やっと口にしたときには傷んでいたようだ。

もとより翁は胃腸が弱い。傷んだ弁当に腹が耐えられるべくもなく、草陰や林に何度も駆けこんだ。戻ってくるときの翁はよれよれで、真っ青な顔をしていた。

腹はいっこうに治らず、痔疾が再発した。馬の背に揺られれば、尻も腹も痛いといった有様だ。奥州は朝夕が冷えるため、腹がゆるんで厠から離れられない。寝床で腹痛に悶え、眠れないまま朝を迎えた日もあった。

それでも翁は歩みを止めなかった。進めば進むほどげっそりとしてきて、次第に頬がこけてきた。口数も減ってしまっている。

出湯(いでゆ)のある地にて養生を提案したが拒まれた。

「なにを言う、曾良。今回の旅は辺土の行脚よ。この身は捨て去り、現世の無常を生きるのだ。たとえ路上で果てたとしても、それもまた天命よ」

いまや翁は気力のみで進んでいる。歩いているときは眼光炯々、休むとなれば虚ろとなる。つき従うわたしの目には、翁の肉体までもが夢幻の世界へ奪われつつあるように見えた。命が削られているのだ。

翁は生きて帰れないかもしれない。

そうした不安が日に日に色濃くなっていく。

翁の体調がすぐれないため、予定していた旅程をいくつか省くこともした。浅香山では花かつみ探しをあきらめた。藤原実方が軒下に飾った花かつみを、沼まで探しにいきたいと翁は願っていたのだけれども。医王寺では義経の笈や弁慶書写の大般若経などの宝物を、見せてもらう余裕がなかった。

武隈の松を過ぎると、左に一里ばかり外れて笠島(かさしま)がある。翁の好きな藤原実方の墓がある地だ。ここも紆余曲折あったが、結局は省く形になった。

実方は一条天皇の不興を買い、奥州の地で塩竈大明神の導きによって阿古屋(あこや)の松などの歌枕の調査をしていたが、許しの達しは届かなかった。

その最期は流寓(りゅうぐう)の末の横死だ。笠島道祖神の前を馬に乗ったまま通り、神の逆鱗に触れた。馬もろとも神に蹴り殺されたとも、落馬して打ち所悪く死んだとも、倒れた馬の下敷きになって圧死したとも言われている。笠島に作られた墓は西行上人も訪れたとされ、翁は是が非でも訪れたいと考えていたのだ。

しかし、わたしも翁も左折すべきところをうっかり通り過ぎてしまった。

「な、な、なぜ気づかん」

翁は地団駄を踏んだあと、天に向かって怒りを放った。しかし力んで腹が痛くなったのか、背中を丸めてその場にしゃがみこんだ。

日は傾き始め、雨が降ったあとで道はぬかるんでいる。翁に戻る体力は残っていない。翁が愛惜の念を寄せる実方の墓は、残念だがあきらめてもらった。


日が沈む前に、名取川を渡って仙台の中心地にたどり着いた。今日は端午の節句前日の五月四日だ。軒先には菖蒲が飾られていた。

さすが仙台は六十二万石の大国。町屋の数も二千戸を越えると聞く。通りはにぎわい、歩いていて安心感がある。奥州道中沿いの国分町（こくぶんちょう）で宿を取った。

明けて五日、黒羽にて紹介状を書いてもらった家へ向かった。しかし主人に取り次いでもらえず、宿で待っていると断りの使いが来た。主人が療養中らしく我々をもてなす余裕がないとのこと。旅先ではこういうこともある。

宿に翁を待たせ、大町（おおまち）の甚兵衛（じんべえ）を訪ねた。須賀川の吾妻五郎七（あずまごろしち）より、書状を預かったためだ。甚兵衛は等躬殿の縁者で、留守だったがのちに宿までやってきてくれた。翁が開口一番に尋ねる。

「大淀三千風殿のことは知っておられるか」

「俳諧の師匠である風先生のことですね。わたしはお会いしたことがなく、申し訳ないですが伝手もありませんで」

「消息がわからなくて困っておってな」

「でしたら、加右衛門をこちらによこしましょう。加之という俳号を持つ風先生の高弟ですよ。すぐそこの立町に住んでおりますので、伺うように伝えておきます」

加右衛門は俳諧の書林を営んでいるという。版木も彫っており、画工加右衛門という名で通っているそうだ。

その夜、加右衛門がわざわざやってきてくれた。大淀三千風の近況も教えてくれた。大淀三千風は翁と重なるようで重ならない不思議な人物だ。伊勢の生まれで、お互いの生家は歩けば一両日中に着ける距離にある。三千風のほうが五歳の年長だ。

十五歳で俳諧を志したと聞く。三十歳を過ぎて剃髪し、歌枕で知られた松島に移り住んだ。瑞巌寺に身を寄せて禅を学び、雄島の庵室に留まって俳諧に精進すること十五年。西鶴の矢数俳諧にも挑み、それを『仙台大矢数』として刊行している。そのときに三千句を詠んだことから三千風と名乗り、この地の俳諧の雄となった。

松島をいたく気に入っているようで、松島を題材とした新しい謡曲を作ったり、松島にまつわる漢詩、和歌、俳諧を集めて『松島眺望集』を出したりしている。翁が詠んだ松島の句も取られ、そうした関わりから頼りにしようとやってきたのだ。

だが加右衛門が言うには、三千風は六年前に諸国遍歴の旅に出たきりだという。生家に寄ったり仙台に戻ったりしつつの旅暮らしだそうだ。いまも行脚中でちょうど江戸にいるはずだとか。

四年前には、四国にある八十八の札所も踏破したそうで、これまでに訪れた地を挙げてもらったところ、翁よりよっぽど旅に生きる人だった。翁はうらやましそうな、悔しそうな、複雑な顔をして話を聞いていた。

「せっかく我が師を訪ねていらしたのに、留守で申し訳ない」

加右衛門は恭しく頭を下げた。

「仙台を空けているのか。それはそれで都合がいいな」

翁が臆面もなく言い、加右衛門がきょとんとする。

「いやいや、特に意味はありませんから」

わたしは慌てて声を大きくしてごまかした。返す刀で翁に目配せをする。それを言ってはなりません、と。翁は取り合わず、加右衛門に尋ねた。

「加右衛門殿はこの地の連衆を集めることができますか」

「それがとうに俳諧から身を引いておりまして」

「またなにゆえに」

「実は我が師は行脚に出る際、宗匠の地位をわたしに譲ってくれたのです。しかし若輩者のわたしに仙台の俳壇が託されたことを、快く思わない兄弟子が大勢いらっしゃいまして。陰口やら意地悪やらがひどく、居心地が悪いのでさっぱりと身を引きました。俳諧の交わりは断ってしまっているのです」

「思いきったことをされましたな」

「俳諧は好きですが、揉めごとはごめんですからね。いまは藩とともに歌枕の地を明らかにする仕事をもっぱらにしております」

厄介に巻きこまれて腹も立っただろうに、加右衛門はにこやかに笑って話してくれた。見たところまだ二十代半ば。礼節をわきまえ、さっぱりした印象がある。人柄も買われて三千風に引き立てられたのだろう。

嫉妬ゆえのいざこざは俳諧の世界でよくある話だ。自らの二寸への嫉妬を思い出し、ちくりと胸が痛む。

「そうか、加右衛門殿は、この地の連衆とつながっていないわけか」

翁は露骨に残念がり、当てが外れてどうでもよくなったのか、畳にだらりと寝そべった。まるで茹(ゆ)ですぎた餅のような崩れ具合だ。客人を前にしての態度ではない。小声でうながす。

「翁、起きてくださいませ」

「腹の具合が思わしくないのだよ」

「しばしの辛抱を。失礼に当たりますよ」

「小うるさいやつだなあ。五月に入ってさっそくうるさくなった蝿か、おまえは」

「あはは」と加右衛門は朗らかな笑い声を上げた。「どうぞわたしに構わず、楽になさってくださいませ。曾良殿はわたしを気遣っていただき、ありがとうございます」

実にできた青年だ。わたしや翁のほうが未熟で恥ずかしい。三千風も自慢の門弟だったに違いない。

仙台の俳壇において、三千風が扇の要であることは知られている。なのに翁は黒羽から杉風殿に出した手紙で、仙台は三千風のもとで取るに足りない荒れた俳諧がはびこっている、などと悪し様に書いた。ひどい話だが翁は二枚舌だ。頼ろうとする相手のことすら悪く書く。

その要たる三千風がいま仙台にいない。これは翁にとって好都合だった。

というのも、翁は訪ねた土地の連衆と歌仙を巻くことをなによりも楽しみにしている。初めて交わる連衆たちと俳諧興行を催すことで、刺激と変化が生まれ、新たな発見ができるからだ。

旅先での俳諧興行は、新しい俳風を生む絶好の機会となる。たとえば五年前、尾張の門弟たちとは、蕉風開眼の集と言われる『冬の日』五巻が生まれた。

あのとき出座した連衆とは初体面で、しかも貞門をちょっと齧った程度の者ばかり。ところがそれがよかった。

馳せ参じた彼らは、尾張や熱田の豪商の旦那衆。勢いのある町人出の風流人が身につけた教養や趣味のよさが、脱俗の姿勢を見せていた翁とうまいこと共鳴した。その結果、卑俗や滑稽から抜け出た、独特な風狂の俳風が生まれたのだ。

新しみは俳諧の花なり。

そのためには旧態依然とした俳諧と懇ろになった連衆より、稚拙でもいいから新しい息吹を感じさせる人たちと歌仙を巻くほうがいい。仙台へもそうした人々との交流を期待して、翁は乗りこんできたわけだ。

さらに俳諧興行に出座してくれた者たちが、蕉門に加わりたいと申し出てくれればしめたもの。蕉門拡大のために、三千風がいないいまは好都合なのだった。残念ながら、加右衛門殿は当地の連衆とつながっていなかったが。

加右衛門を送っていこうとすると、翁がやっと起き上がって尋ねた。

「さきほど加右衛門殿は、藩とともに歌枕を明らかにする仕事をしているとおっしゃられましたな」

「はい。古歌にある玉田や横野などの地を定める仕事に参与しております」

「この地の歌枕には詳しいというわけですな」

「それはもう」

翁の目が輝く。

「では後日、歌枕の案内を頼むことはできますかな」

ぐったりしていたくせに抜け目がない。寝ても醒めても腹が痛くても、歌枕の地で俳諧を詠み、俳枕を創設する企ては忘れていないようだ。

なにも知らない加右衛門は笑顔で快諾した。

提灯(ちょうちん)を手に立町まで加右衛門を送っていく。彼の隣を歩きながら謝った。

「翁があんな態度で申し訳ない」

「いえいえ、体調が悪いのに会ってくださり光栄でした。芭蕉様が新しい俳諧を始めておられること、蕉門の方々が活躍されていること、この仙台にまで届いておりましたからね。談林はいまや衰退。今後の俳諧がどうなるか心配していたのですが、新しい流れが生まれてきて安堵しておりますよ」

あれだけ全国に広まった談林の俳諧も、新しさを求めすぎたせいで詩情の失われた珍奇なものばかりとなり、驚くほど早く衰えた。

「翁のことはいかに思われました。変わり者で驚かれたでしょう」

「俳諧の宗匠とは得てしてそういうものですよ」

加右衛門は含んだ言い方をして軽やかに笑った。三千風に師事し、いろいろ経験しているというわけか。

「うらやましかったです」と加右衛門が夜空を見上げた。

「え、どのあたりが」

「やはりいいものですね、師と弟子の仲睦まじい姿は。風先生との日々を思い出し、俳諧から身を引いたことを少しばかり後悔いたしました」

「わたしと翁の仲が睦まじい、と」

「風先生とわたしの関係は堅苦しかったですからね。距離もありました」

「いや、わたしと翁も仲睦まじいわけでは。翁が信を置く門弟は、蕉門に大勢おります。わたしなどとても」

「であるなら、二人旅で距離が縮まったのでしょう」

そう言われてみれば。深川を発った当初より、気安く話ができるようになっている。

「曾良殿はどうして蕉門に」

加右衛門が興味深げに聞いてきた。

「わたしは以前、伊勢長島の松平康尚公に仕え、そこで俳諧を学ぶ機会があったのです。その長島の地が木曾川と長良川にはさまれた輪中にあり、それぞれの川から一字をもらって俳号を曾良としたのですよ。ただ、そのまま俳諧の道に進んだわけではなく、縁あって神道を学びました」

「縁とはどのような」

「生まれが信州の上諏訪(かみすわ)でそばに諏訪大社があったのです。幼いころは神事が催されれば必ず見にいき、神職に就けたらいいなあ、などとおぼろげながら願ったもので」

「長島藩も伊勢神宮のお膝元ですものね」

「それも縁ですね。加えて育ちも神道に惹かれたゆえんかと」

「育ちですか」

「幼い時分に養子に出されたのですが、養父母が相次いで世を去り、人との関わり方も、生き方も、世の仕組みも、よくわからないまま育ってしまいました。有り体にいえば孤独でした。そうしたときに神道と出会ったのです。わたしが学んだのは吉川惟足殿が唱えた吉川神道でして」

「神道から仏教を廃し、宋代(そうだい)の儒学を加味した一派ですね」

さすが書肆(しょし)を営むだけある。

「神道は人倫の道も説いておりますし、この世界の成り立ちについても教えてくれて、わたしという人間ができ上がるうえでの拠りどころとなったのです」

「理(り)と気ですな」

って万物が形成されるとする。宋代の儒学において提唱されたこの理気二元説が、吉川神道には取り入れられている。

「よくご存じで」

この宇宙は根本原理である理と、材料である気で成り立っているとし、理と気が相伴

「本格的に学びたくなったわたしは、江戸に出て吉川惟足殿の門を叩いたわけです」

「致仕までして神道を学ぼうとは、なかなかのご覚悟」

「若かったですからね」と苦笑いで応じる。「それが深川に住まいを定めたところ、音に聞く松尾芭蕉の庵がそばにあると知り、訪ねてみたのですよ。もともと和歌も俳諧も好きで興味本位で訪ねたわけです。しかし翁の俳諧と、俳諧への姿勢に感銘を受け、すぐさま入門しました」

「芭蕉様のなにに惹かれたのでしょう」

そう加右衛門が問うのと同時に立町の家に到着した。加右衛門は話し足りないのか、名残惜しそうな顔をする。

「歩きましょうか」

誘うと加右衛門は「喜んで」と目を細めた。わたしも身の上話に興味を持ってもらえて、もう少し語りたくなっていた。

星空の下、暗い通りを歩き出す。ひゅるひゅると音を立てて吹く風は冷たいが、自ら

の来し方を語って上気した頬に心地がいい。

「吉川惟足殿のもとで神道を学ぶのは楽しかったですね。しかし天子様を中心とした君臣の道になによりも重きを置くといった教条がいまひとつ合わなくて。不敬な話ですが、わたしはよい君臣ではなかった。天子様を守って国の繁栄を願うより、己にこだわってみたかった。自分になにが生み出せるのか、そちらに心が向いてしまいました」

「わかります。わたしも俳諧をやっておりましたから」

　加右衛門がやさしい相づちを打ってくれる。

「吉川惟足殿のことはいまも敬愛してやみません。けれど迷いが生じました。そうしたときに翁の俳諧がぐっと胸の奥まで入ってきたのです。流行りと言ってはなんですが、翁も宋代の儒学いわゆる宋儒に強く影響を受けておりましたし、老荘思想にも傾倒しておっしゃることが面白いのですよ」

「たとえば」

「松のことは松に習え、竹のことは竹に習え、と説くのです」

「ほう、その真意は」

「松や竹などの自然物を俳諧に詠むときは私意を差しはさまず、目の前にある自然物に自らを投入し、その自然物のかすかな特質によって表れた感情の動きを句とする、といったところでしょうか」

「ほうほう、それは面白いですね」

加右衛門が食いついてくる。

「もし私意が入ってしまうと、自然物と自分とのあいだに境が生じ、物我合一とはならず、句に誠が備わらない、と」

「物我の対立を避け、自然に帰一する。そうすることで詠める句があるというわけですね。なんと深みのある」

「もともと物我合一だったはずが、往々にして私意などの一念によって妨げられているからそれを避けよ、といった話とわたしは理解しております」

「理気二元説、それから『荘子』の影響も見受けられますね」

「造化(ぞうか)に従い、造化に帰れ、だそうですよ」

造化とは天地万物の創造主のこと。創造されたその天地自然のことも差す。

この造化に随順し、帰一しろと翁は説く。

ひとつになることで造化と同じ創造力を句作のうえで発揮できる。そのようにわたしは翁の言葉を理解している。

「談林の祖、西山宗因様も『荘子』の影響を受けておられましたが、俳諧は遊びであると書物でくり返しておられました。芭蕉様はそこからさらにお進みになられたというわけですね。実に興味深いです」

加右衛門が興奮気味に語った。蕉門は俳諧の急先鋒といった自負がある。それを理解してくれる人物に、はるばるやってきた北の地で会えたうれしさがある。わたしまで興奮してきて口が止まらない。

「そしてなにより翁は、白楽天、杜甫、蘇東坡、李白などの漢詩から、心情の吐露を真摯に行うことを学んだのでしょう。つまり俳諧を遊戯から、個人の望みや悲しみや寂しさを込められるものへと推し進めたのです。まさにここですよ、わたしが蕉門に入ろうと心動かされた点は」

自らの心情を込めた当人だけが作れる句がある。それはつまり自分固有の表現が存在するということだ。

その表現の純度を上げていく道があることを翁は示してくれた。遊びではなく、自らの存在を賭けるに足る言の葉の表現がある。こんなわくわくすることはない。

俳諧はきっと変わる。新しくなる。西行法師の和歌、宗祇の連歌、雪舟の絵、利休の茶などの、風雅の伝統に連なるものになる。蕉門の門弟の多くが転換の胎動を感じ、じっとしていられないような心持ちでいるのだ。

「いやはや、曾良殿が入門した理由がよくわかりました。面白いですねえ、芭蕉様の新しい俳諧は」

「そうでしょう」

「物我の対立を避け、自然に帰一せよ。造化に従い、造化に帰れ」

「物我合一、造化随順です」

「なるほど。物我合一、造化随順。物我合一、造化随順」

声を大きくして加右衛門がくり返す。それが楽しげで、わたしもいっしょになって声に出した。

「物我合一、造化随順。物我合一、造化随順」

ふたりで声をそろえ、いつしか節回しまでつけて歩く。難しいはずのものが、なんだか自分でもできるような気がしてくる。

実際のところ、翁が唱える物我合一も造化随順も、きちんと理解できているわけではない。それは蕉門の門弟たちも同じで、もしかしたら提唱する翁自身も実践できているかどうか疑わしい。

ほかの門弟より早く、翁が目指すところの俳諧にたどり着けたら。

翁と同等の理解度まで深く潜っていけたなら。

そんなことを考えつつ大声で唱和していたら、「おい」と道端から怒鳴りつけられた。

いつの間にか辻番所の前に差しかかっていたようで、辻番が怒りの形相を浮かべて立っていた。手にした長棒で地面を突き、わたしに向かってなにごとかを叫んでいる。しかし奥州の訛りがきついうえに早口で、なにを言っているかわからない。

加右衛門も奥州訛りならではの発音や抑揚があるが、わかりやすいように話してくれていたのだといまさらながらに気づく。狼狽（ろうばい）しながら辻番の言葉に耳を傾けると、「北野屋（きたのや）の加右衛門」と言っているのだけは聞き取れた。

しばしのやり取りのあと解放され、加右衛門に袖を引かれて辻番所から離れた。

「わたしたちが騒いでいたので咎めたようです。江戸からの客人である曾良殿を案内していると説明したら、夜はあまりうろつくな、と」

「あまりの剣幕でびっくりしました」

「仙台の領内は辻番が厳しくて横暴な者もいます。お気をつけて。番所で手形をもらっていると思いますが、なくすと面倒ですよ。泊めてもらうこともできず、宿場町から追い出されますから」

加右衛門を送ったあと、そそくさと帰った。

「物我合一、造化随順。物我合一、造化随順」

耳にまだ節回しが残っていて、ついつぶやく。加右衛門との別れ際にした会話が思い出された。

「蕉門は旧態依然としておらず、門下の方々がそれぞれ若々しい志を抱いていて、いいですね」

「みんな青くさいということですかな」

だいぶ親しくなったので茶化して返す。すると加右衛門は「いやいや」と真面目な顔で首を横に振った。

「芭蕉様の指導のもと、門下のみなさんが同じ方向を目指し、個々でも特色ある俳諧を詠まれている。実に頼もしいではないですか。そういった気風だったら、わたしも俳諧を続けてみたかったなあ、などと」

加右衛門が言うように、蕉門には俳諧を極めたいと切磋琢磨する若い門弟がたくさんいる。そうした中にいると奮起させられるし、自分のような年長の者でも俳諧の歴史に足跡を残せるのでは、などと考えることがある。

「ではぜひ加右衛門殿も蕉門へ」

誘うと加右衛門は笑みを浮かべた。

「まずは歌枕を明らかにする仕事を終えなくては、ですね。それでひとつお願いがあるのですが」

「なんでしょう」

「芭蕉様の短冊と横物をお願いしたいのです」

等躬殿の縁者である甚兵衛からも同じように、翁の短冊と横書きの書を所望されている。

「伝えておきます。相応の謝礼をいただくことになりますが」

「もちろんですよ」

金額について話し合ってから加右衛門と別れた。

謝礼の受け取りは路銀のために必要だ。黒羽では俳諧の教授料を受け取ったが、それもまた必要なこと。こうした金銭のやり取りが発生する場で、もれなく請求するのが随行者としてのわたしの役目。しかし実をいえば、わだかまりがある。

翁は俳諧の添削をして点料を受け取ることを蔑む。そのくせ短冊や横物での謝礼は当然のように受け取る。

門弟におべっかを使ってまで点料を受け取るのは俗物。それはわかる。では、自らの短冊や書を安からぬ値で売ることは、俗ではないと言えるのだろうか。

翁は現世的な欲望を捨て去った乞食僧としての旅に憧れ、純粋な旅から純粋な俳諧が生まれると考えている。

だったら短冊や書を売り、金銭と快適を得る旅は不純では。

人からの施しのみで旅をしてこそ純粋では。

純粋な旅を求めつつ、俗を孕(はら)んだ旅を続ける。これは矛盾だ。けれど翁は気にしていない。見ないふりではなく端から気づいていない。本当に不可解な人なのだ。

不可解といえば深川への隠栖もそうだ。わたしは単純な人間なので、脱俗を求めるなら山家で暮らせばいいと考えてしまう。しかし翁は市中を出ただけで、世の動きが目に届く深川で暮らし始めた。翁のやっていること、考えていることを真剣に吟味すればするほど、なんだか腹立たしくなってくる。

等躬殿が言っていたような俳枕を設ける企ても、もし本当ならば神道を学んでいたわたしからすれば言語道断だ。

山も川も木も石もあまねくものに神霊は宿る。そのうちで歌を捧げて神霊の力を借り、恋の成就を願ったり豊穣を願ったりしたものが、歌枕として成立した。

ここには森羅万象に神が宿るとする神道に通じるものがある。歌枕とは内在する神のひとつの顕れなのだ。神聖なもの。

なのに翁は、奥州の歌枕に自らの俳諧を残し、俳諧の地図に己の名を残そうとしている。なんという野心だろう。

野心をもって歌枕に関わることは許されない。歌枕への冒瀆だ。等躬殿に企てを聞いて以降、そうした思いが日に日に強まっている。

いまわたしは迷っている。

もし翁に野心ありと明らかになったときには、翁を見限るべきでは。

たとえば山中で迷ったときに翁を見捨てる。あるいは腹痛に悶えている翁を捨て置く。そうすることで翁の野心の旅は難しくなり、企ても自ずと潰える。

翁の企てを止められるのは随行者であるわたししかいない。翁が道を外したかどうか判断できるのもわたししかいない。

すべてこのわたしにかかっているわけだ。

翁は翁でわたしを旅中に切り捨てる用意があると聞く。

わたしはわたしで翁を見限る日が来るかもしれない。

いずれがさきになるのか。

白河の関を越えたとき、翁は旅心が定まったと言った。わたしは進めば進むほど、定まっていたはずの旅心が乱れていく。


二日後、加右衛門に仙台を案内してもらった。東照宮に参詣し、歌枕である玉田、横野、榴ケ岡（つつじがおか）の天神、木の下の薬師堂（やくしどう）を回った。

加右衛門はこの地の歌枕を明らかにする仕事をしているだけあり、案内が的確で翁はしきりに感心していた。

飄逸（ひょういつ）なところもあった。日の光が差しこまない鬱蒼とした松林に説明もなしに入っていき、翁と首をかしげつつ続くと、「ここが宮城野の木の下ですよ」と笑って驚かせるようなこともする。

「おぬし、よくわかっておるな」

翁は顔をくしゃくしゃにして笑った。というのも木の下という歌枕は暗がりや闇を題材として詠むもの。加右衛門はそれを体験させてくれたのだ。歌枕の知識があるうえでの機微に通じた案内で、翁は加右衛門を大いに気に入った。
その日の夜、加右衛門と甚兵衛がそろって宿へやってきた。相対して座り、依頼されていた短冊と横物を渡す。甚兵衛に渡した短冊のひとつには、笠島にある藤原実方の墓を見損じたことを元にした句が書いてあった。

〈笠島やいづこ五月(さつき)のぬかり道〉

甚兵衛がひれ伏して受け取る。加右衛門に渡した短冊には、もぢ摺石を見た日を元にした句が書かれていた。

〈五月乙女(さをとめ)にしかた望(のぞま)んしのぶ摺(ずり)〉

もぢ摺石のそばで田植えをしている早乙女たちに、摺り染めのやり方を見せてくれと頼んでみようか、といった句意だ。
加右衛門にもぢ摺石が埋もれていたことを伝えたところ、歌枕を調べる仕事をしていることもあり、興味津々で傾聴してくれた。そうした反応を見て、翁はこの句を与えたのだろう。

「ありがたや。ありがたや」と加右衛門が座ったまま小躍りして喜ぶ。「さすが芭蕉様です。もぢ摺石の表が下になって埋もれ、摺り染めはもうできない。なのでせめて摺り染めのしぐさだけでもやってくれと頼むわけですね」

「いかにも」

「その相手を早乙女としたのが心憎いです。すでに廃れた古きよき風流と、いまを生きる若き乙女たちとの取り合わせ。風流が色褪せて遠くなった無念さが、早乙女との対比で際立ちます。すばらしいですよ、芭蕉様」

翁は褒められるのが大好きだ。称賛を受けて満面の笑みを浮かべたいようだが、威厳を保とうというのか喜びを噛み殺している。しかし殺しきれずに喜悦が中途半端に面に浮かび、珍妙な顔つきとなっていた。

「お礼と言ってはなんですが、芭蕉様にお渡ししたいものが」

そう言って加右衛門が取り出したのは糒だった。炊いた米を天日干しにしたものだ。保存が利くので旅に携えるにはもってこいで、水で戻して食べてもいいし、そのまま食べてもいい。

「仙台の糒は質がよくて名産なのです。水といっしょに食べると、腹を下さないと言われております」

「それは助かる」

翁は腹をさすりながら喜んだ。

「それからこちらもどうぞ」

加右衛門が仙台の歌枕を絵図として書いたものを畳に広げた。太く書かれた街道をなぞっていくと、今後訪ねる塩竈や松島が描かれている。これは便利だ。

さらに加右衛門はわらじを贈ってくれた。このわらじがまたすばらしい。わらじの緒が稲藁ではなく、紺色に染められた麻となっていた。麻のほうが丈夫であり、なにより足の指の股にやさしい。わらじによって足が痛むことを嫌う翁は大喜びだ。

「それにしても、なにゆえに紺色の染緒とした」

翁が尋ねると加右衛門がやや照れくさそうに言う。

「紺は蛇が嫌うと聞きます。今後の道中によろしいかと。それに菖蒲を軒先に挿す時期に仙台に来られたのですから、端午の節句の気分を味わっていただきたかったのです」

「菖蒲の花の色というわけか。これは参った」

天井を見上げたあと翁は自らの膝を打った。わたしを見て言う。

「旅中にここまで気の利いた餞を贈られた覚えはなかったな」

「ありませんでしたね」

「歌枕を案内してくれたときから只者ではないと思っていたが、なんという風流の痴れ者。ここに至ってその本性を現したな」

翁は大はしゃぎで加右衛門を何度も指差す。共感と親しみを覚えた風狂人に対し、翁はわざと貶めた言い方で評する。痴れ者とは最高の褒め言葉なのだ。木曾路を旅したときに伴った越人も、翁から痴れ者と呼ばれて称賛されていた。

鳩尾に鋭い痛みが走る。

ばか言え。

即座に否定する。しかし認めざるを得ない。わたしは加右衛門に嫉妬していた。翁に風狂人として認められた彼がうらやましかった。

なにを考えているのだ、曾良。翁は今後、野心を剝き出しにするのかもしれないのだぞ。そうしたときには見捨てるつもりなのだろう。なぜ嫉妬する。そう心の声が非難してくる。

いや、わかっている。わかっているのだが、うらやましい気持ちがとめどなくあふれてしまう。わたしは翁に認められたい。褒められたいのだ。

痴れ者と最上の褒め言葉を贈られた加右衛門が、憎らしく見えてくる。蕉門に好意的で人品もすばらしい彼を、憎らしく思うなんて自分は卑しい。なにもかもいやになってくる。

いっそのこと翁の野心が露見し、あからさまに軽蔑することができたなら。

そうしたら、わたしの嫉妬心も翁への憧憬ごと捨てられるのに。

「どうした、曾良。険しい顔をして。心配ごとでもあるのか」

翁に語りかけられ、はっとする。

「いえ、なにも。仙台に着いてから慌しく、端午の節句であることを忘れていたなあ、と反省を」

「せっかくの時節だ。明日の旅立ちはこの紺色の染緒を、菖蒲と見立てて足に結び、端午の節句の気分に浸ろうではないか」

明けて五月八日、仙台を発った。早朝、加右衛門が見送りにきて、海苔をひと包み持たせてくれた。心尽くしのもてなしに翁はすっかり骨抜きだ。例のごとく大袈裟に悲嘆しての別れとなった。

あまりに仙台が楽しかったのか、翁は心ここにあらずで歩いていく。原町を過ぎ、鄙びた茶屋を横目に進んだ。加右衛門から贈られた歌枕の絵図は大変に重宝し、安心して進むことができた。


仙台を出て最初の目的地は、古歌で有名な歌枕の十符の菅だ。

編み目が十筋の美しいむしろである十符の菅菰は、平安時代より名高いもの。原材料は生長すれば人丈をも越す菅草であり、十符の菅はその菅草が植えられている地だ。

十符の菅菰はいまでも作られ、藩主に献上されている。近年は菅草が足りないため、田のわきにも植えているのだとか。

その田に沿って続く細い街道は、あの大淀三千風が整備したそうだ。おくのほそ道と名づけられているという。

「おくのほそ道か」

翁は足を止め、ふとつぶやいた。

「いかがされました」

「耳に残る響きだな」

十符の菅を見たあと、蝦夷討伐のためにかつて鎮守府が置かれた多賀城の跡へ向かった。壺の碑を見るためだ。

壺の碑はこの国の東の果てにあるとされる石碑だ。坂上田村麻呂が征夷大将軍として訪れたとき、弓の端である弓筈で「日本の中央」と彫ったと伝えられる。多くの先人が和歌に詠んだ歌枕となっており、西行上人も詠んでいる。

いまから二十年ほど前、この壺の碑の存在が大々的に喧伝された。さらに三千風の『松島眺望集』にも石碑に彫られた全文が載せられ、世に知られるところとなった。

その碑文は今年の正月に出された西鶴の『一目玉鉾』にも載っている。『一目玉鉾』は歌枕を中心とした鳥瞰図入りの地誌だ。翁も渋々ながら目を通していた。

「おおおお、これが壺の碑」

　翁が体を震わせる。石碑は大きくて、高さは六尺余り。横幅は三尺ばかりだろうか。碑面は苔に覆われ、文字は苔に彫りつけたようになっている。定かには読めないので、指で苔をほじくって文字を確かめた。

　碑文を読み終えた翁が、顔を覆ってさめざめと泣き始めた。

「これぞ行脚の一徳だな。ここまで生き永らえたからこその喜びがある。旅の辛苦も吹き飛ぶというもの」

　泣く翁の横でわたしは困惑してしまう。これを本物の壺の碑と喜んでいいのか、判断がつきかねるからだ。

「あのう、翁」

「なんだ」

「翁はこれを壺の碑とお認めになるのですか」

「なにが言いたい」

「本物ならば坂上田村麻呂が彫った『日本の中央』の一語があるはずですが、見当たりません」

　碑に刻まれているのは、ここから京都や常陸や下野までの距離と、多賀城の築城についてと、天平宝字六年に改修が行われたので碑を建てたといった経緯のみ。多賀城に関しての碑であって、坂上田村麻呂に関連する記述はない。加右衛門からもこっそりと耳打ちされた。

「壺の碑の真偽ははっきりと申し上げられません。ひとつだけお伝えできるとすれば、古来の有名な歌枕が仙台領内にあることを望む一派がいる、ということだけです」

翁だって本当は疑いを抱いているのでは。『一目玉鉾』を出した西鶴に対抗し、西鶴と違って実際に足を運んだことを誇りたくて、真贋（しんがん）については目をつぶっているのでは。

「細かいことはいいのだよ」

ふふん、と翁は笑った。

「しかし」

「では聞くが、歌枕としての壺の碑の役割はどんなものだ。和歌でなにを詠むために用いる」

「遠さや、どこにあるかわからない、といったことを詠むために」

「そうだ。そうした壺の碑の歌枕としての働きは知られている。だったら真贋はさほど重要ではない。そもそも日の本の東の果てにある碑とされるのに、『日本の中央』と彫ったこと自体に説明がつかんではないか。弓筈で石を彫れるわけもないしな。歌学書に記された壺の碑の由来こそ、眉唾かもしれんぞ」

「それを言っては元も子もないのでは」

「だから細かいことはいいと言っているのだ。大切なのは、ここに壺の碑と呼ばれるものが厳然とあるということだよ」

翁は頼もしげに石碑に手を添え、わたしに問うてくる。

「碑に書かれた天平宝字がいつの時代か、曾良はわかるか」

「およそ千年近く前で『万葉集』が出たころかと」

「坂上田村麻呂が征夷大将軍となり、蝦夷を討伐したのはいつだ」

「桓武帝から征夷大将軍に任ぜられ、蝦夷を降伏させるに至るまで、天平宝字の時代から は四十年ほどあとになるかと」

「ほら、見ろ」と翁が得意げに笑う。

「どういうことでしょう」

「壺の碑の由来となった坂上田村麻呂の逸話より、この石碑のほうが古いわけだ」

「そうなりますが」

「数々の歌枕が、山が崩れ、川の流れが変わり、街道が改まったことで廃れた。もぢ摺石は土中に埋もれ、武隈の松は植え替えられている。みんな元の姿を留めていない。しかし、この壺の碑は疑いもなく天地の流転を乗り越えてここにあり、千年を経た形を残している。刻まれている言葉からは、古代の人々の心を確かめることもできる」

翁の言葉に熱がこもってくる。気圧されてわたしは自然と頷いていた。

「いいか、曾良。由来の真偽ではない。ずばり言うなら、これが壺の碑でなくてもいい。それより、永劫(えいごう)不変の言の葉がいま石碑という形で我々の目の前にある。これはまぎれもない事実だ。そして流転の相の中にあっても、永遠に生き続ける言の葉や心があることを、我々は今日知り得たのだ。旅の末にたどり着いたのだぞ。これが泣かずにいられるか」

都合のいい解釈は翁の得意とするところだ。口を差しはさんでも無駄と知っている。

翁は独自の俳風を求め、漢詩から高雅で洗練された表現を学び、自らの心情を真摯に言葉にすることを取り入れた。儒学からは物我合一と造化随順を取り入れ、仏頂和尚のもとに通って参禅の経験から禅味も加えた。

これらはすべて突き詰めて学んだわけではない。都合よく取り入れている。たとえば儒学は原典の漢詩に当たっていない。注釈書を読み、その注釈者の解釈に拠るところが大きい。そのうえで都合よく取捨選択をしている。日光で仏五左衛門に「杜甫気取り」と言われたことは、あながち的外れではないのだ。

それでも理想の俳諧のためならばと翁は貪欲に取りこむ。自家薬籠中のものである和歌や俳諧などの風雅も、生齧りの漢詩や儒学も、みんな呑みこんで咀嚼(そしゃく)し、花を開かせるための糧とする。恐ろしいほどの雑食なのだ。

すべては俳諧のためにあり。

これが全身俳諧師である翁にとっての世界の摂理なのだろう。翁の世界において真偽は霞み、あと回しとなる。

「ともかくこの地を訪れ、時を超えた言の葉と心に触れたことこそ大切なのだよ。わたしたちの俳諧もそういった千古不滅のものになる可能性を、いまここでわたしと曾良は得たわけだ。我らの肉や骨はいずれ滅びる。しかし我々の俳諧は永遠に残る。そうした確証を今日つかんだのだ。すばらしい日ではないか」

翁は天に向かってほとんど叫んでいた。

わたしは一歩あとずさる。

翁は本気だ。本気で永遠の言の葉を模索し、時の流れに腐食しない俳諧の存在を信じている。自分こそ為し得ると疑っていない。

そうか、この人は常軌を逸しているのだな。軽いおののきのおかげで、かえって冷静になった。

翁は見ている地平が違う。携えている尺度が異なる。だからいままで突き進んでこられた。蕉門という新たな俳風を立ち上げ、さらなる新風を探ることができているのもそのためだ。

「お、いいことを思いついたぞ。この碑文の写しを、土産として持って帰ろうではないか」

わたしの冷え冷えとした心に気づきもせず、翁は楽しげに提案してきた。筆を用意して渡すと、翁は嬉々として自らの帳面に写し始めた。

「伊賀の猿雖（えんすい）と半残（はんざん）なんてありがたがってくれそうだな。ほれ、曾良も」

うながされて同じように手帳に写し取る。筆を動かしながら、わたしはわからなくなってきた。

翁に野心ありと明らかになったときには、翁を見捨てようと決めていた。歌枕への冒瀆といった怒りが、わたしの背中を押していた。わたしの信じる正しさのもと、翁を裁き、見限ろうと息巻いていたのだ。

ところが気づいてしまった。わたしは翁を否定したいだけだった。

認められたい、褒められたい、と切望する翁に野心など抱いてほしくなくて。

わたしの望むような翁であってほしくて。

しかし否定しようにも、翁という存在はあまりに大きかった。翁は矛盾も道理も正邪も蹴散らし、すべてを押し潰すようにして進んでいく。

言うなれば、松尾芭蕉とは是非を超えた巨星。

一方で凡人のわたしなど蚤に等しい。蚤による巨星の否定にいったいどんな意味があるというのか。蚤が抱くいじましい嫉妬など、きっと気づかずに通り過ぎていく。

わたしはわたしのちっぽけさに息が苦しくなり、考えるのをやめた。無心で筆を動かした。

打ちひしがれ、呆けた状態で塩竈街道を歩き、未の尅に塩竈に到着した。

塩竈の町は浦沿いに粗末な家が並び、湾には大きな廻船が停泊していた。海上では魚取りの小舟が連れ立って揺れている。海辺からは魚を選り分ける声が届いてきていた。

「まさに『綱手かなしも』だな」

侘しげな漁村の様子から、翁は源実朝の和歌を引き合いに出して感傷的につぶやいた。

江戸を発って以降、今日は久方ぶりに海へ近づいた。開けた海の景色に翁は心躍らせているのか足取りが軽い。

腹の調子もだいぶよくなったようだ。遅い昼食として湯漬けを食べたが、翁は「うまい、うまい」と上機嫌で食していた。わたしはまだ呆然としていて、味わう余裕がない。

食後は塩竈の地名の由来となった四口の神竈を見た。加右衛門の絵図に従い、歌枕めぐりもした。末の松山、興井、野田玉川、おもわくの橋、浮嶋を回った。

夜は加右衛門が書いてくれた紹介状のおかげで、法蓮寺門前にある治兵衛の家に泊まれた。銭湯があったため、翁とゆっくりと浸かった。

耳にはさんだ話では、十年ほど前に仙台城下での遊女屋が禁止になったが、塩竈の港においては目をつぶることになったらしい。市中では妓楼や遊女を見かけた。其角殿の言葉を思い出す。

「ぜひとも旅先では羽を伸ばしてくださいな」

遊んで憂さを晴らし、慰めてもらう。いまの錯雑とした思いを整理するために、いっそ慣れない混沌（こんとん）に飛びこむのもいいだろう。そんな考えがよぎる。

だがひとり苦笑いを浮かべて、首を横に振った。性に合わないことはやめておこう。

早めに夜具に横になったが、襖の向こうから聞こえてくる琵琶（びわ）の音で寝つけなかった。隣の間には盲目の琵琶法師が泊まっているようだ。

曲目は『平家物語』でもなく、幸若舞でもない。鄙びた調子の奥浄瑠璃だ。翁も寝つけないようで寝返りをくり返している。

「やめさせてきましょうか」

「かまわん。むかしながらの浄瑠璃を伝えていて、殊勝なことではないか」

坂上田村麻呂の三代記である『田村三代記』が聞こえ、佐藤基治の残された孫たちの話である『丸山（まるやま）物語』が聞こえ、『牛若東下り（うしわかあずまくだり）』が聞こえた。みんな奥州にまつわる古浄瑠璃だ。翁は興が乗ってきたのか座して聞いている。

わたしはといえば、伏して聞く浄瑠璃は責め苦にあっているかのようだった。奥州にまつわる曲目ばかりで、いよいよ奥州の深奥へたどり着きつつあることを痛感する。

江戸が遠い。出立するときは随行者として立派に務め上げるつもりでいた。ところがいまはどうだ。自分の役目も望みもすり潰されてしまった。翁のそばを歩いてきただけで。

結局わたしは、いずれ切り捨てられる随行者としてしか存在価値がないのでは。蚤の利用価値などそんなものか、と悲しくなる。我が身を抱きしめるようにして、寝床の上で丸くなった。

九

五月九日、朝から塩竈神社に参詣し、そのあと松島をめぐった。旅に出る前に翁が望んでいたのは塩竈の桜と松島の月を見ること。ある意味、ここはひとつの到達点なわけだ。

松島へは塩竈の港から小舟で向かった。内海は波が少なく、舟も揺れない。

海上は島だらけだ。数は二百を超えるという。ひとつ島が遠ざかればすぐ次の島が近づき、その背後からまた新たな島が姿を現す。

なんて美しくて晴れやかな景色だろう。落ちこんでいた心が慰められる。船頭に酒手(さかて)をはずみ、著名な島をめぐってもらった。

「すごいな、曾良。絶景だぞ」

「そもそも言い古されていることだが、松島は扶桑第一のすばらしき風光。洞庭湖や西湖と比べても引けを取るまい」

翁は中国の著名な景勝地を引き合いに出して称賛する。

「島のかぎりを集め尽くしたかのようだな」

「と言いますと」

「そばだつものは天を指差し、伏すものは波に腹ばう。ある島は二重に、またある島は三重に積み重なり、左に分かれて離れ離れになるものもあれば、右に連なっていくものもある。実に様々だ」

「なるほど」

「小さな島を背に載せているようなものもあるし、抱きかかえているようなものもある。我が子や孫を愛するかのごとくだな」

杜甫の漢詩に似た表現があったはず。翁は手庇を作り、目を細めてうっとりと言う。

「どの島の松も緑が濃いな」

「松の曲がり具合も味があります」

「潮風に吹かれるままに曲がりくねったのだろうが、誰かが手を加えたかのようだな。まさに風光明媚。恍惚として見とれるばかりだよ。まるで美女が化粧したかのような風

「壮観ですね」

光だ。大山祇の神だからこそ為せるわざかもしれんな」

大山祇は山を司る神だ。室の八島で祀られていた木花開耶姫の父。翁は松島の風光に木花開耶姫を重ねて見ていた。美しい女神である、と。

「造化の霊妙なる働きによる風光を、いったい誰が詩文や絵画で描き出したり、言の葉で表し尽くしたりすることができよう。わたしはうまく句にできんよ、曾良」

加右衛門よ、造化が出ましたよ。わたしは心の内で語りかけた。

天地万物の創造主たる造化が、人智を超えた妙なる働きでもってこの松島を造ったと翁は感じていた。大いに賛同する。青く美しい海に緑の島々が散らばる景色は、造化の存在をまざまざと感じさせるものだった。

昼前に松島の磯に着き、陸に揚がる。茶を飲んだあと瑞巌寺に詣でた。

かつて瑞巌寺は天台宗だったという。三十二代目のむかし、真壁平四郎が出家して唐へ渡り、帰ってきたのち禅寺として再興した。

その後、伊達政宗公によって伊達家の菩提寺となる。雲居禅師が住職となったときに七堂の建物を改築。金碧障壁画が張りめぐらされ、浄土がこの世に現出したかのような立派な大寺院となった。

翁が敬愛する西行上人もこの地へ来て、雄島を訪ねている。雄島は磯から海へと突き出た地だ。板の橋を渡り、まずは雲居禅師が修行した座禅堂を訪ねた。

雄島は石の卒塔婆と石仏であふれ返っていた。海に臨んだ岩窟がいくつもあり、法名が彫られている。霊地としての静けさに満ちた地だった。

草庵も多くあった。出家隠遁する者たちが落ち葉や松笠を焼き、そこかしこで煙が上がっている。ときおりほととぎすが鳴いた。景観が抜群であるこの雄島は、俗世を避けて隠れ住む者には楽園であるかもしれない。

その日は久之助という者の家へ投宿した。加右衛門が紹介状を書いてくれたので、すんなり泊まることができた。

「空が近い。最高だぞ」

久之助の家は二階造りで、窓を開ければ海と島々を一望できた。翁は上機嫌で床へ大の字になり、窓から見える空に目を凝らす。

「こうして寝転がっていると、自然の風光の真っ只中で旅寝をしているかのようだな。曾良もやってみよ」

さて、どうしたものか。迷っていると階段を勢いよくのぼってくる足音がする。

「ちょいとお邪魔するよ」

快活に言って見知らぬ男が入ってきた。恰幅がよく年齢はわたしたちと変わらない。町人の風体だが着ている小袖には大柄な模様があしらわれている。羽振りのよさそうな御仁だ。

「そちらは芭蕉様でしょうか」

「いかにも」

翁は起き上がり、正座となった。俳諧の短冊が欲しくてやってきた輩だろうか。わたわたしは割って入った。

「どういった御用でしょう」

男がにやりと笑う。

「そう構えなさんな。いや、なにね、生業ゆえ江戸へはよく出るのですが、あちらで蛙飛びこむの句で名を馳せた俳諧の師匠が松島にいると、風の便りに聞きましてね。我らが松島でどのような句を詠んだのか気になってやってきたわけですよ」

「ふうん」

翁は気乗りしない声をもらした。

「で、どのような句を作りましたか。お聞かせ願いたい」

「ないよ。詠んでいない」

あっけらかんと翁は答えた。

「え、それはどういった料簡で」

「正しく言うなら詠めていない。なので悪いがお引き取り願いたい」

「ご冗談を。俳諧の師匠ともあろう方が、この国の三本の指に入る景勝地へやってきて、句を詠んでいないなんて」

「ではもっと正しく言えば、詠むには詠んだができが悪く、こちらの門弟にも伝えていない。よってあなた様にお聞かせできる代物でもない。どうかご容赦を」

お帰りください、とばかりに翁は目をつぶって会釈した。

「そりゃあ、ないですよ。あなたは高名な俳諧の師匠なわけでしょう。だったらいま即座に詠んでくださいよ。なんならわたしが頭の五文字を考えてあげましょうか。松島や、でどうでしょう。ほら、詠んでくださいよ。松島や」

あしらわれて腹が立ったのかもしれない。男はめちゃくちゃなことを言い始めた。翁がどう退けるか見てみたかったが、火種は早く消すに限る。

「お待ちください。翁はうまく詠みたくても詠めなかったとおっしゃったではないですか。それもこれも松島の絶景ゆえ。絶景と向き合うときは心が奪われ、句を詠めないものなのです。漢詩の世界でも、絶景に出会ったときは沈黙するしかないといった態度があります。景に逢うては唖す、というやつです。察していただければ」

「では芭蕉様は松島に降参したってわけですね。句を作る腕前がないと、自らお認めになった」

「そんな短絡的なことは言っていません。わたしが思うに、翁が詠めない理由の最たるものは、造化がすばらしいために物我合一とならなかったからかと」

一瞬、翁と目が合う。勝手に翁の心中を語ったことを怒っているのか、見当違いと呆れているのか、視線からでは読み取れない。

「詠めない理屈など聞いておりませんよ」と男の声が一段大きくなった。「美しい光景に出会ったら心を動かされ、句を残したくなるのは必定。それが俳諧師というものでしょうが。なのに詠めないなんて、蕉門とは亀のごとく手も足も出ないまま逃げ出す連中なわけですね」

男の魂胆が見えてきた。ただの闖入者ではない。俳諧を齧ったことのある者だ。旅先ではしばしば厄介な輩に出くわす。翁が俳諧の師匠であるとわかると、腕試し目的で挑んでくるやつらだ。

ただ、今回は少しばかり事情が違うようだ。松尾芭蕉だから、蕉門だから、と乗りこんできている。新しい俳風を煙たがる連中のひとりと思われる。まずは松島での翁の句を聞き出し、難癖をつけるつもりなのだろう。男が挑発の文句を続ける。

「蕉門は指導が手厳しく、求道的な面まであると聞きましたが、残念ですな。みなさんは腑抜けですか」

言うに事欠いて。さすがに腹立たしくなる。しかし翁に取り合うつもりはないようだ。正座を解いて足を投げ出し、ふわあ、と大きなあくびをかまして言う。

「我らは手厳しいゆえ、生半可な句など聞かせるわけにはいかないと判断したのですがね。まずい句でもいいから味わいたいとは、あまり舌の肥えていらっしゃらない方のようだ」

男の表情がむっとしたものに変わる。

「宗匠はすっかり逃げ腰ってわけですね。だったら弟子はどうです。聞かせてくださいよ、蕉門の俳諧ってやつを」

男がわたしを指差した。驚いて心の臓が口から飛び出しそうになる。

「え、わたしですか」

「松島や、ほら、松島や、松島や」

上五文字を唱えつつ、男がにじり寄ってくる。なんと迷惑な。助けを求めて翁を見ると笑っている。助けるつもりはないらしい。それどころかわたしの苦境を面白がっている節まである。

「曾良。一句、捻(ひね)り出してやりなさい」

笑いを噛み殺しながら言ってきた。

「しかし」

けなしてやろうと手ぐすね引く相手に句を詠むなんて、難局にもほどがある。

「さあ、どうした」と男がけしかけてくる。

「どうした」と翁が笑う。

翁は味方のはずでは。なぜわたしは二対一で責められているのか。

窓からの景色へ目を移し、句作に集中する。男が指定してきた「松島や」の上五文字が耳から離れず、続ける形で作った。

「できました」

「ご拝聴」

男は腕組みだ。残念ながら会心の作ではない。口にしたくない。けれども詠まねば場が収まるまい。腹を決め、できたてほやほやの句を声に出す。


〈松島や鶴(つる)に身をかれほとゝぎす〉


雄島にてほととぎすの声を聞いた。いい声だった。ただ、松島は雄大なる絶景だ。そうした絶景に比すれば、ほととぎすの容姿は格が落ちる。だから絶景にふさわしい鶴に姿を借りよ。そんな意味だ。

「理屈っぽいな」

ばっさりと男に斬られた。しかもわたしが一番気にしている言葉を浴びせられた。一刀両断で、血反吐(ちへど)を撒(ま)き散らすかと思った。

「そうだな、理屈っぽいな。加えて作為があからさまだ」

翁まで厳しい言葉を浴びせてくる。勘弁してほしい。へなへなと崩れそうになった。

「なんだ、なんだ、蕉門とはこんなものか」

男が嘲りの声を響かせる。わたしの力不足で蕉門が低く見積もられるのは耐えがたい。しかし見返す一手がわたしにはない。申し訳なさに包まれて翁を見た。すると翁は涼しい顔で口を開いた。

「では次に、そちらの客人の句を聞かせていただこうか」

「へ」と男が意表を突かれた声を出す。

「さきほどからの話しぶり、素人ではあるまい。ぜひともすばらしき松島の一句をお聞かせいただこう。ふたりの句の優劣は宗匠であるわたしがつけよう。だがわたしは手厳しいことで有名でしてな。よからぬ句だった場合はこき下ろすがよろしいか」

「なにを勝手なことを」

「勝手に押し入ってきたのはそちらのほう。蕉門は曾良が代表して詠んだぞ。そちらが逃げるようなことは、まさかあるまいな」

翁が薄く笑う。男の頭から額にかけて汗の玉が浮かんだ。

「いいですか、客人」と翁が畳みかける。「曾良の句はあなたがおっしゃったように理屈っぽい。どうせ曾良のことだ。鴨長明の『無名抄（むみょうしょう）』にある古歌にまつわる逸話から、句を思いついたのだろう」

さすが翁。『無名抄』には「千鳥も着けり鶴の毛衣（けごろも）」といった表現がある。それを転用し、千鳥ではなく昼間に聞いたほととぎすの句とした。

「理屈っぽいにしても、知識と機転の組み合わせがなければ、さきの曾良の句は出てこない。さてさて、あなた様は曾良の句を超える句を作れますかな。曾良以上の深い知識とすばらしき機転を見せてくださいませ。もちろん理屈っぽさなどかけらもない、天衣無縫の一句を」

男は額に手を当て、深くうつむいた。句作にふけろうとしているようだ。しばし微動だにしなかったが、がばりと体を起こす。作り笑いが顔に張りついていた。

「芭蕉様、なにか勘違いされているようで。わたしは俳諧に関して、ずぶの素人ですよ」

「それは残念。ぜひとも俳号を伺い、亀のごとく手も足も出ないまま帰ったと言いふらしたかったのですがね」

意地悪だな、翁は。しらを切ろうとする男をちくちくといじめる。

「いやだなあ、俳号なんてありませんよ。有名な方の訪れを聞き、駆けつけただけの者です」

「それにしては蕉門に詳しいようだったが」

「そ、それは」

「京でも大坂でも江戸でも、ひとむかし前の俳諧を教える宗匠がごまんといる。こうした遠国なら、さらに古くさい句を作っているだろうと、難じる気満々だったのだがな」

「翁、もうそのへんに」

悪い癖が出てきていた。新風を求めて日々研鑽を積むことを怠らない翁は、蕉門以外の古めかしい俳諧をばかにする。蕉門以外を一段下げて悪く言い、自分たちをよく見せたがる。

「わたしはこれにてお暇いたします。三日でも四日でも松島で粘り、秀句を残されるがよろしいでしょう」

男が精一杯の捨てぜりふで立ち去ろうとする。翁はつまらなそうに返した。

「なんだ帰るのか。おめおめと。我々も明日には松島を発つ。ここではもう句を詠まんよ」

「え」

わたしの驚きの声と、男の驚きの声が重なった。

「どういうことですか、翁。いずれ記す旅日記のために、松島の句は必要かと」

「それならいまおまえが詠んだではないか。旅日記の松島の箇所には、曾良のほととぎすの句を載せる」

「いやいや、翁の旅日記にわたしの句などそれこそ格が落ちます」

「わたしも句を作ったがいまひとつでな。だからおまえが言うように、景に逢うては唖すとする。そもそも松島の絶景に見合う句を作るなど至難の業。誰が詠んでも曾良のようになる。だったら、さきほどのほととぎすの句を載せればじゅうぶん」

「晒し上げられている心地がしますが」

「卑屈になるな。物我合一に造化随順。言うは易く、行うは難しだ。作為や私意はどうしても入る。うまくいくものではない。そうしたなかおまえはよく詠んだ」

　珍しく翁が褒めてくれて、雷に打たれたかのように全身が痺れた。なんて甘美な痺れだ。

「それより、わたしはうれしくてなあ」

　なぜか翁はにんまりと笑った。

「うれしいとは」

「ついに待望の松島だ。その興奮と、絶景を句にできない不甲斐なさで、今宵わたしは眠れないだろう。しかしわたしには深川を出るときに友人や仲間が持たせてくれた言の葉がある。素堂は松島の漢詩を作ってくれた。原安適は松が浦島の和歌を作ってくれた。杉風や濁子が作ってくれた松島の俳諧もある。みんな頭陀袋に入れて持ってきている。そしていま曾良も一句作ってくれた。つまり、わたしは敵わぬ造化にひとりで向き合っているのではない。多くの友人や仲間の言の葉とともに、松島という絶世の風光に向き合っているわけだ。うれしいに決まっているではないか」

満足げに言って翁は仰向けに倒れた。窓からの空をじっと眺め、口元に笑みを浮かべて言う。

「暮れてきたな。いよいよ松島の月だ」

翁が大きく伸びを打つ。


夜、やはり翁は寝つけないようだった。隣の夜具からは「むう」と唸る声や、「はあ」といったため息が聞こえてくる。

翁は名月が好きだ。月の句はことさらに多い。当然、松島の月も詠みたいはず。だがうまくいかなくて、夜更けにまで及んでいるのだろう。この執着が松尾芭蕉という稀代(きたい)の俳諧師を生んだのだな。

わたしはわたしで、翁に褒めてもらった喜ばしさから寝られなかった。理屈っぽい、作為がある、と言われたが、その理屈や作為を汲んでくれたことがまずうれしかった。

あの褒めの言葉をほかの門弟たちにも聞いてもらいたかったな。其角殿だったらなんて言ってくれただろう。想像するだけで頬がゆるみ、うれしさのあまり寝返りを打った。

「どうした、曾良。おまえも寝られんのか」

「あ、はい」

寝たふりを決めこもうか迷ったが、見破られそうで観念する。

「鶴に身をかれ、の句。いかにも曾良の句だったな」

「それはどういったところが」

暗がりの中、翁が身を起こす気配があった。わたしも起き上がる。

「ほととぎすの姿は松島の絶景と釣り合わない。だから鶴に姿を借りよ。見劣りを詠んだのは、曾良が蕉門において感じていることだからであろう」

転用元の「千鳥も着けり鶴の毛衣」だけでなく、心の中まで見抜かれていたとは。

「あの、その」

しどろもどろになると翁が苦笑する。

「悪いと言っているのではないぞ。句から曾良が見えてくるところがよい。わたしも松島の句を作ったが、絶景の姿を詠んだものの句からわたしを感じられなかった。私意があれば物我合一とならない。しかし合一のはずのわたし自身を、句から感じられないのも困りもの」

暗がりに目が慣れてきて、うっすらと翁の痩せた輪郭が見えてくる。翁はまたごろりと寝転がった。

「曾良が造化うんぬんを述べたことも驚いたわ。そうか、曾良も探究の徒であったわけだな。申し訳なかった」

「なにゆえに翁が謝られるのですか」

「俳諧に魅入られた者にとって生きることは雑事。俳諧さえあればよい。そういった愚か者よ。だが曾良と杉風は違うと思っていたのだ」

「杉風殿とわたしは別」

「そうだ。わたしなんて世間並みに出世しようと仕官したが駄目だった。仏教を学んで自分の愚を悟ろうとしたけれども駄目だった。どうにも俳諧に執着し、ついには無能無芸で俳諧ひと筋となった愚か者だ。その点、曾良と杉風は、仕官や商いをこなす良識のある者たちと見定めていたわけだ。ところがやはり魅入られた側だったわけだな。わたしの僻目（ひがめ）だった。すまなかったな」

「いえ」

　正座して頭を下げる。夜具に額がつくほど深く。

　理想の俳諧に邁進し、ときには周りに人なきがごとく振る舞う翁が、わたしという人間の中身について慮（おもんぱか）ってくれた。もったいなくて、うれしさよりも申し訳なさがさきに立つ。

　そしてもはや白旗を揚げざるを得ない。わたしは翁に振り向いてほしくて、否定を試み、見限ろうと勇んだが、この人には敵わない。わたしが生きる世界は、翁という巨星を中心にめぐっている。わたしは翁が目指すところのものを目指し、従っているものに従うしかないのだ。

「くり返すが、見劣りを感じるのは悪いことではないぞ。それは理想の己の姿が見えている証しだ。ただ、その姿を追い求めるより、理想の一句を作れるように精進すべきだな」

「はい」

　わたしは額を夜具に埋めたまま返事をした。

「おまえは四十路(よそじ)余り。わたしは五十が近づいている。ともに夢のように儚い人生を送っている。今後、身を磨り減(す)らして俳道に打ちこめるのは、天から与えられた寿命がどれほどかわからぬが、十年くらいだろう。日数にすれば三千六百日。愁えた一日を送れば一日を損じる。悔いなき一日を過ごし、互いに死ぬまで風雅ひと筋であることを心がけようぞ」

「わたしなどにはもったいないお言葉」

「なにを言う。我々は断金の交わり。そしてまだまだ高く飛べると信じている者同士であろうが」

　高く飛べる者同士。うれしさのあまり顔を上げると、翁が強い語調で言う。

「いいか、曾良。身をわきまえるなよ。俳諧はどのような者でも飛ぶ力を与える翼だ。身分の貴賤も、学びの有無も、年齢も、男女も、関係なく与えられる翼よ。わたしは病んだ雁(かり)ではあるが、高く飛んでみせるぞ。旅をやめるつもりはない」

翁が笑い、闇が揺れる。わたしも高く飛んでみたい。まだまだ旅を続けたい。そう強く思った。

「それにしても松島の絶景を我がまなこで見て、これぞ本質と思ったものを句にしたが、うまくいかんものだな。私意が入らぬように軽きことを心がけたが、それもうまくいかなかった。なんだったのだろうな、あの蛙飛びこむの句は」

大きなため息が聞こえた。なにか言葉を返すべきだ。焦るのだが接ぎ穂が見つからない。

そのうち翁の寝息が聞こえてきた。やがて盛大な鼾へ変わる。句作をあきらめたようだ。わたしは音を立てぬように静かに横になった。

〈古池や蛙飛こむ水のおと〉

通称、蛙飛びこむの句。あれは蕉門の看板と言ってもいい翁の代表作だ。その成立は奇跡的だった。初案は貞享三年に刊行された『庵桜（いおざくら）』に載せられたもの。

〈古池や蛙飛ンだる水の音〉

三年前、西鶴門下の西吟（さいぎん）が編む『庵桜』のために、翁が送ったものだ。

古来、和歌の伝統において蛙は鳴くものとして詠む。それを飛ぶ蛙と変えたところに俳諧としての面白味がある。さらに「蛙飛ンだる」という語の軽妙さが、談林である西吟へのもてなしといった意味合いが込められていた。

小さくて愛すべき蛙が四肢を広げ、ぴょんと空中に躍り出る。わたしは蛙の白い腹まで句から想起した。雨の日のささやかな隣人にこうした活躍をさせられるのは、蛙をよく観察している翁ならではだ。

一方で、こうした句もあった。


〈山吹や蛙飛こむ水のおと〉


わたしは「蛙飛ンだる」と「山吹や」が、どちらがさきでどちらがあとかは知らない。ともかく、翁は「蛙飛こむ水のおと」という下二句をまず思いつき、頭につける五文字に悩んでいたという。

悩む翁に「山吹や」を提案したのが其角殿だったそうだ。蛙といえば山吹だ。和歌でも連歌でも俳諧でも、これらは結びつけられて詠むものと決まっている。

妥当といえば妥当。無難といえば無難。其角殿のことだから、『袋草紙』にある蛙にまつわる故事を踏まえているのだろう。

だが翁は、一度は定まった〈山吹や蛙飛こむ水のおと〉に満足しなかった。特に其角殿提案の「山吹や」に引っかかっていた。句が最高の形に定まるまで、言葉や趣向を変えて練り直していくのが翁という人だ。

「山吹やという頭の五文字は、いかにも其角が思いつきそうな華やかさがあってよい。よいのだがわたしには据わりが悪くてな」

翁は不満をこぼした。三年前、深川の芭蕉庵で門弟たちが集っている前でだった。門弟のひとりが追従の笑みで言う。

「花と実だったら、実を思わせる句を作りたいのが翁ですものね」

「さよう。其角のやつは定家(ていか)の卿(きょう)だからな。あいつはたいした事柄でなくても、衆目を驚かす華麗な句に仕立て上げる才がある」

「皮肉でしょうか」

「半分はな」

門弟たちから笑いが起こる。

「だがあとの半分はうらやましさだよ」

翁の言葉に門弟たちは押し黙った。みんな其角殿の詩才にうらやましさを抱いている。それを意識させられたからだろう。

「山吹と蛙といった和歌の定番の取り合わせから、わたしは放たれたいのだよ。常なるものを打ち破り、放たれてこその俳諧であろう。なにかよい案はないか」

放たれたいと言われても。わたしは目を伏せ、ほかの門弟の声が上がるのを待った。和歌由来の伝統や正統性から逸脱してこそ俳諧。それはわかる。しかし逸脱するための新たな一手ほど難しいものはない。

認められれば新味。外せば珍奇、もしくは陳腐。翁にそんなの駄目だと否定されることを恐れてか、みんな黙ってしまった。

芭蕉庵の外には生簀がある。ここはもともと杉風殿が所有する生簀の番小屋だった。生簀は〈古池や蛙飛ンだる水の音〉の句で「古池や」として詠んだもの。使われなくなって水は澱み、春のいまは水草が繁茂して、古池としか言いようがない。

ぽちゃん、ぽちゃん、と間遠に蛙が飛びこむ音がしていたが、門弟たちが黙るのと同時にその音もやんだ。気まずい沈黙が漂った。

「あ」と翁が驚きの声を発する。「なんだ、古池でよかったのだ」

そう言って翁が披露したのが、蛙飛びこむの句だった。

〈古池や蛙飛こむ水のおと〉

西吟に送った「蛙飛ンだる」の頭の五文字「古池や」を、「山吹や」の頭に据え替えたに過ぎない。しかし合わせて完成したこの十七文字からは、いままで味わったことのない閑寂と寂寥が封じこめられていた。

わたしを含めた門弟一同は息を呑み、それから驚嘆と称賛の声が湧き起こった。

「俳諧でこんな静けさを覚えたのは初めてです」

「無我の境地のようなものを感じますな」

「談林とまったく違いますね」

「なぜかわたしは心打たれました」

大騒ぎのなか、わたしは混乱していた。

なんなのだ、平易なのに画期的なこの一句は。

句意は簡単だ。古池に蛙が飛びこむ音がした。たったそれだけのこと。ひっそりと静かな句だった。静まり返った古池に蛙が飛びこむ。その音により、静寂がいっそう深まる。

初案の「蛙飛ンだる」や、其角殿発案の「山吹や」にあった、おかしみや華やかさは消えている。蛙は息吹を感じさせる存在となっている。和歌の伝統的な取り合わせから、解き放たれたからだ。

そもそも「古池や」と切り出しているのだから、「水のおと」とあらためて水を持ち出すのは野暮だ。俳諧は文字数が限られているのだから、くり返すなんて野暮のはず。ところが句として成立している。そして恐ろしいほど据わりがいい。こんなにもぴたりと収まった十七文字の羅列は、見たことも聞いたこともない。

その後、蛙飛びこむの句は門弟のあいだで様々な論議を呼んだ。こうした境地に至った句は見たことがないと、みんな新しいまなこを得たかのように活き活きと語り合った。平明なのに奥深いと、人口に膾炙（かいしゃ）するところともなった。これぞ蕉風であると喧伝するため、『蛙合（かわずあわせ）』を刊行してその第一番として載せた。

黙ったのは翁だ。自分で作っておきながら、偶発的に完成した理想の俳諧に驚いているようだった。すばらしさは理解できる。だが同じ句境の俳諧の作り方は理解できていない。そんなふうだった。

あれから三年経つが、翁は蛙飛びこむの句についての講釈をしていない。人が解釈を述べればそれでよしとするし、さらによい解釈が出れば受け入れる。ずるいとも言えるが、解釈は人によって改まるものだし、評価は揺れるものだ。

我々は歌仙を巻くとき、自らが作った句を次の詠み手に託し、解釈も次の詠み手にゆだねる。作ってはゆだね、作ってはゆだね、つながっていくのが俳諧だ。翁は蛙飛びこむの句の解釈も、受け取り手にゆだねたのだろう。

このわたしも受け取り手のひとりである。受け取ってどのように鑑賞し、解釈したかといえば次のようになる。

まず古池としたのがいい。とろみさえある濁った水を湛えた池だ。不思議と親近感を覚える。まるで見知っているかのような。

この親近感は「古」の一字のおかげだ。古里の古と同じように、自らの過去を振り返らせる作用がある。清冽な池ではこの近しさは生まれない。

次に初案の「蛙飛ンだる」から、「蛙飛こむ」へと変わった点がいい。蛙が飛ぶ姿の飄逸さはなくなるが、蛙が水面を通過して潜る動きが加わった。

初案の「蛙飛ンだる」は、ぴょんと蛙が飛んで着水するまでを描いた句。「蛙飛こむ」となれば水面をすり抜け、潜ったさきの奥行きと水中の静寂が生まれるわけだ。

また「蛙飛ンだる」といった蛙の姿態への注視をやめたことで、句を詠む者の視覚は自由になる。そこへ「蛙飛こむ」だ。

この「飛こむ」には自らの行為について言い及んでいる印象がある。「飛ンだる」はあくまで蛙の姿態についてのみ。

つまるところ、「飛こむ」は客観であるはずのものに主観を許す働きをし、一瞬の蛙との重なりを生む。句の鑑賞者は蛙の目を共有し、水に飛びこんださきの世界を見る。

主観と客観の溶け合いといった境の消失が、蛙飛びこむの句では起きているのだ。

境の消失は、上五文字の「古池や」においても起きている。古池という外界を詠んだはずが、句を受け取った者の心には記憶の中の古池が浮かぶ。

これは「古池や」としたからよかった。特定の池だったら境の消失とならなかった。たとえば「山吹や」と切り出せば、山吹の名所である京の井手(いで)が和歌由来の伝統としてもれなく思い起こされる。限定されてしまう。

しかし翁は名もなき古池とした。句の受け取り手は自由に古池を思い浮かべ、自他の境を越えて蛙はそこへ飛びこむ。

外界の古池を詠んだ句なのに、受け取り手は心に己の古池が宿す。蛙は他者であると同時に、まなこを共有した己でもある。蛙は蛙で、古池と溶け合うように水面をすり抜けていく。

造化随順、物我合一。

造化によって創造された天地自然に、合一してこそ句に誠が備わる。私意が入り、造化と自分とのあいだに境が生じることを避けなくてはいけない。万物はもともと合一であるといった同一性を持っているのだから。

そうした理念に適(かな)った句を、翁はたまたま作り上げてしまった。自他の境がなく、私意による妨げもない。はからずも頓悟(とんご)の一句を手に入れたのだ。

〈古池や蛙飛こむ水のおと〉

この句は世界の片隅のささやかな事象を切り取ったに過ぎない。つまらぬ句と見向きもしない者もいるだろう。

しかし自他の境を失わせる仕組みが備わっているため、ささやかな事象の中に己を見つけ出す。蛙が飛びこんだ水音が鍵となり、世界は自分であり、自分は世界であることを知るのだ。

ぐごご、ぐごご、と隣で眠る翁の鼾が甚だしくなった。わたしは寝そびれ、頭が冴えてきてしまった。

蛙飛びこむの句についての私見を、翁に確かめてみたいと常々考えているのだが、畏れ多くてできないでいる。そういえば、かつて其角殿がこんなふうに嘆いていた。

「翁に言われてしまいましたよ。おまえは蛙飛びこむの句の真髄を理解していないって。理解している者は門下にいないそうですよ」

あの其角殿が真髄にたどり着けていないのだ。わたしの意見の披露はどうしたって憚られる。

「誰も真髄を理解していないのに、名句とされるなんて不思議なもんですなあ」と其角殿は笑っていた。「しかも大悟の一句として、詠んだ翁自身より偉くなりつつあるんですからね。大いに滑稽だ」

其角殿の言う通り、蛙飛びこむの句は解明されていないのに祭り上げられ、翁も「蛙の翁」と呼ばれる始末。

「蕉風の分岐となった句であることは確かだと思いますが」

「まさしくですよ、曾良殿。蛙の句によって蕉風の舳先（へさき）は転じた。しかし真髄は誰もわかっていない。おかげでどこを目指したらいいのか、とんとわからなくなってしまった。いまは閑寂の趣を朴直に詠むしかないのかな、などと考えている次第です」

「それでいいのですか」

尋ねると、「お」と其角殿が驚きの声をもらした。

蛙飛びこむの句の真髄はわかっていない。だから門弟のあいだでは、閑寂や枯淡といった句の趣の面でのみ受け止められている。しかしそれは其角殿の得意とする俳風とは相容れない。

其角殿の句は作為も情もてんこ盛りだ。言の葉での軽業だってお茶の子さいさい。西鶴を慕ったというのも納得の句を作る。わたしは閑寂も枯淡も好きだが、其角殿には窮屈になってしまうだろう。

「曾良殿のお気遣いはありがたいです。でもわたしも翁が真髄とするものを探っていきますよ。翁が信じているところを信じたいのです」

あくまで翁を信奉する。其角殿は一本気な人だった。

「でも、翁自身が真髄をわかっていない恐れもありますよ」

　思いきって切り出すと、其角殿は笑いをこらえつつ言う。

「門弟一同、薄々感づいていることです。毎日誰かしらが真髄について尋ねましたが、明快な答えはありませんでしたから。翁がそんなふうなのに、最近は門弟内でも蕉風開眼の一句などともてはやすようになり、困ったものです」

「記念の一句であることは翁もお認めのようですが、お作りになった中での一番の傑作とは申されていませんしね」

「真髄を探ろうとしない者ほど、ありがたがってご神体扱いするのでしょう。そのうち、ありがたや、ありがたや、と念仏のごとく唱える者も出てくるかもしれませんよ」

「そんなばかな」

　わたしたちはそろってばか笑いした。

「ただ翁も心痛のようでした」

　そう言って其角殿が真面目な顔に戻る。

「なにに悩まれているのでしょう」

「期せずして悟りの一句を得たはいいものの、同じ句境のものが作れない。もう一度、届きたいと願っておりました」

「もう一度ですか」

翁の切実さが胸に迫り、呻くように尋ねる。

「はい。ただ翁も、すべての句が蛙飛びこむになる必要はないと考えているご様子でした。ひとりの詠み手として、もう一度あの句境を味わいたい。その一心のようです」

隣で眠る翁の鼾がやんだ。安らかな寝息へと変わっている。深い眠りの谷に落ちたようだ。

自分から生まれた俳諧に自分が及ばない。それは翁も悔しいだろう。期せずして得てしまった悟りの一句に、縛りつけられている状態でもある。

奥州の旅のあいだに翁はもう一度届くことができるのだろうか。松島までやってきたが、兆しはいまだ感じられない。

十

たった一日で松島を離れた。あれほど憧れを抱いていた松島なのに。翁の気が知れない。今後は平泉へ向かう予定だが、経路は決まっていない。

「翁、いかがいたしましょう」

ひとつには奥州道中へ戻り、『伊勢物語』で有名な歌枕である姉歯の松を見て、平泉に至る。もうひとつは海沿いに北上し、金華山を見やりつつ平泉を目指す。

「緒絶の橋だな」

経路が決まった。緒絶の橋は金華山方面にある歌枕だ。まずは石巻の港を目的地と定め、歩き出す。

天気は快晴。気温が上がり、腋の下も胸元も汗でしとどに濡れる。道は二日前に降った雨のせいでぬかるみ、歩きにくいったらありゃしない。馬次に寄ったが、馬は出払っていて歩くしかなかった。

「の、の、喉が渇いたな」

なんとか石巻の手前までたどり着いたとき、とうとう翁が音を上げた。とはいえ水はもうない。お互いの竹筒は空っぽだ。

「そのへんの清水でも」と翁が道をそれようとする。

「おやめください。見知らぬ土地の生水などもってのほか」

飲めば必ずや翁は腹を壊す。しかたがないので家を見つけるたびに戸を叩き、湯を請う。しかし断られてばかりだった。

「わたしは江戸で俳諧の宗匠をしている松尾芭蕉桃青。暑くて喉が渇いてしまい、申し訳ないが湯をもらえ」

業を煮やした翁が自ら交渉に当たったが、すべて言いきらぬうちに戸を閉められた。

「奥州の人間は薄情だな」

翁が地団駄を踏んで憤慨する。「まあまあ」と背中をさすってなだめた。いままで各地を旅してきたが、ここは警戒心が強い地のようだ。訛りもきつく、話していることがよくわからない分、強く拒絶されたように感じる。

原因はこちらにもある。江戸を発って四十二日目。乞食僧としての風格がわたしたちに備わってきている。歩きに歩き、肉の削げ落ちた顔と体。僧衣は薄汚れている。まめに剃髪していないために坊主頭は白髪交じりとなり、肌は真っ黒に日焼けしてそこへ無精ひげだ。宿を頼まれる立場だったら、わたしも遠慮願いたいと思うだろう。

「水をくれ。湯をくれ。茶をくれ」

唱えつつ翁が進んでいく。非人情に打ちのめされたそのしんどさを表明したいのか、必要以上によれよれと蛇行する。境遇を大袈裟に嘆く嫌いは、この長旅でも治っていない。

「水、湯、茶を」

翁はついには地面に両膝をつき、うなだれて動かなくなった。

「大丈夫ですか、翁」

往生していると、刀を差した武士が向かいからやってきていた。年齢は還暦の手前くらい。こちらに気づくと歩をゆるめ、胡散臭(うさんくさ)そうに目をすがめる。わたしは先手を打った。

「怪しい者ではございません。わたしたちは奥州を旅している俳諧師なのです。湯をもらおうと家々を回ったのですが、いただけずに困っておりまして」

帯刀している者と向き合えば、どうしたって緊張する。ついつい早口になった。武士は刀の鍔に手を添えたまま、わたしたちを観察している。

「もちろん、入判もございます。いまは石巻へ向かっているところでして」

入判を探して頭陀袋へ手を突っこむ。しかし武士は首を横に振った。顎をしゃくり、ついてくるようにうながす。

一町ほど黙ってついていった。武士が訪ねたのは知人宅のようで、わたしたちへ湯を与えるように頼んでくれた。

「ありがたや、ありがたや。生き返りました」

いただいた湯を翁はいっきに飲み干し、濡れた口元を手の甲でぬぐった。

「石巻へ行ったら、新田町の四兵衛を訪ねるがよい。泊めてくれるはずだ」

「ありがとうございます。あなた様のお名前を伺ってもよろしいでしょうか」

「根古村の今野源太左衛門と告げれば、向こうもわかるだろう」

翁と深々と頭を下げた。

「おぬしら、むさ苦しい男の二人旅というわけだな。年嵩を食ったのち、楽しかったと思い出される旅になるだろうな」

武士は相好を崩すとなんとも親しみやすい顔となった。立ち去る姿を見届け、その背中に手を合わせる。翁がぽつりとつぶやいた。

「奥州の人間は情が厚いな」

さっきと言っていることが違う。この旅でいったい何度目になるかわからない、呆れてのため息をついた。

やがてたどり着いた石巻は栄えた港町だった。日和山にのぼると、その様子を一望できた。

雄大な北上川が海へ注いでいた。港には何百もの廻船が集っている。家は隙間なく建ち並び、無数の竈の煙が立ちのぼっていた。米蔵は五十棟ほどか。江戸で食べられている米の三分の一は仙台のものと聞く。ここで船積みして送っているのだろう。

「人跡まれな雉兎芻蕘の行き交う道を迷いつつ進んだら、思いがけずにぎわう港町に出たものだ」

翁が眺望を前にして驚嘆してみせる。

「いくらなんでも大袈裟では」

猟師や木こりや柴刈りたちが使う道を、迷いながら進んできたなんて大袈裟だ。そもそも石巻を経由することは予想されていた。この地の歌枕も調べてある。なのに驚いてみせるなんて。

「いいではないか。せっかくの旅だ。酔い痴れていこうではないか」

なるほど、事実に色をつけて遊んだほうが楽しいというわけか。道に迷った末に桃源を見出す。中国ではよくある物語だった。

「金華山はここから見えないのだな」

「そのようですね」

大伴家持(おおとものやかもち)が「山に黄金花咲く」と詠んだ金華山は、仙台からも見える大きな島だ。『万葉集』所収のあの家持の歌に惹かれ、翁は石巻経由を選んだのだろう。だが地勢上、石巻から金華山は見えなかった。

明くる日は戸伊摩(といま)へ向かった。宿を貸してくれた四兵衛ともうひとりと出発し、町外れで別れた。戸伊摩では四兵衛が宿泊先として紹介してくれた家を訪ねる。ところがにべもなく断られた。

「奥州の人間は薄情だな」

翁が激怒する。いったいどっちなんだ、と心の中でぼやきつつ、検断に泣きつくことを提案する。検断とは名字帯刀御免の大庄屋のこと。検断の庄左衛門(しょうざえもん)に世話になった。

次の日は大雨のために馬を使った。北上川に沿って北へ向かう。合羽など意味をなさないほどの大雨だった。

五月十三日、平泉までたどり着いた。

平泉は清衡、基衡、秀衡と、奥州藤原氏が三代にわたって栄華を誇った地だ。

飯坂では、秀衡や源義経のために働いた佐藤一族の墓を訪れた。塩竈では、秀衡の三男である和泉三郎忠衡（いずみさぶろうただひら）が寄進した宝灯を見た。忠衡は父の秀衡の遺言に従い、義経を守った人だ。

敗残者好きの翁にとって、義経は思い入れの深さでは随一の武将だ。そうした義経に忠節を誓った忠衡を、「彼は勇義忠孝の士なり」と塩竈にて手放しで褒めていた。

思えばここまで、義経にまつわる地はたいてい訪れてきた。塩竈では『牛若東下り』を聞いた。ある意味、今回の奥州の旅は義経の悲劇をたどり、義経に思いを馳せるものでもあった。それもこの平泉で終わる。

秀衡の館があった伽羅御所（きゃらのごしょ）の跡を訪ねる。だだっ広い田野となっていた。築山として設けられた金鶏山（きんけいざん）だけがその形を残している。翁が寂しげにもらした。

「三代の栄耀（えいよう）も一睡のうちだな」

「邯鄲（かんたん）の夢ですね」

中国の故事だ。邯鄲で盧生（ろせい）が夢を見た。帝王となって富貴を誇るまでの、五十余年にわたる長大な夢。しかし目を覚ましてみれば、粥（かゆ）さえ煮えていないうたた寝のあいだだった。栄枯盛衰の儚さをたとえている。

奥州藤原氏は産出する金により、権力と財を築き上げた。秀衡が造営した無量光院には、釈迦堂をはじめ金箔に包まれた堂が建ち並んでいたという。当時このあたりは、黄金が燦然と輝く光景となっていたのだろう。だがいまやあとかたもない。

次いで、義経最期の地である高館へ向かった。翁は息急き切って坂をのぼっていく。視界が開け、眼下に北上川が広がった。この大河は南部領より流れてくるもの。支流である衣川が、忠衡の居城であった和泉が城をめぐっている。

泰衡ら藤原一族の旧跡は、衣が関の向こうにあった。南部口の守りを固め、蝦夷の侵入を防いでいたようだ。泰衡は奥州藤原氏の四代目の当主である。義経を守った忠衡の兄にあたる。

この四代目当主である泰衡は、残念なことに義経討伐を掲げた頼朝の要求に屈した。義経を自害に追いこみ、首を頼朝に差し出した。恭順の意を示すために。さらに弟の忠衡も義経側に立ったとして殺した。

しかし頼朝の目的はあくまで奥州藤原氏の殲滅だ。頼朝がよこした兵に泰衡は追いつめられ、造反した家臣に殺された。

栄華も功名も思惑もすべて滅んだ。

みんな死んだ。

頼朝でさえ最期はあっけなかった。

「義経も義勇ある家臣たちも、この高館にて奮戦したが、数々の功名も一時のものとして消えた。いまやここはただの草むらだな」

翁は菅笠を草むらに置き、腰を下ろした。わたしも倣って隣に座る。目の前に広がるのは山と川と田畑のみ。どこにでもある田舎の風景だ。

「国破れて山河あり、城春にして草青みたり」

「杜甫の『春望』ですね」

すぐさま反応したが、翁の返答はない。前を向いたまま黙っている。泣いているのではないか。そっと横顔を窺うと翁が口を開いた。

「残るは夏草ばかりだ」

興亡の跡すら見当たらず、とにかく夏草ばかりが生い茂っている。ただ夏草だけが生えては枯れ、枯れては生えるをくり返す。そうして紡ぎ上げられた悠久の時の流れに比べ、人が抱く夢などほんの刹那。

句ができたらしい。翁が自らの帳面に書いて見せてくる。


〈夏草や兵(つはもの)どもが夢の跡〉

よい句だ。永遠の夏草と刹那のひと夢。無常観がぎゅっと詰まっていた。

「ところで曾良は、義経の近臣の中で誰が好きだ」

翁は義経にまつわる話、いわゆる判官物が大好きだ。義経最期の姿を描いた演目は、能にも幸若舞にも浄瑠璃にもある。

「鈴木(すずき)兄弟も好きですし、弁慶も捨てがたい。迷います」

ここ高館にかつてあった居館に、義経一行は立て籠もった。たった十数騎で五百騎の兵と闘い、奮闘むなしく斬り殺され、あるいは自害した。『義経記(ぎけいき)』にも描かれた弁慶の立ち往生を知らぬ者はいないだろう。

「もしひとりに絞るとしたら、兼房(かねふさ)でしょうか」

十郎権頭(じゅうろうごんのかみ)兼房は義経の北の方の乳人(めのと)だ。義経に最後までつき従った六十三歳の老武者で、もはやこれまでというときに北の方とその子らを自害させ、義経の自害も見届けた。

幸若舞の『含状(ふくみじょう)』では、腹を十字に切って自害する義経を涼やかであっぱれと褒め称(たた)え、館に火を放って自らの腹を切った。『義経記』では、なんと敵将を馬もろとも斬り倒し、さらに敵将の弟を小脇に抱えて炎に飛びこんだ。白髪交じりの髻(もとどり)を振り乱し、奮迅の働きをする姿はまさに鬼神。

「なんだ、曾良も勇壮な武者に惹かれるのだな」

翁がにやにやと笑う。子供だな、と言いたげだ。

「い、いいえ。兼房が判官殿の最期を見届けた、その一点にわたしは惹かれたわけで」

もし翁がさきに旅立つことがあれば、必ずやわたしも看取り(みと)たい。そうした望みからの答えだったのに。

その旨を訴えるべきか迷っていると、翁が「ふふ」と笑みをもらした。目を細め、みなまで言うなと伝えてくる。わたしの心の内を見透かし、笑ったようだった。

容易に見透かされ、赤面してしまう。しかしこうも考えられる。翁はわたしの心の内をわかってくれている。松島で句を作ったときも、門弟内での見劣りを気にするわたしの気持ちを慮ってくれた。

喜びがじわじわと湧いてくる。加右衛門が言っていたように、この旅中に翁との距離は縮まっているのかもしれない。

「よいではないか。わたしも兼房は好きだぞ。名前もわたしの宗房(むねふさ)に近い」

「言われてみれば」

翁は藤堂家に仕えていたとき、松尾忠右衛門宗房と名乗った。

「見てみよ、曾良」と翁が周囲に目をやる。「卯の花が咲き乱れておる。兼房の白髪を彷彿(ほうふつ)させるではないか」

白河の関でも見た白い卯の花がそこかしこで咲いていた。寒い奥州の地では遅れて見ごろを迎えるのだろう。

この卯の花もやがて散る。兼房と同じように。しみじみと感じ入ってしばし眺めた。

中尊寺(ちゅうそんじ)への道すがら、かねてより抱いていた疑問を翁にぶつけた。

「翁はなにゆえに敗残した者たちに肩入れするのですか。義経しかり、奥州藤原氏しかり、佐藤一族しかり。藤原実方を好むのも同じ理由からでしょうか」

翁は歩きながら自らの胸元を叩いた。

「血ゆえだな。わたしに流れる血ゆえ」

「翁の血」

「わたしの曽祖父や祖父は、天正(てんしょう)伊賀の乱で憂き目を見た。わたしに受け継がれた敗残者の血が、滅びたものと接すると震えるのだ」

織田信長(おだのぶなが)が遣わした大軍により、伊賀の地侍は掃討された。僧侶や住人を含め、三万人が殺されたと聞く。翁が伊賀の出身であることは知っていたが、生まれまでは詳しく知らなかった。

「藤堂高虎(たかとら)殿が城主となったのち、松尾家はなんとか無足人として取り立てられた。だが生活は楽ではなかった。祖父やわたしが俳諧の道に進むきっかけをくれた菊岡如幻(きくおかにょげん)殿も、伊賀の人々が蹂躙(じゅうりん)され、土地を追われたさまを語ってくれたよ。わたしは踏みにじられた敗残者の末裔なのだよ」

無足人といえば名字帯刀は許されているが、生活は百姓となんら変わらない。徳川の世となる前の動乱で、皆殺しの標的となり、虐げられた人々の子孫。そうした自覚が翁には根差しているわけか。

滅びに対して血が呼応する。心を通わせようとする。そのことに翁自身も抗えないのかもしれない。

「高館まで来たのも流れている血のせいだろうな。血がわたしを奥州の悲劇の地まで連れてきたのだよ」

翁が笑みを浮かべる。なんとも寂しげな笑みだった。

中尊寺の光堂と対面する。光堂はおよそ五百年前の姿そのままに金色に輝いていた。案内の僧が言うには、風雨から守るために被さるようにして造られた覆堂は、何度も造り直されてきたものらしい。

光堂には、清衡、基衡、秀衡の尊骸が納められていた。棺の上には豪奢な仏壇が設けられ、阿弥陀如来、観世音菩薩、勢至菩薩の仏像が安置されている。柱は七宝荘厳の巻柱というもの。惜しいことに螺鈿の飾りは剝げてしまっていた。

「なんと」

翁は光堂を前にして絶句した。身じろぎもせず、光堂と対峙している。案内の僧が手持ち無沙汰なのか、わたしたちの背後をわざとらしくうろつく。感心しない態度だ。だが翁は気にしていない。静かに語り出す。

「わたしは永劫なるものと流転していくものが、対立していると考えていた。しかしそうではないのかもしれんな」

「永劫と流転ですか」

「この光堂や壺の碑のように、時の流れによる腐食に耐えた永劫不変のものがある。一方で人の一生は儚くて移ろいやすい。かたや変わらないもの、かたや変わりゆくもの。これらは相容れないと考えていたのだよ」

「わたしもそう思いますが」

旅中、壺の碑でも高館でも感じたことだ。

「しかしな、永劫不変の存在によって、儚いはずの人の一生や思いや言の葉は、何度でもよみがえると気づいたのだ」

「よみがえる、とは」

「光堂に向き合えば、奥州にて滅びた人々の思いがよみがえる。壺の碑に向き合えば、いまはなき人々の言の葉や思いがよみがえる。永劫があるからこそ流転するものに意味が生まれ、流転するものがあるからこそ永劫に意味が生まれる。境を設けて隔てる必要はなかったのだよ。千年を超える不変も、絶えざる変化も、ともにあって意味を成すのだ」

語りつつその内容を確認しているのか、翁の口調はおぼつかない。たぶん、語った言葉の真意を、自分でも汲みかねているのだろう。蛙飛びこむの句の真髄を、翁自身がまだつかみかねているように。

永劫と流転。いずれ俳諧において重要となる理念の種を、翁はこの旅において手に入れたのかもしれなかった。

「一句できたぞ」

急に翁が言う。

〈五月雨(さみだれ)や年〳〵(としどし)降(ふり)て五百たび〉

毎年の五月雨に、光堂は五百回も降られている。いまひとつの句かもしれない。そう思っていると翁が苦笑いを向けてきた。

「作り直しでしょうか」

「わかっているではないか」

翁は苦笑いを浮かべ、覆堂を出た。すでに作り直しに没頭しているようだ。その背中からは、もはや光堂への名残惜しさを感じられなかった。

一(いち)ノ関(せき)に戻り、尾花沢(おばなざわ)を目指して南西へ進路を取る。

　二日後、鳴子(なるこ)の湯を過ぎて尿前(しとまえ)の関にたどり着いた。伊達領と新庄(しんじょう)領の境となる関所だ。ここを越えれば奥州から出羽(でわ)へ抜けることになる。

　だがわたしは重大な失敗をしてしまった。もともとはさらに南の経路を選ぶ予定だったが、そちらは銀山があるために番所の数が多い。いちいち取り調べられ、袖の下を要求されるのはわずらわしい。そのため尿前の関を通る番所の少ない経路へ急きょ変更したのだ。

　ところが、伊達領に入るときに関所へ申告した滞在日数と異なってしまったし、出る予定として申告していた関所も異なる。関所の番人に怪しまれ、通してもらえなかったのだ。

　番人がねちねちと詰問してくる。ここに至るまでの経緯を説明したが聞き入れてもらえないし、旅の目的を俳諧修行のためと話しても信じてもらえない。

「俳諧のために奥州をめぐるだと。意味がわからん。本当はおまえたち隠密(おんみつ)なのだろう。我ら関守のあいだでは、隠密は芸を身につけ、俳諧師や絵師や役者に化けて内情を探るとされておる。特に宗匠と名乗るおまえ、忍びの地である伊賀の出身ではないか。どう考えても怪しい」

　隠密と疑われ、そのばかばかしさに翁はすっかり不貞腐(ふてくさ)れてしまった。代わりにわたしが翁の素性や功績を切々と伝える。

しかし証明するものがないと番人に突っぱねられてしまった。俳諧にも疎いらしく、松尾芭蕉の名を出しても知らぬのひと言。即興で俳諧を披露したが、良し悪しなどわからないと請け合ってもらえない。

「曾良が急に経路を変えたせいだぞ」

小声で翁がなじってくる。

「翁も賛同したではないですか」

「おまえを信じたわたしがまずかったわけだな。おまえみたいな浅慮で間抜け面の隠密などいるはずないのにな」

「それを言うのでしたら、貧弱を絵に描いたような翁に隠密が務まるものですか」

「おまえたち、勝手にしゃべるな」と番人に怒鳴られた。

空の高いところにあった太陽が、山の端近くまで落ちてきていた。結局、たっぷりと袖の下を握らせて関所を抜けた。余計な出費をしたくなくて選んだ経路なのに、元も子もなかった。

難所である中山を越え、庄屋の家に泊めてもらった。茅葺が立派な堂々たる家屋で、入ってすぐに広々とした土間があった。

「おおう」

さきに入った翁が驚きの声を上げる。続いたわたしも同じような声を上げてしまった。

屋内の仄暗さから、ぬっと馬の大きな首が現れたからだ。土間の右手が厩（うまや）となっていた。どっしりとした大きい馬だ。落ち着き払った瞳でわたしたちを窺っている。あ然とするわたしたちに主人が教えてくれた。

「このあたりは小国駒（おぐにこま）の産地で、寒さから守るために土間に厩を設けるのですよ」

人馬が同じ屋根の下で暮らすなんて初めて見た。よっぽど馬を大切にしているのだろう。

馬の視線を浴びつつ土間を上がり、奥へ進んだ。すると背後から桶の水を撒き散らすかのような音がする。いや、桶の量ではない。樽（たる）の量だ。わたしも翁も驚いて振り返る。再び主人が教えてくれた。

「ばりの音です」

聞いたことのない言葉だ。

「ばりとはなんでしょう」

「馬の小便ですよ」

主人の答えに翁が「ほう」と関心を示す。

「いばりのことだな。ばりと言うのか、このあたりでは。面白いではないか」

翁は興を催したようだ。就寝前になって、このような句を作って伝えてきた。いずれ旅日記に載せるのだという。

〈蚤虱馬の尿する枕もと〉


　句意は、ひと晩中、蚤や虱に悩まされ、枕元では馬が尿をする宿である、といったところ。だいぶ事実と違う。第一わたしたちが通されたのは奥の立派な座敷だ。蚤も虱もいなければ、もはや馬の小便の音も聞こえてこない。

「いけませんよ、翁。こんなよい座敷を貸していただいているのに。宿の主人に失礼ですよ」

「旅日記に事実そのまま書くつもりはない」

「しかし」

「封人の家に泊まったことにして、そのときの句とするつもりだ」

　翁は悪巧みの笑みを浮かべた。封人とは境を守る者。つまり関所の番人だ。

「昼間の関守の一件を根に持っておられるのですね」

「もちろんではないか。伊達側も新庄側も関係ない。このあたりの関守はみんな嫌いだ。絶対に悪く書いてやる」

　なんて底意地の悪い。だが今回ばかりはわたしも翁に加勢したかった。実にいやな関守だった。

「あやつら、わたしたちを軒猿(のきざる)か、などと疑いよって」

翁が鋭く吐き捨てる。軒猿とは隠密の異称だ。

「言っていましたねえ」

「あやつらこそ俳諧もわからぬ山猿のくせに」

どんどん翁の口吻(こうふん)が荒くなる。どうにも腹に据えかねているようだった。

「ところで翁。関守を前にして、わたしのことを浅慮で間抜け面とおっしゃっていましたが、本心でしょうか」

翁がふと真顔になった。すぐさま笑う。

「本心だったら、ふたりでこんな困難な旅は続けておらんよ」

その屈託のない笑いに免じて、わたしも笑って水に流すことにする。

大雨で一日足止めを食らい、明けて山刀伐峠(なたぎりとうげ)に臨んだ。山道は迷いやすいらしく、案内の者がついてくれた。それが一介の荷物持ちとは思えぬほど屈強な若者で、刀身の反った大脇差を腰に下げている。さらに頑丈そうな樫(かし)の杖を携えていた。追いはぎが出るのだろうな、とすぐに察しがついた。

翁が竹杖を構え、びゅんびゅんと振る。わたしは長めの枝を拾い、硬さを確かめた。かつては翁もわたしも奉公人だ。武芸のたしなみがないわけではない。

ただ、翁は台所用人。刀より包丁を握った日々のほうが長いだろう。いざとなったらわたしが働かねばなるまい。

案内の男を先頭に、山道を警戒しつつ進む。頭上は生い茂った木々で覆われ、鳥の声ひとつ聞こえてこない。まるで静まり返った夜道を行くかのようだ。峠ののぼりは厳しく、馬も入れないほど。いま襲われたらひとたまりもない。

小笹（こざさ）を踏み分け、沢を渡り、岩に躓（つまず）き、冷や汗を流しながら進んだ。がさりと茂みが鳴れば、肝を冷やして身構える。本心では逃げ出したい。だが「勇義忠孝の門弟なり」と翁から褒められたい。その一心で踏ん張った。

やがて木々がまばらになり、平地に出た。案内の男が初めてわたしたちに笑顔を見せた。

「この山刀伐峠は起きてほしくないことが必ず起きるところなのですよ。それが今日はおふたりを無事に送り届けることができて、幸せでした」

幸せとまで言うのか。そんなにも危うき道だったのか。翁と顔を見合わせ、いまさらながらに身を震わせた。

山を下り、尾花沢へたどり着く。

尾花沢には十泊した。最初の三泊は鈴木清風（せいふう）の世話になった。紅花問屋と金貸しで破格の財を成し、紅花大尽とまで呼ばれた人物だ。

よく知った間柄でもある。清風は江戸で翁と俳諧興行を開き、ともに歌仙も巻いた。彼が刊行した『俳諧一橋』には翁とわたしの句も載る。

年齢はわたしたちより下。だが人として見るべきところが多分にある。以前、翁はこんなふうに褒めていた。

「清風は富豪でありながら、金持ちが往々にして持つ卑しさがない。商売柄、京まで行き来することも多いため、旅人の心持ちもよくわかっておる」

今回の滞在時、清風が翁にかけた言葉から生まれた一句がある。清風はこう語りかけた。

「我が家にいると思って、ごゆるりとおねまりください」

翁によれば「ねまる」は古い言葉だそうだ。くつろいで座るといった意味らしい。いまだこの地で使っていることに、翁は興をそそられたようだ。「ねまる」を用いた一句を作った。

〈涼しさを我宿にしてねまる也〉

翁は大胆だ。我が家のようにと言ってくれたその清風の家を、涼しさのひと言に置き換えた。涼しさそのものを宿として、くつろいで座っていると詠んだ。空間を涼しさのひと言で表してしまう。大胆以外のなにものでもない。

また、この句には清風の名と人柄から受ける印象が盛りこまれている。

涼やかで爽やか。

心にくい一句ではないか。さすがとしか言いようがない。

清風の家で三日間世話になったあと、そばの養泉寺に移った。そちらのほうが自由にのんびりできるだろうといった清風の計らいだった。

尾花沢の滞在中は、俳諧を通じてたくさんの仲間と出会い、もてなしを受け、歌仙を巻いた。久々に奈良茶飯を食べることができて、翁は満足げだった。

平泉にて義経の悲劇をたどる旅が一段落した。以降、心なしか翁の表情が明るい。翁は血に突き動かされ、奥州のその奥地まで進んできた。我が身を敗残の武将たちに重ね、悲劇に浸るようなこともしていたのだろうが、解放されたのだ。

その後の翁の好奇心を満たしたのは、奥州ならではの言の葉や風習のようだった。「ばり」や「ねまる」などの言の葉、それから屋内に厩を設ける家の造りなどだ。尾花沢でもそそられる言の葉との出会いがあった。

尾花沢は養蚕が盛んな地だ。この地の人々は、蚕を飼う小屋を「飼屋」と呼ぶ。これもまた古い言葉らしい。

この飼屋の語から、翁は『万葉集』の和歌を思い出し、このような句を作った。

〈這出よかひやが下のひきの声〉

飼屋の下で鳴いている蟇蛙に、こっちに出てこいよ、と呼びかけている。翁にはいにしえの言の葉の深い知識がある。そこに蟇蛙との出会いを面白がる童心が、かけ合わされた句だった。

尾花沢の人々から、しきりに聞かれることがあった。

「立石寺へは参られましたか」

行っていないと答えるとぜひに勧められるものだから、五月二十七日に足を延ばした。南へおよそ七里の道のりで、清風が馬を手配してくれた。

途中、紅花が咲き誇っていた。赤味の混じった黄色い花が視界を埋める。形は薊や小菊に似ている。この紅花を加工し、赤い紅餅というものをこしらえる。それが化粧や染色用の原料となるそうだ。いまの時期、清風は紅花の収穫のため大忙しだった。

畑の紅花たちが朝の光を浴び、黄金色に輝いている。馬上からの眺めは壮観だ。はるか遠くまで旅をしないと出会えない光景がある。出会えたからこそ生まれる句がある。翁はこんな句を作った。

〈まゆはきを俤(おもかげ)にして紅粉(べに)の花〉

　紅花はいずれ女性たちの唇を赤く彩る。その紅花の姿は化粧に使う眉掃きを思い起こさせるなあ。そんな句意だ。眉掃きは、白粉(おしろい)をつけたあとに眉を払うために用いる刷毛(はけ)だ。

　閑寂や枯淡を好む翁ではあるが、こうした華やかで色っぽい句もお手のもの。翁には開けていない引き出しがたくさんある。

　三里ばかり下った楯岡(たておか)で馬を返した。残りの四里は徒歩だ。歩き始めてすぐに翁が言ってくる。

「そういえば、曾良も須賀川で蚕の句を作っておったな」

　翁が言うのは、この句だろう。

〈蚕飼(こがひ)する人は古代の姿かな〉

「蚕の仕事をする人々の格好が、古代の人々の袴(はかま)に似て面白かったものですから」

「古代の墓から見つかる素焼きの像がしている格好だな」

「須賀川ではフグミとかフンゴミとか呼んでおりましたね」

「尾花沢もそうだが、いでたちも神代から続いておるのだろうな。で、あの須賀川での句を、蚕つながりで尾花沢のものとして旅日記に載せようと思うが、いいか」

「妙案です」

思い返してみれば、翁は白河の関を越えたときから、いにしえの言の葉や風習に思いを馳せながら歩いていたのだな。

奥州の旅はここまで長い距離を歩いてきた。と同時に翁は、長い歴史を振り返りながら歩いていたのだ。過去をさかのぼるような旅でもあったのだろう。


立石寺は山寺の通称で知られていた。慈覚大師円仁の開基だそうだ。本堂は山の上にあり、急峻な参道が奥の院まで続いていた。

実をいえば、翁は山寺行きに乗り気でなかった。歌枕の地ではないからだろう。歌枕で名句を残し、奥州の俳諧の地図に松尾芭蕉の名を刻む企てがあるとすれば、山寺に用はない。

だが山のふもとを訪れ、翁は態度を一変させた。山門をくぐるなり、「ほう」と感嘆の声をもらした。山寺の清閑さが気に入ったようだった。

ふもとにある宿坊を宿として押さえ、本堂を目指す。尾花沢でのんべんだらりとしていたせいか、体が鈍って石段がきつい。取り囲む木々たちは風を通さず、蒸し暑くて汗がとめどなく流れる。

右を見ても左を見ても、奇岩が積み重なっていた。岩は参道にせり出して道幅を狭めている。見上げれば、岩肌をあらわにした断崖が立ちはだかっていた。生い茂る松や檜は年老いたもの。土や石も年月を重ねていて、なめらかな苔に覆われていた。磨崖の碑や石塔は比較的新しいもののようだ。

「霊場の雰囲気がありますね」

さきを行く翁の背中に語りかける。翁は答えず、よろけて手をついた岩に悪態を吐いた。

「忌々しい岩たちめ」

崖のふちをめぐり、岩に這うようにしてなんとか仏殿にたどり着く。目の前に広がるのは岩また岩の景色だ。翁が息を整えながら言う。

「絶景だな。まるで絵の中にいるようだ。なによりこの寂寞さよ」

建ち並ぶ十二の支院はすべて扉を閉じ、物音ひとつ聞こえない。耳に入ってくるのは蟬の声ばかり。

「手帳を出してくれ」

句ができたらしい。

〈山寺や石（いは）にしみつく蟬の声〉

奥の院を参詣したあとふもとを目指して下った。四里も歩いた末に奥の院までのぼったのだ。わたしも翁も足ががくがくだ。下りは勢いがつかないように踏ん張る分、のぼりよりきつかった。

「もう駄目だ」

中腹まで下りたころ、翁は参道沿いにあった岩に腰を下ろした。大きくて平らかな岩で、翁はそのまま仰向けに倒れて目をつぶった。

「曾良も休め」

「一度座ると、立つのが億劫（おっくう）になります」

「立たれていると、急かされているようで休まらんだろうが」

しかたがないのでそばの岩に腰を下ろした。岩と杉の巨木が日陰を作ってくれている。ぜえぜえという翁の荒い息が静まると、聞こえてくるのは再び蟬の声のみとなった。

「曾良も岩に体を預けてみよ」

「ひんやりとして心地いいですか」

「それもある。だが忌々しいと思っていた岩たちが、そうではないと気づく」

「そうではない、とは」

「まずは試みてみよ。岩に抱かれているようで心が澄むぞ」

なにかの冗談だろうか。そう思ったが翁の口調は至って真面目だ。翁は目をつぶったまま、岩の上で四肢を広げて言う。

「万物は同一だ。我々に差異はなく、すべて同質だ。そう岩が教えてくれる。やはり岩のことは岩に習えだな」

わたしが座った岩の背後には、屹立する大岩があった。深く腰かけ、背中の大岩にもたれる。両足は座っている岩の上へ投げ出して目を閉じた。

酷使した足がじんじんと痛む。腰にも痛みがある。脱力して休むことに努める。そうこうしているうちにさきの翁の言葉が理解できた。

次第に自らの体の輪郭がぼやけてきた。岩との境目が曖昧になっていく。わたしと岩といった対立の意識が退き、自分を岩と同質のものとして感じるようになった。

そうか、物我合一か。

気づいたときにはわたしは岩であり、岩はわたしだった。

わたしはここで永劫に近い時を過ごしてきた岩だ。沈黙して鎮座してきた岩である。まばたきのあいだに人は一生を終え、午睡のあいだに巨木も朽ちる。

岩になってあらためて思う。

ここはなんて静かなのだろう。

蟬が鳴いているが、永劫のしじまを生きる岩の自分には、それすら静かだ。

その蟬の声により、岩であるわたしが抱く静寂の深さを思い知らされる。わたしは永劫に近い静寂を抱いている。

「得たり」

翁の声で目を開けた。翁はすでに身を起こしていた。なぜか恍惚とした表情で樹林を見上げている。

「さきの蟬の句を作り直したぞ」

そう言うので手帳を用意しようとすると、手のひらを向けて制せられた。感得した句を逃したくないので動くな、といったふうだ。しばしのちに整えた句を伝えてくれた。


〈閑(しづか)さや岩にしみ入(いる)蟬の声〉


はっとした。届いていた。蛙飛びこむの句境に届いている。作りも似ていた。翁の恍惚は達成感からのようだった。

蟬の句の初案は「山寺や」で始まっていた。それをずばり「閑さや」に置き換えた。空間を状態の一語で表すのは、尾花沢での「涼しさを」と同じ趣向だ。

ただ、「閑さや」と始めたことで、まったく違う句が誕生していた。切れ字の「や」が働き、静寂にまつわる句であると表明している。なんという静けさだ、といった感動に重きを置くといった表明だ。なんてすごい作り直しだ。翁の作り直しの才能は不世出のものだ。

この作り直しは、翁が岩に没入し、詩心が動かされる源泉を静寂と汲み取ったからだろう。感動させられるものの正体を静寂と見抜いた。

自然を観照し、私意を交えず、そのまま句にする。まさに物我合一、造化随順の名句となっていた。

蛙飛びこむの句では「古池や」の語により、受け取り手の心にそれぞれの古池が浮かんだ。今回は「閑さや」と切り出したことで、それぞれの静寂が胸に呼び起こされる。外界の静寂の情景を詠んでいるのに、己だけの静寂が心に宿る。自他の境を失わせる仕組みが、蟬の句でも施されていた。

外の世界に静寂があり、心の内にも静寂がある。これらは地続きだ。境が失われ、無限の静寂が生まれているのだ。

また初案の「しみつく」では、蟬の声は岩の表面で留まってしまう。それを「しみ入」と換えたことで、蟬の声は岩の表面にしみ透(とお)った。ここが重要だ。永劫である岩と儚き命の蟬が溶け合う。

さらに岩となったわたしだからわかる。わたしと岩と蟬にも境はない。万物は同一。だから岩にしみ透る蟬の声は、わたしにもしみ透ってくる。蟬の声はわたしの心の最深部にまでしみ透り、わたしが抱く静寂をさらに深める。

〈閑さや岩にしみ入蟬の声〉

これは静寂にまつわる句だ。わたしと世界がともに抱く静寂の深さを、翁の句が教えてくれていた。

十一

最上川は矢を射るがごとき急流だった。

「おおおお、無事に清川までたどり着けるのであろうか」

翁が舟の床に這いつくばって大騒ぎする。わたしもこんな急流の川下りは初めてだ。いつ振り落とされるか気が気でない。

舟は荷を運ぶためのもので大きく、米俵だったら二百五十は積めるらしい。舵はなく、熟練の船頭が帆と櫂で操る。

乗船前は大きい舟のために安全と聞いていた。しかし水嵩が増している今日、舟は川に落ちた木の葉のようだ。

最上川は山あいを流れ、左右に景観が続く。だが眺める余裕などない。風雨が激しい日には容易に舟を転覆させる早川に変化するという。人が亡くなった話は耳が痛くなるほど聞かされた。

舟には本合海（もとあいかい）から乗った。より上流からでも乗れるが、碁点（ごてん）や隼（はやぶさ）と呼ばれる難所があるため、下流の本合海を乗り場として選んだ。

乗せてもらった舟は、本来は荷運び用のため乗船を許されない。そこを尾花沢で俳諧を通じて知り合った高野一栄（たかのいちえい）と渋谷風流（しぶやふうりゅう）が、紹介状を書いてくれて乗ることができた。

一栄は最上川の河港である大石田（おおいしだ）に住む有力な舟問屋だ。舟に関しては顔が利くということなのだろう。

大石田に立ち寄った際、この一栄に大変に世話になった。家を最上川沿いに持ち、裏手は川に面していた。その一栄宅にて俳諧興行が開かれ、歌仙を巻いた。発句は客人である翁が出した。

〈さみだれをあつめてすゞしもがみ川〉

発句は挨拶の句。涼やかでいいお宅ですねえ、といった挨拶を翁はしたわけだ。

大石田は乗船した本合海より上流だが、川幅は広くて流れが穏やか。一栄宅は川風が吹き抜ける居心地のいい家だった。奥州の地で暮らすのも悪くないな、と思わせるほどだった。

次の地である新庄までは、一栄が用意してくれた馬に乗った。新庄では風流の世話になった。

風流の兄も俳諧をたしなみ、盛信（せいしん）といった俳号を持つ。新庄一の富豪でもあった。新庄への訪れが実現したのは、風流たっての願いから。こちらでも俳諧興行を催した。

大石田と新庄に立ち寄ってからというもの、翁は鼻高々の喜色満面だ。理由は蕉風の俳諧を教えてほしいと強く請われたため。大石田の連衆からはこんな声が出た。

「この大石田の地は古くに俳諧の種が蒔かれ、いまなお華やかなりしころを慕いつつ励んでおります。辺土の素朴な俳諧ではありますが、人々の心を和やかに慰める風雅でありまして、探り足ながら進んでいる次第です。ただ、最近は新しい俳風に進むべきか、古い俳風のまま進むべきか、みな迷っておりまして。我々にはよき指導者がいないものですから」

俳風は年々あらたまる。我らが蕉風は江戸で起こった新たな風。一方で古くからの貞門や談林は地方では根強い。

今回の旅において、蕉門の拡大も目的のひとつである。それが向こうから教えを請いたいと願い出てくるなんて、まさに渡りに舟だった。

ところが翁はやむにやまれず俳諧興行を開き、致し方なく教授したといった態度を取った。翁のこういうところは本当によくない。すぐにつけ上がり、調子づく。

大石田での翁の図に乗った態度は見ていられないほどだった。浮かれているせいか、歌仙の最初の一巡が出た時点で、翁自ら連衆の一栄と川水を誘って黒滝へ出かけてしまった。黒滝には禅の名刹である向川寺がある。

「曾良はついてこなくていいぞ。わたしにつきっきりでは気疲れするだろう。のんびり留守番しているがいい」

翁はそう耳打ちし、ご機嫌で出かけていった。舟問屋としてこの地で名を馳せる一栄と、同じくこの地の大庄屋である川水を伴っていくのだ。わたしなど不要というわけだ。

いらぬと言われた随行者ほど体裁の悪いものはない。周囲には疲労ゆえに同行せずと嘘をついて不貞寝した。

「あんなふうに熱心に請われたら、断るわけにはいかんだろう。なあ、曾良よ」

最上川の大揺れの舟の中でも、大石田と新庄で歓待されたことを蒸し返す。宗匠として求められたことが、うれしくてしかたなかったようだ。

「そうですねえ。よかったですねえ」

あえて淡白に答えるが、酔いしれている翁には通じやしない。ずっと思い出し笑いをくり返している。

乗船を許された舟は関所である古口(ふるくち)までしか下らず、荷を降ろしたあとさかのぼって戻るという。舟を乗り継ぐ必要があったが、これまた風流が書いてくれた紹介状により、次の舟にありつけた。

「大石田でも新庄でも、俳諧を学びたいという熱き心を持った者たちがいることを知れて、本当によかったな。彼らと交われて言うことなしだ。須賀川から始まった俳諧を通しての交わりも、この土地に至って極まった観がある。そう思わんか、曾良よ」

乗り継いだ舟でも、翁は有頂天のままだ。

「思いますねえ。極まりましたねえ」

「お、あれは仙人堂だな」

翁がはしゃいで右岸を指差す。湯殿山(ゆどのさん)へ向かう修験者が参詣する仙人堂が見えた。

「ということは、奥に見えるは最上川随一の白糸の滝だな」

「船頭によれば滝は四十八あるとか」

「四十八もあるのか。たしかに滝は多いが。どれどれ」

不用意に翁が立ち上がったそのとき、舟が揺れた。流れに乗り上げたようだ。弾みで翁が外へ投げ出されそうになる。

「危ない」

必死に手を伸ばし、僧衣をつかむ。尻餅をついたわたしと翁に、砕けた波がしぶきとなって降ってきた。全身ずぶ濡れだ。

「立ってはいけませんよ、翁。この激流に落ちたら救いようがありません」

「悪かった、悪かった。それよりお互いびっしょりじゃないか。最上川は涼しいどころではないな。濡れて寒いくらいだぞ。あははは」

翁の笑い声が山あいに響き渡る。乗り合わせていたふたりの禅僧が、騒がしさを嫌ってかじろりと睨んでくる。申し訳ない。気づきもしない翁に代わり、面を伏せて謝った。

わたしには気になっていることがあった。立石寺を出てからというもの、翁は異様にはしゃいでいる。大石田でも新庄でも俳諧興行では異様な張りきりぶりだった。連衆を前にして、威勢のいいことまで口にしていた。

「みなで手を取り合い、新しい俳諧の世界へ進もうぞ」

たぶん届くことができたからなのだろう。立石寺で蟬の句を作り、蛙飛びこむの句境に届いた。作り方を会得できた。この三年間の懊悩(おうのう)からついに解き放たれたのだ。

其角殿によれば、すべての句が蛙飛びこむの句にならなくていいと翁は考えているらしい。つまり閑寂や枯淡の句ばかりでなくていい。

であるなら、なおさら蟬の句を作って翁は解放されたはず。蕉門の看板となった蛙飛びこむの句の真髄をつかめた。でもそこに留まらなくていい。翁はいま晴れやかな気分となり、新たな句を作ろうと息巻いているはず。それがはしゃいだ態度となって出てしまっているのでは。

「大石田で作った最上川の句は、旅日記に載せるにあたり書き換えねばならんなあ」

濡れた僧衣を絞りつつ翁がこぼす。

「どうしてでしょう」

「今日味わった最上川のこの激しさを伝えたいではないか。たとえばこんなふうはどうだ」

例のごとく作り直した句を翁は伝えてくれた。

〈五月雨をあつめて早し最上川〉

いま体感している最上川が、まざまざと感じられる一句に変わっていた。

「さすがです」

「そうだろうよ、そうだろうよ」

翁は青空を見上げ、喉仏をあらわにして笑った。

最上川の船旅はなんとか無事に終えられた。清川で陸に揚がり、羽黒山の門前町である手向まで歩いた。

羽黒山は言わずと知れた羽黒修験道の本山だ。

六十年ほど前のことになる。天宥法印が一山の最高位である別当に就いた。そのとき諸宗派から成り立っていた羽黒山を、江戸の上野にある寛永寺の末寺と定め、天台宗に統一した。

天宥法印は坊舎を建て、石段を築き、杉並木を整えた。戦乱の世を経て荒れ果てていた羽黒山を立て直したのだ。中興の祖と言っていい。

手向には三十余りの修験者の宿坊と、五百軒ほどの家がひしめいていた。日も傾いた申の尅、荒町にある図司左吉の家へたどり着いた。

左吉は呂丸といった俳号を持ち、其角殿と旧交がある。齢は三十を超えたばかりで、修験者の法衣を染める仕事をしているらしく、羽黒山の人々とも懇意なのだそうだ。

あいにく左吉は留守だったが、しばらくして帰ってきた。羽黒山の本坊へ行っていたという。

「これはこれは。其角殿の師である芭蕉様にお目にかかれる日が来るなんて、夢のようでございます」

左吉は翁に会うなり羨望のまなざしを浮かべ、神仏かなにかのように手を合わせた。

「大袈裟だな」

　翁は笑ってみせたが、こうした扱いはまんざらではないはず。口元がすっかりゆるんでいた。

　左吉に一栄が書いてくれた会覚阿闍梨（えがくあじゃり）への紹介状を渡す。するとすぐさま取って返して本坊へ届けてくれた。羽黒山中腹にある本坊までひとっ走りしてくれるなんて、なんとも腰が軽い。

　再び帰ってきた左吉が、宿泊の許可が下りたと伝えてくれる。彼の案内で南谷（みなみだに）へ向かった。南谷は本坊よりやや上にある紫苑寺（しおんじ）の通称だという。

「南谷は別当寺の別院なのです。それを会覚阿闍梨が宿として貸してくれるとは、なんたる破格の厚遇。やはり芭蕉様はすごい人ですね」

　左吉の言葉に、翁のにやつきが止まらない。

　鬱蒼とした杉林を進んでいく。祓川（はらいがわ）を越えたあたりで日が落ち、すっかり暗くなってしまった。胸をつく急な石段を汗だらだらでのぼる。疲弊した足が震え、息も絶え絶えになったころ、やっと南谷へ到着した。

　その夜、わたしの友人の釣雪（ちょうせつ）が訪ねてきた。伊勢長島藩にいたころよく遊んだ僧だ。彼も俳諧を作るのだが、いまは京にいるという。久々の再会に、わたしも彼も涙を流して抱き合った。

明けて六月四日の昼、本坊へ招かれて会覚阿闍梨と謁見した。羽黒山でいま一番偉い方であるのに、なにかと気を回してもてなしてくれた。蕎麦切りをご馳走してくれて、これが上等な蕎麦粉を使った二八蕎麦で実にうまかった。

本坊である若王寺宝前院は、会覚阿闍梨が過ごす僧坊でもあった。その本坊で俳諧興行が開かれた。

連衆は、盛岡城主の代参の僧の珠妙、わたしの友人の釣雪、この地の俳人の梨水、それから左吉も呂丸の俳名で出座した。

さらに会覚阿闍梨が連衆として加わった。まさかこのような高僧と歌仙を巻く日が来るなんて。しかも場所は羽黒山の本坊だ。どうしたってそわそわしてしまう。

その点、翁は落ち着いたものだった。さらりと発句を出した。

〈有難や雪をかほらす風の音〉

羽黒山は低い。しかし隣の月山は五倍ほどの高さを誇る。夏を迎えたいまでも雪渓があるそうで、雪を戴いた姿を眺めながらここまで歩んできた。

句意はこうだ。この羽黒山は、月山の雪の香りを運ぶ風の音がする、すばらしい地ですね。羽黒山を霊地として尊いと称える意味や、会覚阿闍梨の厚いもてなしへの感謝が込められていた。

発句は客人による挨拶の句だが、翁は発句が抜群にうまい。そもそも褒め上手なのだ。招いてくれた会覚阿闍梨も、翁の発句でご満悦となっている。

ああした偉い方を喜ばせられるのは、翁が心の底から褒めているからだろう。おべんちゃらではない。惚れこみやすい翁の性情が、発句ではよいほうへ働くようだった。

表六句が出たところで今日はいったんお開きとなった。三山巡礼のひとつ目である羽黒山神社へ赴くためだ。

三山巡礼とは、羽黒山、月山、湯殿山のみっつの霊山をめぐること。それぞれの山に神社があり、それらを参拝する。やはり抜きん出て高い月山への登拝は、決死の覚悟が必要となる。そのためわたしも翁も昼まで断食した。

夕食後、羽黒山山頂へ向かい、三山のひとつ目の羽黒山神社に参詣した。僧が案内してくれる。

「こちらの羽黒山神社の祭神は、この地の産土神である伊氏波神と、穀霊の神である稲倉魂命で、本地仏は聖観世音菩薩であらせられます」

我が国には八百万の神々がいる。神道を学んだわたしには親しみ深い神々だ。

それら日本の神々を、仏や菩薩が化身した姿とする本地垂迹の説がある。日本固有の神道と、外来の仏教を、調和融合しようとする神仏習合の考えから生まれた説だ。

本地仏と僧が口にしたが、それは仏の本来の姿を意味する。正体と言ってもいい。たとえば天照大御神（あまてらすおおみかみ）の本来の姿は大日如来（だいにち）であり、八幡神（やわたのかみ）の本来の姿は阿弥陀如来であるとする。

本来の姿が外来の仏であり、日本の神々は仮の姿なんだそうだ。

「こちらは羽黒権現というわけですな」

翁が案内の僧に語りかける。権現は神仏習合の神としての呼び方だ。翁の口調からは畏敬の念がにじんでいた。

わたしは幾分か冷ややかだ。神道を学び、日本固有の神々を愛するわたしには、外来の仏が主で日本の神が従うといった図式が面白くない。

羽黒山が厳かな地であることはわかる。あまたの僧坊が建ち並び、多くの修験者が励むありがたい地だ。だが翁のように手放しで褒める気になれない。

また翁は、羽黒山が天台宗のもと霊山霊地としてありがたい場所となっていると、会う人会う人に興奮気味に語っていた。でもわたしはすべてが天台宗の手柄と考えるのにも抵抗があった。

「相変わらず頭でっかちの堅物なやつだな」

浮かない顔をしていたようだ。連れ立って参詣していた釣雪に肘で突かれる。わたしをよく知る釣雪には、心中が透けて見えたのだろう。

「信念なのだ。致し方なかろう」

「ひとつを信じたら信じっぱなし。心に決めたら譲らない。おまえはむかしから頑固だものな」

「頑固ってわたしのことか」

「自覚がないのか」

「わたしのどこが頑固だというのだ」

「むきになるな。神前だぞ」

釣雪は笑って取り合ってくれなかった。

神仏習合は平安の世から続く考え方だ。熊野三山にせよ、春日大社にせよ、権現として名が通っている。受け入れられないわたしのほうが、おかしなこだわりを持っているというのだろうか。

頑固と言われたのも釈然としない。頑固とは翁のような人のことだ。

いや、と考えの歩みを止める。翁は進取の気性に富んだ人だ。面白いと感じたものはなんでも取り入れる雑食さがある。

それに引き換えこだわりが強く、融通が利かないのはわたしのほうかも。

頭をぶるぶると横に振った。翁より頑固者だなんて認めたくない。突き詰めて考えるのはやめておこう。

三山巡礼へ赴く道者が集う道場へ移る。護摩が焚かれており、潔斎の式が行われた。護摩の炎で顔を赤く染めた案内の僧が、睨みを利かせてくる。

「いいですか、道者の皆々様。羽州三山は神聖なる修行の地。ここで見たこと、携わったことは、山を出てから誰にも言ってはいけません。たとえ親兄弟に対してでもです。他言禁制を破れば、たちどころに権現の罰が下るでしょう」

僧は小さな鉦を脅すように打ち鳴らし、誓いを立てさせた。なんともおどろおどろしかった。

六日の朝、暗いうちに南谷を出た。

いよいよ月山への登拝だ。

天気は快晴。三里で四合目の強清水、さらに二里で六合目の平清水、それからさらに二里で七合目の高清水。そう説明されていたが、距離はそこまでなさそうだ。しかも高清水までは馬に乗ってのぼってこられた。

このさきは馬が禁じられている。馬を返し、熊笹と低い松が茂る道を進んだ。荷物持ちとしてつき添う強力が、先頭を歩きながら言う。

「芭蕉様たちの生まれ変わりの旅にご同道できて、ありがたいことです」

「生まれ変わりですか」

驚くと、強力は振り返って尋ねてきた。

「修験者の秋の峰入りについてはご存じでしょうか」

「いえ」

「秋は特別なのですよ。羽黒山、月山、湯殿山に籠る三関三渡(さんかんさんど)の行(ぎょう)をするのです。これには現在の自分を葬り、母の胎内に宿るといった意味があります。いまは夏ですが、芭蕉様たちも入山によって、同じような体験をしていただけるかと」

「ほう」とわたしの隣を歩く翁が興味を示す。

「修験者は死んだ者として白装束をまとい、あの世に見立てた山中で厳しい修行をします。穢れを祓(はら)って、お山の力を得て新たな魂として峰を出るのです。いまは夏なのでまるっきり同じ修行はできませんが、生まれ変わりの旅の行程なら、芭蕉様たちにもたどっていただけるかと」

わたしも翁も白い襦袢(じゅばん)を着て、白い股引(ももひき)をはいている。首には木綿注連(ゆうしめ)をかけた。こよりの紐を輪にして作った修験袈裟のことだ。頭には宝冠をかぶる。これは白い五尺頭巾を巻いたもの。まさに全身白尽くめとなっている。

「なんだ、これは死に装束というわけか」

翁が不満げな声を上げる。最近ずっとご機嫌だったのに。

「なにかお気に召さないことでも」

「いや別に」

はぐらかすようにつぶやいて翁は話を打ち切った。

もしや三山巡礼に乗り気でなかったのだろうか。

三山巡礼は会覚阿闍梨から強い勧めがあった。あのような高僧に勧められたら、どうしたって断れない。また三山巡礼をすれば経費が発生する。案内賃、宿代、食事代、賽銭などだ。これらによって山の者たちが潤っている。なかなかの高額でそれで気が進まないのかもしれない。

八合目の弥陀ヶ原（みだがはら）にたどり着く。だだっ広い草原だった。標高が高いため、高い木は見当たらない。背の低い植物が山の斜面にしがみつくように茂っている。

来た道を振り返れば、息を呑むほどの青空が広がっていた。北西を向くとはるか遠くに海岸線が見え、海が見え、港が見える。空と海の青、草原の緑、名も知らぬ黄色い花。今回の旅でもっとも清々（すがすが）しい眺めだった。

「別天地だな」

翁も振り返って言う。

「神々しいくらいですね」

「遠く見える村里が下界にしか見えん」

「それは言いすぎですよ」

ごほん、と我々の後ろで強力が咳払いした。

「景色をご観賞のところ申し訳ないのですが、ここからが正念場となります」

強力が進むさきを指差す。わたしも翁もそちらを向いた。青空は変わらない。だが視線を上げるに従って草原が白へと変わっていく。雪に覆われているのだ。山頂がある方面は巨大な灰色の雲がたなびき、山の全容を隠してしまっていた。

「あれは雪雲ですか」と強力に尋ねる。

「吹雪いていると思われます」

その答えに翁がほくそ笑んで言う。

「お待ちかねのあの世が見えてきたではないか」

弥陀ヶ原には道者のための小屋があった。休憩のために入り、車座になってささやかな昼食を取る。聞けば強力は修験者の弟子だそうだ。生まれ変わりの旅について、食べながら嬉々として話してくれた。

「芭蕉様たちは、三山の本地仏については説明を受けておりますか」

翁と顔を見合わせる。おまえが答えよ、と翁が目で訴えてくる。

「羽黒山は聖観世音菩薩で、月山は阿弥陀如来で、湯殿山は大日如来。そう聞いています」

「聖観世音菩薩は現世利益の仏。よって羽黒山は現在の幸せを願う山となっております。

阿弥陀如来は死後の救済仏。よって祖霊が鎮まるとされる月山は、死後の安寧を祈る過去の山となっております。大日如来は永遠の命の象徴なので、湯殿山は新たな生命を授ける未来を表す山と言われております」

「なるほどな」と翁が納得顔をする。「三山を巡礼すれば、現在、過去、未来を渡ることになるわけだ」

「さすが芭蕉様。察しが早い」

「月山で生きながら死に、湯殿山で新しい魂を得る。擬死再生というやつだ」

「その通りです。そして修験者の究極の目的は、生きながら悟りを開く即身成仏。お山からいただいた霊力を用いて、一切衆生を救おうというわけです。厳しい修行は生きとし生けるすべてのもののためなのですよ」

三山巡礼は生まれ変わりの旅。であるなら、わたしは俳諧の才覚を持った人間に生まれ変わりたい。不埒と言われようとも、ついつい願ってしまう。

翁はどうだろう。横を窺うと、口元に薄い笑みが浮かんでいた。悟りなど不可能と笑っているのか、それとも衆生救済を笑うのか。その笑みはすぐに消え、強力には気づかれなかった。やはり、翁の様子がおかしい。

道者小屋を出て再び歩き出す。山頂まで残り三里もないそうだ。しかし勾配がきつくなってきて進みが遅くなる。草地はすっかり雪原に変わった。

山の天気は変わりやすいと聞くが本当だった。あっという間に空が掻き曇り、横殴りの雪となった。視界は閉ざされ、前を行く強力とさほど離れていないはずなのに、その背中を見失いそうになる。

横を歩いていた翁がいない。はっと振り返ると後方で立ち尽くしていた。空は降りしきる雪で白く、地面も氷雪で白一色だ。ふらふらと歩く翁も白装束で、世界からすべての色彩が奪われたかのようだった。

「翁、大丈夫ですか」

大声で呼びかける。返答はない。びゅうびゅうと吹く強風がわたしの声をさらい、届いていないようだ。遮るものがないため、風は我が物顔でわたしたちをなぶっていく。

「ここからは難所ですのでお気をつけて」と戻ってきた強力が耳元で叫ぶ。「滑ったら止まりません。奈落みたいなものです」

向かって左に目を凝らす。雪の急斜面となっていて底は見えない。雪は融(と)けては凍るをくり返しているようで滑りやすくなっている。よろけて三歩もずれれば、どこまでも滑り落ちていくだろう。奈落だなんて、あの世どころか地獄ではないか。

こういった難所で面倒を起こすのが翁という人だ。追いつくのを待ち、三人で固まって歩いた。標高が高いゆえに空気が薄い。苦しくなってきて大きく息を吸いたいのだが、雪のつぶてが顔を打ってそれすら妨げる。体は冷えきり、震えが止まらない。寒いというより全身が痛い。しんどさから頭がぼうっとしてきた。

　九合目を過ぎた。ふいに雪がやんだ。一方で風がどんどん強くなる。不思議なことに風が吹き荒れているのに霧や靄が晴れない。山肌を這って進む雲の中に、我々が取りこまれているせいだ。

　行く手に急坂の岩場が待ち構えていた。大小様々な岩が坂道を覆い、そこに雪が積もっている。強力が大声で伝えてくる。

「役行者ものぼれずに帰ったという行者戻りですよ」

なんだ、それは。修験道の開祖である役行者がのぼれなかったとは、いささか眉唾だ。それほどまでに月山は急峻としたいのだろう。

　実際のところ行者戻りはさほど厳しくなかった。しかしそれは天気に恵まれていればの話。荒天の今日は、戻った役行者のつらさが痛いほどわかった。

　まず雪のせいで足の下ろしどころがわからない。しかたがないので足探りしつつ進む。それでも難しいので、結局は四つん這いになってのぼった。手は冷え、指先の感覚はもうない。雪中に隠れていた岩を踏み、足を滑らせて何度も転がった。

　振り返ると翁がうずくまっていた。四苦八苦しながら戻ると、翁の表情がない。寒さでがちがちと歯を鳴らし、全身を小刻みに震わせている。血の気が引いているのか、見えている肌は白というより紫に近かった。

翁の背をさする。この痩せた体では骨の髄まで冷えるだろう。じっとしていては凍え死ぬ。生きたままあの世へ臨む擬死再生の修行のはずが、本当に死んでしまう。

少しでも温まればとさすっていると、翁が弱々しくもらした。

「わたしたちは日月行道の雲関に入ったのだろうか」

日や月が運行する天空の、雲間にある関所に入ってしまったのだろうか。そう翁は怪しんでいるようだった。

「翁は旅立ちのときに、月日は永遠の旅人であり、行き交う年月もまた旅人である、とおっしゃられましたね。そうした永遠の旅人である太陽や月の通い路まで、わたしたちはたどり着いたと言いたいわけですね」

翁は青白い顔でかすかに笑った。生死の境にいるのに、この世界で旅人として生きる自らを俯瞰していた。なんという風狂の人だ。

「打てば響く者がそばにいるのは、ありがたいことだな」

「そんな殊勝なお言葉、翁らしくないですよ」

この期に及んで、まだふざけるつもりだろうか。

「本心だよ。わたしの本心」

肩を貸し、翁を立ち上がらせる。痩せ細っていて驚くほど軽かった。三関三渡の行といった修行などせずとも、翁は限りなくあの世に近い生を送っているのでは。

翁の軸足は現世に置かれていない。

かつて感じたあの危うさを、骨張った体を支えていると思い出す。

大雪の中をちっぽけな蟻の心地で進む。日が西へ傾いた申の上剋、ついに頂上へたどり着いた。我々以外、登拝の者は誰もいない。ぐるりと見渡してみるが雪雲に阻まれ、真っ白でなにも見えない。実に寂しい場所だった。

月山権現社へ参詣する。祀られているのは月読命で、夜と海と黄泉の国を司る。本地仏は阿弥陀如来だそうだ。いよいよ、あの世の山へとやってきた。

社殿は風雪から守るためか、石積みに囲まれていた。鳥居も石でできている。厳しい地に建っているがゆえに本殿は簡素で、かえってありがたみを感じさせる。

月山神社からやや下ったあたりに、泊まり小屋がいくつかあった。そのうちの角兵衛小屋を選ぶ。泊まり小屋といっても、木組みに茅をかぶせた程度の粗末さだ。ここで夜を越す。笹を敷き、篠竹を枕にして眠るそうだが、寝ているあいだに凍死しないか心配だ。

「晴れてきてしまいましたよ。青空です」

小屋に入ってきた強力が残念そうに報告する。というのも雲や霧が出ていれば、夕方ならば東に、朝ならば西に、来光が見られると教わっていたからだ。雲や霧に阿弥陀如来の影が浮び、周縁に環状の虹のごとき後光が差すという。それを来光とか来迎と呼ぶそうだ。阿弥陀如来の降臨の姿なのだとか。

「晴れてきたなんてまさか。さっきまで雲に包まれていたのに」

翁と小屋を出た。中でひと休みしているあいだに、嘘のように晴れ上がり、太陽も顔を出していた。天気が変わりやすいにもほどがある。

雪をかぶった稜線(りょうせん)の向こうから、入道雲がにょきにょきと湧き上がっていた。雪も雲も日の光で白く輝き、まばゆいくらいだ。北を望むと、雪を載せた鳥海山(ちょうかいさん)が見えた。

「小屋に入って休みましょう」

風が強くて冷えるので翁を誘う。

「いや、日が差している分、外のほうが暖かい」

翁は近くの岩に腰を下ろした。隣の岩に腰かけ、雪で湿った浄衣(じょうえ)を乾かす。

疲れきっていて、しゃべる気力がない。呆けたように景色を眺める。

入道雲が高さを競うように伸びていく。その白い姿はまるで雪山のようだ。白い雲の峰は刻一刻と形を変え、崩れては伸び、崩れては伸びた。

翁も終始無言だ。青い空と白銀の大地を眺めている。天地は神秘的な美しさで、時を忘れて眺め続けた。

やがて太陽が沈んだ。月がのぼってきた。強力に暖かい夜着を借りてくるように頼む。泊まり小屋の主に足元を見られ、けっこうな額を取られた。

のぼった月は、三日月から半月へと移っていくあいだのもの。月の白い光が雪化粧した月山を照らす。雪明かりで浮かび上がる大地は、夜空の群青色を反映し、青く発光しているかのようだ。

ゆらりと翁が立ち上がった。見晴らしてつぶやく。

「さながら夜の浄土だな」

翁との二人旅は、とうとう浄土にまでたどり着いた。

明くる朝、湯殿山へ向かった。西へ三町ばかり下ると鍛冶小屋があった。刀鍛冶はすでに去り、小屋は道者のためのものとなっているという。覗いたら金敷やふいごが残っていた。強力が鍛冶小屋の由来を教えてくれる。

「むかし、出羽の国の刀鍛冶が、刀身を鍛える霊水を求めてここまでやってきたそうです。穢れを祓って鋼を叩き、ついには月山の銘が刻まれた名刀を得た、と」

「中国の逸話が思い出されるな」

翁の声は弱々しい。寒さのため朝まで一睡もできなかったそうだ。

「干将(かんしょう)と莫耶(ばくや)の夫婦の逸話でしょうか」

尋ねると翁はゆるゆると頷く。周(しゅう)の時代、楚王(そおう)の命令で干将は妻の莫耶と呉山(ござん)に籠もった。三年をかけ、ふた振りの宝剣を打ち出す。そのときに用いたのが、呉山にある龍泉の霊水だったという。

「なんという孤独」

　翁は嘆かわしげに言い、そばの岩によろよろと座った。

「孤独とは刀鍛冶の孤独でしょうか」

「死後の世界と言われる月山に鍛冶小屋を構え、刀剣とだけ向き合う。名工たちの執念はすばらしい。しかしあまりに孤独ではないか」

　しゃべるのすらしんどいのか、翁の言葉は途切れ途切れだ。

「漢詩で言うところの、炎天の梅花が香るがごとくだな」

　そう語る翁の視線のさきに、三尺ばかりの峰桜があった。蕾がほころび始めている。炎天の梅花とは、夏の炎天下で咲く梅の花のことだ。夏の梅などあり得ない。そうしたあり得ない状況を譬えて言う。

　いまわたしたちの目の前で雪に埋もれながら咲く遅桜も、炎天の梅花と同じようだと言いたいのだろう。

「春に花を咲かせるという桜の使命を、雪の中でも忘れていないのでしょうね」

「しかも月山というこの大峰の片隅でだぞ」

「いじましくて健気です」

「しかし寂しい姿だ」

翁が不機嫌そうに吐き捨てる。昨日に引き続き、翁の様子がおかしい。疲労のせいばかりでなく、心になにかひっかかりがあるのでは。

万が一のことを考え、強力に里へ下りる経路を小声で確認した。それから道者小屋で待っていてもらうように頼む。翁とふたりきりで話をしたかった。

「いかがなされました」と強力が消えたところで穏やかに切り出す。「月山にのぼってから、なにやらご機嫌が悪そうですが」

「はは」と翁が乾いた失笑をもらす。「曾良にはわたしの常ならぬ心の内がわかってしまうか」

「どれだけいっしょに過ごしたとお思いですか。なにか悩ましいことでも」

「気が進まん」

きっぱりと言う。

「なにがでしょう」

「悟りを開いてなんになる」

「え」

「わたしは衆生を救うつもりなど毛頭ない。生まれ変わりも求めていない」

三山巡礼をしての生まれ変わりの旅。それが翁の不機嫌の理由だったとは。しかしここは月山権現のお膝元。聖域と言ってもいい。考えようによっては、だいぶ罰当たりな発言となる。

「畏れ多いことをおっしゃっているのでは」

「わたしは神罰も仏罰もこわくないさ。こわいのはひとりになることだ」

「ひとり」

思わぬ言葉が翁から出てきた。

「蕉風開眼の一句とみなが口をそろえる蛙飛びこむの句の真髄はつかんだ。山寺で蟬の句を作り、あの句境に届いた。そして届いてわかった。悟ったあかつきに、同じ地平に誰も立っていないなら、悟りを開くことに意味などない」

「それで鍛冶小屋を見て孤独だの、峰桜を見て寂しいだの、おっしゃっておられたのですね」

「なにを隠そうわたしは寂しがりやだからな」

「存じておりますよ」

翁はにやりと笑い、体を震わせながら立ち上がった。

「わたしがこの道ひと筋と決めた俳諧は、連衆みんなで作るもの。それぞれ出した句が連なり、響き合って調和し、予想もしなかった風流の世界が立ち上がってくる。これは人と人のつながりがあってこそなせる業。わたしは人と集い、雪月花から鳥の糞まで詠める俳諧でつながりたい。ときには美しさのために言葉を尽くし、ときには卑俗な一句でみんなと笑いたい。悟りを開いた挙句にひとりぼっちなんて、まっぴらごめんなのだよ」

　そうだった。翁とはそういう人だった。俗世間を嫌ってひとりになりたがるくせに、人の輪にいたがる。発句ならば其角殿のほうが上と認めるが、連句の形式こそ自らの真骨頂と譲らない。

　つまるところ、翁は人としても、俳諧の面からでも、ほかの誰かの存在が必要なのだった。完全な孤独にはなれない。

　翻っていえば、完全な独白の表現に携わっていたら、翁はいまの域まで到達していなかっただろう。次の受け取り手を想定する俳諧だからこそ、翁は高みにのぼれた。受け取り手に配慮し、期待し、託してきたからこそ。

　ひとりがこわい。

　これは翁の偽らざる言葉だろう。そして翁のすべての矛盾の源泉が、ここにあるのかもしれない。

「ひとりはいやだ、連衆みんなが必要だ。それはわかりました。でもわたしのことは置いていかれるのでしょう」

　翁の真情の吐露にあてられたせいで、わたしも奥底に沈めていた言葉が出てきてしまった。

「なんのことだ」

「須賀川で等躬殿に聞きました。今後記す旅日記のために、旅中のどこかでわたしと別れるつもりだと。旅日記の読みどころを作りたいがために、現実にわたしを捨てていくつもりだと」

なんと返答するつもりだろう。翁を見据える。まず出てきたのはため息だった。寒さのために白いため息が漂って消えた。

「わたしの俳諧への執心は横ざまなものだ。他人に仇をなそうが、あさましかろうが、俳諧の道のひと筋につながる以外、わたしに生き方はない。旅日記は俳諧を散らばせた新しい一書となるだろう。そのためなら、おまえのことも捨てていくし、置いていく」

断固として言いきった。澱みひとつない。常に心に描いていたからだろう。

本性を現したな。

怒りが体を駆けめぐる。

と同時に心が許そうとしていた。翁が隠さなかったからだ。ごまかさなかったから。

わかっていたではないか、曾良。そう自分に語りかける。

翁は頭のてっぺんから足の爪先まで、俳諧を生み出すためにあるような人だ。俳諧のためだけに生き、いまわの際まで俳諧だけを考える。わたしを俳諧の材として消費するなど些細なことに違いない。

曾良よ、こうした翁だからこそ惹かれたのではなかったか。けっして自分がなれない人物だからこそ。

そもそも翁は聖人などではない。自分でも邪だとわかっておられる。もし遠い未来に、翁の俳諧の功績を称えて俳聖などと呼ばれるときが来たら、わたしは草葉の陰から笑ってやろう。

「曾良のほうこそ、わたしを捨てたくなったら捨てていけ。道中でわたしが死ぬようなことがあればそれを詠め。あるいは記せ。それらができたときこそ、おまえは生まれ変わる」

朝日が地平線を離れ、西の尾根を照らし出す。光が四辺に満ち、夜の浄土が退いていく。壮麗としか言いようのない光景の転換を、じっと眺めていて思った。

わたしはなんてつまらないのだ。

翁の最期を詠めば、俳人として注目を浴びる。仔細に書けば、看取った者としての地位が築ける。

しかし名声を得た自分を想像しても、心が沸き立たなかった。つまらない人間であるわたしには、翁のごとくたがの外れた執心がなかった。

今回、俳諧まみれというより、俳諧しかない旅を通してわかったことがある。

わたしは俳諧から愛されていない。

だが俳諧を愛している。

俳諧で名を成すより、俳諧を愛する一介の人物として生きていければいい。執心のないわたしが真に望む姿が、浄土の地を経て明らかになった気がした。

「わたしも生まれ変わりは求めていません」

決然と述べると、翁は少しばかり意表を突かれたといった顔をして、「そうか」とだけ答えた。

「で、このあとはどうする」

翁が行きたくなさそうに湯殿山の方面へ目をやる。眼下に続く雪に覆われた尾根を伝っていけば湯殿山だという。

「湯殿山の参詣はいたしましょう」

「行くつもりか、未来を表す山に。ふたりそろって悟りでも開くか」

皮肉たっぷりに翁が言う。

「いえ。参詣したら月山に戻りましょう」

「再びここへ戻るというのか」

「はい。湯殿山、月山、羽黒山と逆に進むのですよ。悟ったうえで俗世へ戻るのです。生まれ変わりはいたしません」

翁が不敵な笑みを浮かべた。

「高く悟って俗に帰る。妙案ではないか、曾良」

わたしの提案がよっぽど気に入ったらしい。翁はいまにも尾根を駆け下りていきたそうな、生き生きとした表情へと変わっていた。

十二

語るなかれ、聞くなかれ。

そう言われる湯殿山神社はなんと社殿がなかった。空の下、見上げるほど大きな岩が、ご神体として祀られていた。

高さは三間、幅は五間くらいだろうか。岩はごつごつしておらず、なめらかに隆起した塊といったふうだった。

特徴的なのはその色だ。赤毛の馬を思わせる赤茶色をしている。月山から湯殿山までの峰伝いの道は、雪と岩ばかりで色彩がなかった。そのせいか、ご神体の赤茶色がやけに鮮やかに目に映る。

ご神体は上のほうから湯が湧き出ているらしい。その湯のせいで、ご神体の岩肌はぬらぬらと濡れていた。妙に艶（なま）めかしく、生きているかのようだ。いまだかつてこうした岩を見たことがない。霊岩と祀られるのも納得の姿をしている。

途中、装束場にて水垢離を済ませてきた。そのときにわらじも新しいものに替えた。それなのに湯殿山神社では脱ぐように指示された。どうせ脱ぐなら古いままでいいではないか。

裸足で岩の上を歩いた。湯がご神体のふもとまで流れてきて、わたしたちの足裏を濡らす。湯は熱い。その熱さが疲れと冷えで棒のようになっていた足に、再び血をめぐらせる。不思議な効力を感じさせた。

案内の者に従い、ご神体わきの岩場をのぼった。等間隔に配置された幣に沿って進み、梵字川(ぼんじがわ)に賽銭を投げ入れて参詣は終わった。

ご神体の前を辞し、帰り支度をしていると翁が強力に宣言する。

「このあとは月山に戻り、そこから羽黒山に帰ることにしたぞ」

「え、正気ですか」と強力が目を丸くする。「あれほど苦労して踏破した道を戻ろうというのですか」

「正気も正気。おかしいか」

「前例がないわけではないですが。このまま湯殿山を下れば馬が待っているのですよ」

賛同しかねるようで強力が渋る。しかし翁は意に介さず歩き出した。

「戻ると言ったら戻るのだよ」

ご神体に参詣する者は、身につけている金銀をすべて境内に置いていかなければならない。また、地面に落とした金銀は拾ってはならない。

　こうした決まりがあるため、修験者たちは金銀を賽銭として道に撒きながらご神体へ向かう。ゆえに道は拾われぬ賽銭でいっぱいだ。敷き詰められたようになっている。

　翁はそれらの銭を土砂同然に踏みしめて進んでいく。じゃらじゃら、じゃらじゃら、とわざと蹴散らすようなこともした。わたしも強力も慌ててあとに続いた。

　戻りの翁の速さは尋常でなかった。高く悟って俗に帰る。この考えが気に入ったせいだろう。

　思いこみやのめりこみこそ翁を動かす源となる。新たな源を手に入れ、実行せずにいられなくなったのだ。思いついたらがまんできない。この性分は三山巡礼を経ても変わらない。筋金入りというわけだ。

　ただ、翁は脆弱（ぜいじゃく）な肉体に強靭（きょうじん）すぎる魂が宿った人である。肉体はいつの日か魂に引きずられ、さきに摩滅する。そんな気がする。

　月山の山頂まで戻り、昼食を取った。弥陀ヶ原まで下ったところで、強力はさきに急ぎ足で帰った。坂迎えの準備をするためだという。無事に戻ったことを祝うため、ともに食事をする儀式だ。あの世との境を無事に越えたことを祝う。

　その坂迎えを終え、南谷まで戻った。帰りを待ち構えていた人たちに、月山経由で戻ってきたことを告げるとみんな仰天した。釣雪がすっかり呆れ返って言う。

「いったいどういう集まりなんだ、蕉門ってところは」

明けて八日、湯殿山までの往復で無理が祟(たた)り、ぼろ雑巾のように臥(ふ)していた。そこへ会覚阿闍梨がねぎらいのためにやってきた。会覚阿闍梨に請われて、翁は短冊をみっつ書いた。

〈涼風やほのみか月の羽黒山〉

〈雲の峯(みね)いくつ崩(くづ)れて月の山〉

〈かたられぬゆどのにぬらす袂(たもと)かな〉

羽黒山、月山、湯殿山の三山にまつわる句だ。会覚阿闍梨はたいそう喜んでくれた。風雅を解する方だと知れて、それだけでもうれしい。

九日は昼まで断食した。木綿注連を着用したままだったので、外す儀式をやっと行った。これで三山巡礼が正式に終わる。登拝後のしきたりである素麺(そうめん)を食べた。疲弊した体に素麺はやさしかった。

もうひと寝していると、再び会覚阿闍梨がやってきた。ご馳走と名酒を振る舞ってくれた。連衆を集め、表六句で止まっていた歌仙の続きを行う。花を詠む約束がある三十五句目は、会覚阿闍梨にお願いした。花を持たせるというやつだ。

十日は俳諧興行に参加していた円入が訪ねてきた。近江の飯道寺の僧で、わたしたちが羽黒山を去ると知って会いにきてくれたのだ。昼前には本坊に招かれ、蕎麦切りをご馳走になり、茶や酒も出た。

未の上尅、出発となった。円入が羽黒山のふもとまで送ってくれる。下山後、翁は用意されていた馬に跨った。左吉は鶴岡までいっしょに行くそうだ。釣雪は途中まで同道してくれるという。みんな本当にありがたい。

羽黒山では多くの者の世話になった。よき出会いがあり、再会もあった。

翁にとっては左吉との出会いが大きかったようだ。呂丸の俳号を持つ左吉は、若いが俳諧の腕は確か。蕉風を積極的に学ぼうとする姿勢がある。何度も南谷に顔を出しては翁に質問し、聞き書きも残した。

そうした左吉を翁がかわいく思わないはずがない。わたしにはこんなことを耳打ちしてきた。

「蕉風を羽州に根づかせる重要なひとりになるかもしれんな」

翁は奥州の旅でつかみかけている新たな理念についても、左吉に語って聞かせた。俳諧にまつわる絶えざる変化と不変について。まだきちんと形になっていないようだが、それでも聞かせるのだから、翁の左吉への期待のほどが窺える。

また、羽黒山への訪れによって懐も潤った。会覚阿闍梨から短冊の謝礼と餞別をたんまりともらった。翁は中興の祖である天宥法印の追悼文と、天宥法印が描いた絵の画賛も書き、それらへの謝礼ももらった。

路銀の管理をしているわたしにしてみれば、これまた本当にありがたいことだった。

次の目的地である鶴岡までは、下りの松並木となっていた。馬の口は左吉が取る。おかげでわたしはのんびりと馬の尻を追いかけた。

過酷極まりない三山巡礼だったが、思い返すと自然と笑みがこぼれてくる。湯殿山での翁の振る舞いが思い出されるからだ。

生まれ変わりなどしたくない。悟りを開きたいわけではない。衆生救済なんて興味がない。そう翁は神仏に背を向け、賽銭として撒かれた銭を踏みしめて月山へ向かった。なんて不届きな心がけだ。不謹慎な行いだ。そう思うのだけれど、神も仏も知ったことではないといった翁の態度は痛快だった。

もちろん、お山でのことは他言禁止だ。

語るなかれ、聞くなかれ。

三山巡礼で翁と交わした言葉の数々は、わたしの胸に永遠にしまっておく。

城下町の鶴岡では長山五郎右衛門に世話になった。彼はかつて深川まで訪ねてきて、蕉門に入った武士だ。重行という俳号を持っている。

三山巡礼の疲れが抜けず、食欲が戻らないために粥を所望した。するとその粥についてきた小さくて丸い茄子の浅漬けがうまかった。

「こりゃあ、うまい」

翁がひと齧りして絶賛する。わたしも食べてみたが果肉が締まり、食感も歯切れがいい。味はさっぱりしており、いまのわたしたちに、あるいはこの季節にぴったりだ。大きさが親指ほどで食べやすいのもいい。

「民田茄子です。庄内の名物なんですよ」

重行が教えてくれる。あまりのすばらしさに、この小さな茄子が輝いて見える。まるで紫色の水晶のようだ。

「噛みしめるたびに俗世へ戻ってきた喜びがあふれるわ」

そんな翁の言葉にわたしも大いに頷く。月山では雪にまみれ、季節感が狂ってしまった。それが添えられた茄子の爽やかさによって正されるようだ。

その夜、さっそく俳諧興行を開いた。翁、重行、呂丸こと左吉、そしてわたしの四名で歌仙を巻いた。

しかし一巡したところで今夜はお開きとなった。翁もわたしも疲労が甚だしく、芳しい句を生み出せなかった。明くる日、再開したものの、翁の胃腸の調子が思わしくなくて中断となった。

「せっかくの鶴岡での歌仙だからな」

翁はなんとしても続行したがる。重行も翁と歌仙を巻いたとなれば誉れとなる。続けてほしいだろう。

だがいかんせん翁の腹痛がひどく、正座もままならない。たびたび厠へ飛びこんでは、げっそりして帰ってくる。満尾まで漕ぎつけたのは、明けて十二日のことだった。

腹痛で気弱になったのか、翁が塞いだ表情で言う。

「羽州三山の神仏の罰が下ったのかもしれんな」

「神仏の罰が下痢くらいなら、お安いものでは」

そう返したら、翁はきょとんとしたあと大笑いした。

「まったくだ。これくらいかわいいものだな」

十三日、舟にて酒田(さかた)へ向かおうとすると、羽黒山から飛脚が滑りこみで来た。会覚阿闍梨が遣わしたものだった。

馬や駕籠を雇う場合、幕府御用なら無料だ。武士なら公で決まった値段となる。しかしわたしたち一般の者だと倍はかかる。

それを武士と同じ料金で雇えるように、会覚阿闍梨は便宜を図った帳面をあつらえて送ってくれた。さらにゆかた二枚と会覚阿闍梨による餞別の句も入っていた。

ここまでの手厚い施しは、翁の俳諧が会覚阿闍梨の心を動かしたからだろう。俳諧に詠み手の貴賤は関係ない。だが会覚阿闍梨のような偉い方から認めてもらえると、いかにもお墨つきといったふうで誇らしくなる。


十数年前のことになるが、河村瑞賢が西廻りの航路を開いたことで、酒田の港は大いに繁盛したそうだ。常に三十から四十の帆が並び、大坂はもちろん九州まで行く船があるらしい。

その酒田へ夕刻どきにたどり着いた。市街を歩いてみれば、街並みも人々の物腰も洗練されていて、出色の発展具合だった。これは開かれた交易によりもたらされたものなのだろう。

明けて十四日、医師の伊東玄順に会い、世話を頼んだ。玄順は淵庵といった医名と、不玉といった俳号を持ち、酒田俳壇の中心人物だという。新風としての翁の名を聞きつけ、触れてみたいと思ってくれたようだ。

海上での涼みに誘われ、最上川の河口から舟で出た。そのときに見た光景から、翁はこうした句を作った。

〈あつみ山や吹浦かけて夕涼み〉

南に温海山が見え、北は吹浦まで海岸が続き、そうした大きな眺望を前に夕涼みをしている、といった句だ。

句に落としこむ景色が実に広大だ。俳諧はたった十七文字なのに、こんなにも大きな世界を描けるのか。そう驚かされた。

またこの日は、問屋を営む豪商たちに請われて俳諧興行を行った。連衆のひとりである寺島彦助の安種亭で歌仙を巻いた。その安種亭が最上川河口にあったものだから、翁はこうした発句を出した。

〈涼しさや海に入たる最上川〉

この十四日は甚だしい暑さだった。例のごとく翁は、涼しくてよいお宅ですねえ、最上川が海へ入っていきます、と挨拶の句を作ったのだ。

涼しさを褒めたのは酷暑ゆえだったが、翁の癖にも思えた。類型の句が多いことが気にかかっていたのか、翁は夜に床へ就いてから作り直した句を伝えてきた。

〈暑き日を海に入れたり最上川〉


相変わらず作り直しの才能がすばらしい。まどろんでいたのに眠気が吹き飛んだ。作り直しによって句意はこう変わった。

最上川が暑かった一日を海へ流し入れた。それゆえに涼しい。

わたしは夜具から身を起こし、翁に尋ねた。

「暑き日という一語は、暑かった一日ということでしょうが、熱き太陽そのものを流し入れたと解釈することはできますか。河口から海へと沈む真っ赤な太陽が、わたしには思い浮かびました」

行燈の火を消したあとの暗がりの中、「ふふ」という翁の笑い声が聞こえた。

「好きにせよ」

暑かった一日と解釈しても、太陽そのものと解釈しても、ともに一句が描き出す世界は大きい。天地の大景をがばりと切り取って句にしていた。

横になり、手枕で思う。

翁はなんて大きい句を作るのだろう。

これは月山を越えてからでは。月山にのぼり、大きな俯瞰の句を作れるようになったのでは。

翁は月山にて、生まれ変わりたくない、悟りたくない、と駄々をこねた。だが三山をめぐった経験は、しっかりと俳諧に生かされているようだ。

この奥州の旅の最中にも、翁の俳諧はどんどん変わっていく。知って、気づいて、会得したことで、俳諧の新たな地平を開いていく。

それに引き換え、わたしの俳諧は停滞している。俳諧を愛する一介の人物として生きようと、月山にて心を固めたが、上手になることをあきらめたわけではない。よりよい俳諧を作れるようになりたいと、どんな瞬間にも考えている。なのになんの上達もできていない。

翁との二人旅のおかげで、俳諧の良し悪しは見極められるようになった。蕉風の真髄についてだって語れるようになった。

けれど、じゃあ、おまえはどんな句が作れるのかと問われれば、たいしたものは作れない。目利きがよくなるばかりで腕前が上がっていない。

齢が四十を超えても進化する翁が化け物なのだ。そう自らに逃げ道を用意することもできる。しかしわたしは不甲斐ない自分に甘んじていられる性分でもない。

わたしは俳諧に関して貧乏性だ。常にくよくよと悩み、上達への焦りに駆られている。我が手から最上の俳諧を生み出したい。けれどわたしがわたしである限り、さらなる上積みは難しい。いっそのこと自分をやめられればなんて考えてしまう。

布団の上で丸くなり、ぎゅっと両膝を抱えた。抱えていないと、じたばたと暴れ出してしまいそうだった。

ふいに脳裏に浮かぶ言葉があった。

翁と同じ空を見ていては駄目だ。

わたしに変化が訪れないのは、翁の望む地へと足を運び、翁と同じ空を見ているからではないだろうか。わたし自身が望むものを見て、出会いたいと願ったものと出会わなければ、わたしは刷新されないのでは。

愚かな考えとわかっている。わたしは翁の随行者だ。終着地まで翁を送り届けることがわたしの使命。其角殿にも杉風殿にも翁を頼まれた。裏切れるはずがない。そうわかっているのだけれど。


十五日、象潟（きさかた）を目指して酒田を発った。

象潟は今回の旅において、翁が訪ねたいと願っていた歌枕のひとつだ。松島と並ぶ景勝地で、海に面した巨大な潟湖（せきこ）だという。

潟の中に多くの島が点在し、すべからく小さくてなだらかなため、舟を寄せて上がれるそうだ。聞く限りでは、奇岩が積み重なった松島とはだいぶ異なる。

翁が行きたいと願うのだから、もちろん能因法師や西行上人にちなみがある。能因法師が三年間隠栖したとされる能因島（のういんじま）があり、その向かいの島には西行上人が〈花の上漕ぐ海士（あま）の釣舟〉と詠んだとされる桜の老木がある。翁は大張りきりで北進の道を踏み出した。

ところが道行きは困難を極めた。大雨に見舞われ、遅々として進まない。しかも道は砂丘に続く悪路で、わらじが砂に沈んだ。左に海があり、右に鳥海山がある。好天ならば晴れ晴れしい景観のはずなのだが、悪天候のため海は灰色に濁り、鳥海山は雨で隠されてしまった。降りしきる雨に翁もわたしも音を上げ、吹浦で宿を取った。

雨には苦しめられたが、救われた面もあった。降っていなければ、この地は西風が尋常ではなく強いため、天地を黒く染めるほどの砂塵が舞うそうだ。会覚阿闍梨が飛脚で送ってくれたゆかたは、砂よけとして用意してくれたもの。雨のおかげで使わずに済んだのだった。

明けて十六日、吹浦の番所を過ぎ、さらに女鹿（めが）の番所を過ぎ、馬も通れない岩場の難所を越えた。そして古代の三関のひとつである有耶無耶（うやむや）の関があったとされる地を抜ける。

今日も激しい雨に降られ、目も開けていられない始末。人家もないため、舟小屋に逃げこむことをくり返した。

象潟がある汐越（しおこし）の村へは昼に到着した。佐々木孫左衛門（ささきまござえもん）が営む能登屋（のとや）に宿を定める。

わたしも翁もびしょ濡れで、孫左衛門が衣類を貸してくれた。

「似合うではないか」

翁がおちょくってくる。頭は剃髪、しかし服装は町人のもの。だいぶおかしな格好となっている。

「翁こそ」

お互い同じ格好だ。宿の温かいうどんを食べながら、ふたりで笑い合った。

なぜか能登屋は女客でごった返していた。聞けば熊野権現社で祭礼が行われるらしく、各地から集まっているのだそうだ。衣装のようなものまで用意する客もいる。十五、六歳ほどの少女をつかまえて尋ねた。

「なにゆえに衣装を持ち寄っているのだ」

「明日、仮装して神輿の列に加わるのです。神様の前でも踊るのですよ」

少女は烏帽子と狩衣に似せた衣装を身につけていた。その場でくるりと回って衣装を見せてくれる。微笑ましげに眺めていた翁が語りかける。

「銀箔のごとく染めたその桶は、汐汲みの桶だな。松風と村雨の姉妹かと思われるが、いかがかな」

「わかっていただけますか。わたしが松風で、あの子が村雨です」

松風が少し離れたところにいた同い年ほどの少女に手を振る。気づいた村雨が満面の笑みで手を振り返した。

　平安時代、天皇の勘気を蒙(こうむ)って須磨(すま)へ流された在原行平(ありわらのゆきひら)が、海女の松風と村雨の姉妹と出会って寵愛する。悲恋の物語であり、謡曲にも『松風』といった演目がある。

「坊様たちもなにかの仮装でしょうか」

　松風に聞かれた。わたしと翁の町人姿を見て、そのような疑問を抱いたのだろう。翁と顔を見合わせ、ふたりで大笑いしてしまった。

「これは雨で濡れたからでな」

「そうでしたか。申し訳ございません」

　少女は顔を赤らめて頭を下げた。翁は相好を崩し、少女に告げる。

「よい衣装だ。明日は晴れるといいな」

「ありがとうございます」

　ずぶ濡れの疲れも吹き飛ぶ、晴れやかな笑顔を残して少女は去っていった。

　能登屋の主である孫左衛門が、祭りの客で騒がしいだろうからと、向かいの宿を紹介してくれた。夕刻どきにそちらへ移った。

　名主の弟である今野加兵衛(かへえ)がたびたび訪れ、なにくれと世話を焼いてくれた。加兵衛がもてなしの準備のために下がり、やっと落ち着いたのも束の間(つかま)、低耳(ていじ)がやってきてしまった。耳障りな大声で言う。

「師匠、やっとお会いできましたな。なんという幸せ」

低耳は本名を宮部弥三郎(みやべやさぶろう)という。美濃長良(みのながら)の商人で、かつて翁が長良川の鵜飼(うか)いを見物したときに知り合い、なにかと慕って会いにくる。

「酒田へ来るのでしたら、どうして一報いただけなかったのですか。海沿いはすべてわたしの商いの地。お世話させていただきましたのに」

「うん、うん」

正座で唾を飛ばしてにじり寄る低耳に、翁は生返事だ。

というのも低耳がいまひとつ信用ならない人物だからだ。行商を広くやっているらしいが、なにを売っているのか定かでない。翁を慕うわりには蕉門に入らない。口を開けば調子のいい話ばかりで、たとえばいざ入門について切り出せば、はぐらかして逃げてしまう。

「今朝、師匠が酒田から象潟へ向かったと聞いたものですから、大急ぎで追いかけてきたのですよ」

「なんと。今朝、酒田を発ってきたのですか」

驚くと低耳は胸を張った。

「師匠に会えるなら、たとえ火の中水の中」

朝に酒田を発ったのなら、ここまでの十一里半を驚異的な速さで歩いてきたことになる。悪天候の中、砂丘の悪路をだ。得体は知れないが熱情はある。そのせいでむげに遠ざけられないでいた。

「今後、師匠と曾良殿は酒田へ戻り、下って加賀に向かうと伺いました。さきにある出雲崎も柏崎もわたしの庭のようなもの。ぜひぜひご随身させてくださいませえ」

翁が助けを求めてわたしを見る。致し方ないでしょう、と翁に首を振った。翁はがっくりとうなだれ、それを低耳は了承の首肯と受け取ったようだ。

「ありがたき幸せ」

畳に額をぶつける勢いで低耳が頭を下げる。この鈍さと図太さ、わたしにはうらやましいくらいだった。

明くる朝、小雨が降るなか象潟橋まで翁と散歩へ出た。橋は象潟を見渡せる場所にあり、見晴らし橋と呼ばれていた。

初めてきちんと象潟と対面した。面白いのは潟の一部が切れ、外海とつながっている点だ。満潮時には水を満たした湖となり、干潮時には泥の浅瀬となる。松島にはない趣向だ。

小さくてなだらかな島が無数に浮かんでいる。老いた松を乗せた島が多い。時期なのか、合歓の木が花を咲かせていた。松や合歓の緑で、島ごとに森があるかのように見える。八十八潟、九十九森ありと象潟は言われるそうだが、これらの緑が理由なのだろう。

見晴らし橋から鳥海山を望む。翁が残念そうにつぶやく。

「雨が朦朧として、鳥海山を隠してしまっているな」

酒田を出て以降、雨につきまとわれている。鳥海山の姿を一度もきちんと拝めていない。象潟も雨の幕を通して見るかのようだ。

今回の旅に先立ち、わたしは歌枕の覚書を作った。当然、象潟も調べ、源顕仲(あきなか)と能因法師の和歌を抜き書きしてきた。

歌枕としての象潟は、流離の末にたどり着く侘しき地。うらぶれた印象や寂寥感を、共通の認識として持つ。

そうした認識があるゆえに、実際に象潟を眼前にしても、うら悲しさや寂しさを加味して眺めてしまう。そこへきてこの雨だ。翁がぽつりと言う。

「松島は笑うがごとく、象潟は恨むがごとし」

「まさに」

松島も象潟も入江に数えきれないほどの島々が浮かび、姿の美しさは似ている。しかし印象が異なった。松島は笑っているかのように明るい。象潟はなにごとかを恨んで憂いに沈んでいる。

「この象潟の趣は、美貌の西施(せいし)が憂えているかのような風情があるな」

西施に譬えた。

「蘇東坡ですね」

翁はにやりと笑って頷く。蘇東坡は『西湖』という漢詩で、西湖の美しさを越の美女

そういえば翁は松島の風光も、美女が化粧したかのようだと述べた。あれも蘇東坡の『西湖』の影響だ。美景を美女に譬える。翁は気に入っているのかもしれない。

一句できたらしい。慌てて手帳を取り出し、筆を用意する。

〈象潟の雨や西施がねむの花〉

岸辺で合歓の花が咲いていた。淡い紅色をしている。筆のさきが放射状に開いたかのような形をしていた。筆の根元は白い。先端に進むにしたがって淡紅色へ変わる。

光が乏しい雨の今日、合歓の花の淡紅色は、はっとするような美しさを放っていた。

翁は雨に濡れて寂しく咲く合歓の花から、西施のもの憂げなたたずまいを思い起こしたのだろう。

翁は象潟に美女の印象を重ね、さらに合歓の花に西施の姿を見た。句にある「ねむの花」は「眠り」の掛詞だ。印象も言の葉も重ねに重ね、象潟には眠る美女の面影がある、と句にしてみせたのだった。

歌枕としての象潟は、流離の末にたどり着く侘しき地。この認識に基づいて和歌は作られてきた。それを翁は眠るもの憂げな美女へと塗り替えた。なんて大胆な。挑戦的でもある。

翁は歌枕に上書きを施すことに、なんの抵抗も感じていないようだ。わたしは不遜に感じてしまう。しかし俳諧だからこそできる大転換をまざまざと見せつけられ、感心せざるを得ない。

連綿と続いてきた歌枕の伝統に、翁は自分の目でつかんだ印象や、出会った合歓の花を楔として打ちこんだ。これを平然とやってのけるあたり、やはり翁は化け物なのだった。

今後、この句が広まれば、象潟を訪れた人々は憂いに沈む美女を見出すだろう。翁は句ひとつで世界の見え方を一変してしまう。

わたしには永遠にできない芸当だった。

「雨で隠された風景を、あれこれ想像して楽しむのもまたいいな。雨もまた奇なり、というやつだ」

翁がのん気に述べる。「雨もまた奇なり」も蘇東坡の『西湖』からだ。

「雨の暗さによって、合歓の花が印象的になっておりますね」

わかっているではないか、と翁がこちらを見て唇の端を上げる。

「雨上がりの青空の下の景観も、さぞ美しかろう。楽しみだな」

宿に戻り、朝食を取ったあと蚶満寺を訪ねた。

その帰り道、神輿と出くわした。道端によけて見物していると、松風と村雨が通っていく。手を振ったが、恥ずかしそうに小さな会釈をして過ぎていった。熊野権現社まで足を延ばし、神前での踊りを見た。

昼より待望の晴天となった。早めに夕食を済ませ、今野加兵衛の誘いで舟での島めぐりに出かけた。

舟の上は涼やかでいい。加兵衛は茶や酒や菓子を持ってきており、遊覧しながら楽しんだ。能因島にも上陸し、西行桜も見た。

「ぜひ奥州の旅日記にわたしの句も載せてくださいませ」

入江に低耳の場違いな大声が響き渡る。翁が旅日記をしたためる予定と酒田で聞きつけたらしく、なんとしても句を載せてほしいという。

「旅日記がどういったものになるか、なにも決まっておらんと言っておるだろうが」

低耳が懇願し、翁が断る。このやり取りが延々とくり返されていた。同舟する加兵衛たちもすっかり呆れ顔だ。

何度断られても粘る低耳の胆力にも驚くが、適当にあしらって済まそうとしない翁の意固地さにも驚かされる。かたや絶対にあきらめず、かたや絶対に譲らない。

「たった一句でいいのです。低耳とその名を載せていただければ、子々孫々までの誉れとなります」

「たった一句でも疎かにしたくないのだ。もし旅日記を残すとすれば、俳諧を散らばせた新しき一書とするつもりだからな」

「であればこそ、そこにぜひわたしの句を」

「ならん」

「このさき越後路の宿はすべてわたしが手配いたします。土地の連衆も集め、俳諧興行の手配もいたします」

「それなら曾良がいる」

「わたしのほうが、微に入り細を穿ったもてなしを約束いたしますよ」

「曾良で満足しておるわ」

「それほどまでに曾良殿を買っておられるのですか」

ややや挑発的な響きがあり、むっとする。わたしよりさきに翁が返した。

「買っておるとも。旅日記にわたし以外の句を載せるとしたら、曾良のものと決めておるくらいにな」

え、と声がもれそうになり、慌てて手で口を塞いだ。

「曾良は道中わたしと同じものを見て、同じものと出会った。そうした曾良の句だからこそ、信用して載せられる。良し悪しはさほど関係ない。重要なのは旅先の実際を見て生まれた句かどうかだ」

売り言葉に買い言葉で、わたしの句だけを載せると返したのだろうか。はたまた低耳を悔しがらせるための翁の意地悪か。真相はわからない。だがわたしは天にものぼる心地がした。

「そうですか」と低耳が萎れる。「せっかく熊野権現にお頼みしたのに。わたしが持つすべてと引き換えにしてもいいから、載せてもらえるように祈願したのに。これはややもすると、大それた願いであると権現の罰が下るかもしれませんねえ」

権現の罰。その言葉が出た途端、翁のまなじりがぴくりと動いた。三山巡礼後の体調不良を、神仏の罰かもと弱気になった翁だ。迷って耳を貸さなければいいのだが。

十八日、海路で酒田まで戻った。舟は沖から吹いてくるあいの風に乗り、爽快な帰路だった。

翁は二十五日まで酒田にて引っ張り凧(だこ)となった。不玉と三吟したり、急な俳諧興行の誘いがあったり。交易が盛んな酒田は風通しがよく、新しいものを求める気風があるようだ。新しい俳風である蕉門に興味を抱いてくれた。

二十五日、大勢の俳人に見送られ、酒田を発った。低耳は所用があるので、のちほど追いかけるという。あれほど随身したいと訴えていたのに。そのちぐはぐさを翁が指摘すると、今後の宿泊先の紹介状を大量に渡され、お茶を濁された。

次の目的地である加賀の金沢まで、はるか百三十里。海沿いをひたすら南下した。温海を過ぎ、翁は馬にて鼠ヶ関を越えた。関を越えればいよいよ越後だ。北陸道に入った。

だが関を越える前に、わたしと翁は二手に分かれた。翁は海沿いをそのまま下って鼠ヶ関へ。わたしは山道を選び、湯温海という湯本に立ち寄った。

分かれる前日、どういった経路を取るべきか翁と話し合った。わたしは歩きやすい湯本経由を提案し、翁は浜通りの鼠ヶ関経由を主張した。奥州の古代の三関のひとつである鼠ヶ関を外したくないという。

どちらの経路にせよ、浜通りからの落ち合いの地である中村を通る。二手に分かれるのは一日のみ。だったら別行動してみたくなった。翁と違う空を見てみたくなった。

「翁とは別行動で、わたしだけ湯本を通り、中村で合流してもよろしいでしょうか」

「かまわんよ。ゆっくり湯でも浸かってくるがよい」

わたしとしては申し訳なさでいっぱいで、恐る恐る申し出たのだが、あっさり了承された。理由も聞かれなかった。翁はわたしの心中を見抜いていたのかもしれない。

翁は人と違う空を求めながら生きてきた人だ。寂しがりやのくせに、ひとりになりたがる人でもある。長らくつきっきりで世話してきたわたしのため、自由な時間を与えてくれたとも考えられた。

湯本経由の一人歩きは気楽だった。湯本は各々の家に温泉の湯壺があるような地で、わたしも湯に浸かって旅の疲れを癒した。その後の中村までの山道は、参勤交代で使われる道で歩きやすかった。

ひとりになって歩き、強くなる思いがあった。

わたしはこの旅のどこかで翁と別れるべきだ。

たった一日翁と離れた程度では、自らの俳諧と向き合いきれない。もっとひとりの時間が必要だ。加えて、翁が危うい目にあっていないか気が気でなかった。

翁が選んだ鼠ヶ関経由の道は、落ち合う中村の手前で川沿いを歩かなくてはならない。たびたび川に入る必要もあると聞いた。

うっかり者の翁のことだ。川でひっくり返り、びしょ濡れになっているかも。そんな心配をしてしまう。

わたしがわたしだけの俳諧に集中するには、誰かほかの随行者を翁につけ、そのうえで別々の道を進むべきなのだろう。

「おお、曾良よ。湯本の湯はどうだった」

中村で再会した翁は、拍子抜けするくらいのほほんとしていた。

「実に、いい湯でした」

笑顔で応じ、翁の無事に安堵する。一方で寂しさを覚えた。別れの決意がわたしの中で固まりつつあるからだろう。もうあと戻りはできないと自分でも薄々わかっているのだ。

難所と言われる葡萄峠を下り、村上へ至った。村上ではわたしの古くからの知り合いの世話になり、城中にも招いてもらった。

七月一日、乙宝寺を見て、塩津潟の築地へ抜ける。舟便にて内陸の潟と川を縫うようにして進み、新潟港へ出た。

新潟は酒田と同じく、西廻り航路で大繁栄を見せていた。だが翁はそそくさと通り過ぎていく。このあたりに心惹かれる歌枕がなく、俳枕へと塗り替えたい地もないためだろう。また蕉門ゆかりの俳人がいないため、俳諧を通しての交流もなかった。

また海沿いの道を行く。右手はずっと海だ。景色が変わらず、気が滅入ってくる。翁がうんざりというふうに言う。

「越後路十日と言うが、十日も海を眺めて歩いたら飽きてくるな」

弥彦神社に参詣した。さらに歩いて寺泊を過ぎ、佐渡への渡り口である出雲崎を通る。柏崎には七月五日に到着した。

雨が降り、空も海も灰色に濁っている。ときおり海上に黒く横たわる佐渡が見えた。順徳院（じゅんとくいん）、日蓮上人、日野資朝（ひのすけとも）、世阿弥（ぜあみ）など、数々の歴史上の人物が配流された島だ。

翁はかすかにでも佐渡が見えると立ち止まり、感じ入ったように眺めていた。

六日、直江津（なおえつ）の今町（いままち）にたどり着いた。今町では翁を知る人がおり、久しぶりの俳諧興行となった。

しかしながら翁のはらわたは煮えくり返っていた。深川を発ってからまもなく百日目を迎えるが、こんなにも怒っている翁は初めてだ。

それもこれも低耳のせい。低耳が書いてくれた紹介状が、行く先々で問題を引き起こしていた。

低耳の紹介状を渡すと、相手はみんな渋い表情を浮かべた。ひどいときには煙たがられ、ぞんざいに扱われたり、劣悪な宿に案内されたりした。そして昨日は特にひどかった。通された宿は床に虫が這い回り、食事も粗末。軽んじられていることは明らかだった。

「こんなひどい扱いは初めてだ。ふざけるな」

翁は大声で叫ぶなり、宿を飛び出した。わたしは宿代を払い、挨拶もそこそこに翁を追いかけた。宿の使用人も追いかけてきたが、翁が追い返す。

一度は帰った使用人だったが、主に叱られたのかまた追いかけてきた。翁に先回りし、通せんぼをしてまで謝る。

「お客様方が低耳と呼ぶ宮部弥三郎からの紹介と聞き、粗略な対応をしてしまったところは正直あります。申し訳ありませんでした」

「むむむ、低耳のやつめ」

翁は怒りが収まらないのか、血走った目で使用人を押しのけ、宿に戻らなかった。結局、次の宿場町まで歩き続け、今日やっと今町へたどり着いたというわけだ。

しかし今町でもごたごたがあった。これもまた低耳のせいだ。低耳が紹介状を渡す相手として選んだ寺の人物が、翁をよく知らなかった。忌中で忙しいからと、あしらわれてしまったのだ。

翁は「低耳め」とまたもや飛び出した。それを聞きつけた翁を知る者が、三度にわたって引き止めに駆けてきた。わたしも必死に説得した。幸い雨が降ってきたこともあり、寺のそばの古川屋に宿を取った。

今後、わたしは翁とは別の道を行きたい。なのに低耳のせいで雲行きが怪しくなってきた。翁でなくとも罵りたくなる。低耳のやつめ。

古川屋(ふるかわや)にて俳諧興行が行われ、今町の俳人が集まった。例の寺の住職もやってきて、翁と和解して参加した。

とはいえ、翁の心中の嵐が簡単に過ぎ去るわけでもない。傍から見る限りでは、荒ぶった馬がやっと落ち着いたといったような様子。それでも翁はよい発句を出した。さすがとしか言いようがない。

〈文月や六日も常の夜には似ず〉

明日は牽牛と織女が年に一度出会える七夕だ。その前夜である本日六日の夜も、いつもの夜とは違うただならぬ感じがある。そういった句だ。

七夕といえば、翁は道中に佐渡を見て着想したと、こうした句も作っている。

〈荒海や佐渡に横たふ天の河〉

暗夜の荒海の向こうには、配流の地である佐渡がある。いまでも佐渡は流人の島だ。その佐渡へと天の川が横たわっている。

大きな句だ。配流の地といった長く悲しい歴史を受け止め、そのうえで星空から海上の島までの大観を描く。大胆で、大きい。翁の俳諧はもはや銀河をも呑みこんでいた。

発句として出した〈文月や六日も常の夜には似ず〉は、歌仙の一句目としてちょうどよい軽さがある。連衆があとに続きやすい開いた句だと言える。

しかしわたしは〈荒海や佐渡に横たふ天の河〉が好きだ。この句には翁の感懐が強く込められ、翁という人間を感じられる。連衆があとに続きにくいため、発句として使用しなかったのだろうが、わたしがどうにも惹かれるのはこうした重く閉じた句なのだった。

十三

岩壁が屛風（びょうぶ）のごとく屹立している。その足元にわずかな砂利の道があり、あとは海となっている。白波が押し寄せてきては足を洗う。親知らず、子知らずと呼ばれる北国一の難所だ。

幸いにしていまは引き潮だ。海も凪いでいて危うさはない。しかし潮が満ちていたり天候が悪かったりすると、波が打ち寄せ人をさらうという。

難所を抜けるためには、波の引き際を狙い、岩の窪みから窪みへと走る。うまくいかなければ波にさらわれ、海の藻屑（もくず）と化す。走るときは親を顧みず、子を気にする余裕もない。ゆえに親知らず、子知らずと呼ばれるそうだ。

「我々にしてみれば、師知らず、弟子知らず、だな」

走らずに済む今日、翁はのん気なことを言いながら歩いた。

磯伝いの道にはいくつもの難所があった。犬戻り、駒返し、親知らず、子知らず。いったいいくつの命が奪われたのだろう。海に注ぐ川も急流で危険だった。早川では翁が流れに足を取られ、ひっくり返った。

　びっしょりになった僧衣を脱いでもらい、炎天下で熱くなった河原の石に広げて乾かす。がりがりに痩せた体に褌一丁の翁は見られたものではない。翁もばつが悪いのか、不機嫌そうに河口から覗く海を眺めていた。

　糸魚川(いといがわ)を越え、市振(いちぶり)にたどり着いたのは七月十二日のこと。宿を桔梗屋(ききょうや)と定める。翁は部屋に通されるなり、隣の部屋とのあいだの襖に張りついた。

「無作法ですよ、翁」

　囁き声(ささやきごえ)で咎める。だが翁は聞き耳を立てて動かない。

　というのも宿の主から、隣の間にふたりの浮身(うきみ)とその使用人が泊まっていると聞かされたからだ。越後の新潟から来たそうで、抜け参りの途中だという。

　奉公先の主人や親の許しを得ないまま、そっと抜け出て伊勢神宮へ参拝すること、あるいは参拝する者を、抜け参りと呼ぶ。

「追手がうちに来て、騒ぎになった場合は申し訳ない」

　宿の主はあらかじめそう謝ってくれた。だが翁は浮身が同じ宿にいる状況に大興奮で、主の言葉などまるで聞いていなかった。

浮身については新潟で知った。新潟にて宿を求めたとき、ひと晩しか泊まらないなら追込宿しか借りられず、大いに難儀した。大部屋にどんどん人を詰めこむのが追込宿だ。そんなところに翁を泊められるわけがない。

困り果てたわたしたちを救ってくれたのが、古町にて宿屋を営む大工源七の母だった。宿屋は満室だったため、自宅に招いてもてなしてくれた。そして同じ古町には浮身の宿があり、浮身について教えてくれたのだ。

「越前や越後では商いの者が長逗留するとき、夫婦のごとく同居して、食事から洗濯から夜伽までしてくれる女を買うことができるんですよ。それが浮身です。一月妻とも呼ばれているんです」

よくよく聞けば、身の回りの世話までしてくれる遊女といったものらしい。春をひさぐが素人で、年季はないという。年季明けの飯盛女が自ら家を借り、浮身として働くこともあるそうだ。

同じ宿に遊女がいる。そうした状況に翁は色めき立ったというわけだ。わたしを見て楽しげに言った。

「まるで江口の遊女のようではないか」

さすがに呆れた。またもや西行上人だ。

西行上人が天王寺詣でに向かう途中、雨に降られた。江口の里の遊女に一夜の宿を頼む。しかし断られ、恨み言を歌にして詠んで送った。すかさず遊女から返歌があり、それが秀歌で西行上人はやりこめられた。その問答歌は『新古今和歌集』に載っているし、逸話は謡曲などで有名だ。

翁は先人に自らを重ねることが大好きである。西行上人のように和歌や俳諧でもって、隣の間の浮身に関わってみたくなったのだろう。

しかしわたしには一抹の不安があった。教養を叩きこまれた遊女ならいざ知らず、浮身と呼ばれる素人が、江口の遊女のような秀逸な返しをしてくれるとは思えない。飯盛旅籠で働く女たちは、得てして文字を書けないからだ。

などと心配していると、どたた、どどど、と隣の間から畳を踏み鳴らす音がした。「うん」とか「ふん」などと、女たちの気張る声も聞こえてくる。早くも追っ手が来て、揉み合いとなっているのだろうか。

どたん、と襖が大きな音を立てた。人がぶつかったようだ。

「おおう」

襖に張りついていた翁が、驚きの声を上げて仰向けにひっくり返る。わたしは用心のために、荷物を部屋の隅へ押しやった。追っ手ではなく狼藉者が飛びこんできた可能性もある。

息を殺して襖の向こうの動向を窺っていると、襖が左右にするすると開いた。

「申し訳ございません」

　粗末な木綿着物の女がふたり、正座で深々と頭を下げていた。その後ろには鹿を思わせる細面の老いた男が控えている。浮身の使用人だろう。使用人が深く頭を下げた。

「お休みのところ大変に失礼いたしました。このふたりが暇を持て余し、相撲を取りたいなどと言うものですから」

「相撲ですか」

　翁が身を起こして取り繕う。盗み聞きしていたなんておくびにも出さない。

「呆れた話で申し訳ないのですが、今日もだいぶ歩いたはずなのに、ふたりはまだ若くて元気が有り余っておりまして。幼いころは田畑で働き、丈夫が取り柄のふたりなもので」

　浮身のふたりが面を上げる。そろいもそろって、はっとするほど肌が白かった。新潟の遊女まがいなど大した器量ではあるまいと高をくくっていたが、これは驚いた。翁も釘づけになって固まっている。

　ふたりともまだ十代だろう。手足は細く、体は薄い。顔立ちは整っているが、瞳に挑むような光が宿る。暇潰しに相撲を取るのも納得の不敵な面構えをしていた。きく、とし、と使用人が名前を教えてくれた。

「お蔭参（かげまい）りと聞いたが」

翁が切り出すと、きくととしのふたりは、口元を袖で隠して艶然と笑った。粗末な木綿着物は身をやつすためだろうが、美しさを隠しきれていない。旅中、若い犬の兄弟を見かけたが、似た印象がある。野放図で、無邪気で、凛々しくて。

翁の質問には使用人が代わりに答えた。

「この子たちは浮身と呼ばれる者でして、坊様たちにしてみれば罪深き浅ましい身と思われましょうが、信心深くもあるのですよ。今回、ぜひともお蔭参りに行きたいと相談されたのです」

「それで抜け参りですか」

わたしが尋ねると、使用人が渋い顔をする。

「浮身は年季明けの遊女が自らなるもので、多くは三十路を超えております。しかしきくとしは、若くして自ら浮身宿に雇ってもらった変わった子らでして。雇い主にも目をかけられ、暇をもらえるとも思えず、抜け参りとなりました」

「追っ手が来るかもしれないと伺いましたが」

「本来なら善光寺経由で伊勢へ向かうのが最短ですが、それでは見つかりやすい。遠回りとなりますが、関所抜けをしつつ向かうことに」

使用人も荷物持ちとしてこのまま伊勢まで行くそうだ。ひと通り事情を聞いたところで、翁がやさしく語りかけた。

「浮身というその名を聞くと、世を憂いた身のわたしと、なにやら似通う気がしますな。浮き草であるあなたたちと、漂泊の旅人であるわたししたち。境涯が似ておりますよ」

浮身のふたりは翁の言葉に、きょとんとしている。浮身と憂き身をかけて翁は語ったのだが、通じなかったようだ。やはり江口の遊女のようにはいかない。

翁が気を取り直すかのように、咳払いをしてから語りかけた。

「日々の勤めのつらさに、前世の宿業の深さを恨むことはありませんか」

ふたりは顔を見合わせたあと、そろって鈴が鳴るような声で答えた。

「ありません」

続けて、けたけたと笑った。翁としては、遊女といえば落ちぶれ果て、夜ごとに違う客と契らねばならぬ悲しい身といった認識があったのだろう。それで寄り添う言葉をかけた。

ところが浮身のふたりはからりとしていた。使用人が申し訳なさそうに口を開く。

「よそから来た坊様たちには理解してもらえないでしょうが、越後では我が子を遊里へ出すことに、さほど恥を覚えません。そこそこ食べていけている家でも出すのです」

「それはまた」と翁が目を丸くする。

「飯盛女として奉公に出たのち、銭をたんと貯め、相手を見つけ、よき晩年を送る女も多いのです。逞しくもあり、したたかでもあり。彼女たちにとって、身を売って稼ぎを得ることは恥でも罪でもありません。しかしわたしなどは憐れさを覚えてしまうゆえ、世話を焼いたり、願いごとを聞き入れてやったりしておりまして」

「そうだ。坊様たちに、あれを頼んでみましょうよ」

きくが話の腰を折って使用人に訴える。としが手を合わせ、媚を含んだ声で翁に頼んだ。

「わたしたちは抜け参りのため慌しく出てきて、故郷に手紙を書こうにも筆を忘れてしまいました。お貸しいただきたいのです」

「かまわんが」

翁が目配せをするので、筆と墨を彼女たちに渡した。

「助かります」

ふたりははしゃいだ声を上げ、手紙を書く仕度を始めた。ふたりとも文字が書けるようだ。きくがこちらを向き、にっと目を細める。

「お頼みついでにもうひとつよろしいでしょうか」

「なんであろう」

翁が不思議そうに返す。

「わたしたちはこのさきの道が定かでなく、関所抜けもしなくちゃいけないし、物騒な土地も通ることになりそうです。ですから、坊様方といっしょに旅をさせていただけませんか」

老いた使用人のみでは不安というわけか。関所抜けを望む女に、足元を見て法外な案内賃をふっかける輩もいる。

翁は腕組みで黙った。尿前の関でさんざんいやな思いをしたわたしたちだ。関所は正規の手続きで越えたい。関所抜けにつき合い、厄介を背負うのは困りもの。翁が即答を避けるのもわかる。

「坊様たちなのですから、憐れなわたしたちに情けをかけてくださいませ。仏様の慈悲をお分けいただき、仏の道に入る縁を結ばせてくださいませんか」

きくが述べ終えるなり、としが「いかがでしょう」と迫ってくる。ふたりとも逃すまいといった目をしていた。

ああ、そうか、と気づく。このふたりは思いつきで頼んでいるわけではない。先々を見越し、男手の確保について以前から話し合っていたのだ。使用人は狼狽を見せている。その様子から、ふたりの独断で頼みこんできていることが窺えた。

なるほど、したたかではないか。若くして男を手玉に取っているふたりなのかもしれない。「憐れなわたしたち」などとのたまうが、そのように感じている節は微塵(みじん)も見られない。

「ひと晩、考えさせてください」

わたしのひと言でお開きとなった。

夜、翁は寝つけないようだった。夜具を抜け、庭に面した縁側に腰を下ろした。

今宵は月が明るい。庭の萩の赤色まで見て取れる。わたしも身を起こし、小声で翁の背中に語りかけた。

「江口の遊女のようにはいきませんでしたね」

「はは」と翁の背中が力なく笑う。

「旅日記の恋の題材とするにも、艶っぽい出会いではありませんでした」

「事実をそのまま書かなければいいだけさ。色をつければいい」

なぜか翁の声に覇気がない。

「どうなされました」

しばしの沈黙のあと答えがあった。

「彼女たちを悲嘆する者と勝手に決めつけてしまった。前世の報いに苦しんでいるなどと、わたしの思いこみを当てはめた」

「寄り添おうとした結果ではないですか」

「余計な情けだったようだな。型にはまらぬ強い女子たちもいるものだ」

「強かろうとも傷つかぬ者などおりませんよ。翁のやさしさは感じたでしょう」

「気休め程度の慰めなら、犬にでも食わせとけといったふたりに見えたがな」

「それはそれで寂しいことですね」

彼女たちは春をひさぐことに抵抗がない。それをいけないとわたしたちが道を説くのはお門違いだ。なにせ買うのはわたしたち男なのだから。


〈一つ家に遊女も寝たり萩と月〉


翁がぼそぼそと句をもらした。慌てて書きつけようとすると、「あとで練り直す。そのときに書き残してくれ」と止められた。

句にある萩とは隣の浮身のふたりだろう。月とは翁だ。同じ屋根の下でともに寝ているとは、なかなか艶めいた句だ。

しかしながらすれ違いの寂しさがあった。宿でのせっかくのめぐり合わせも、艶やかな萩と清澄な月に関わりは生まれない。和歌や俳諧を通しての交わりは芽生えず、彼女たちを守ることも導くこともない。

艶めいているのに寂しい。翁しか作れない句だった。

明くる朝、翁と話し合った結果を隣の一行に告げた。

「わたしたちは墨染めの衣を着ていますが、風体ばかりのえせ坊主なのです。申し訳ないですが、仏道に入る縁を授けることはできかねます。いまわたしたちは俳諧修行の旅をしておりまして、仲間を訪ね歩き、道草ばかりの遅い歩みとなるでしょう。ですから、旅を共にしてのお力添えもできかねるかと」

食い下がられることを想定し、断りの理由をいくつか用意していた。だが浮身のふたりはあっさりと引き下がった。

「そうでしたか。実はわたしたちも抹香くさい説教が大嫌いで。なので、えせ坊主のほうがありがたいんですけれどね」

きくが大口を開けて笑う。鹿顔の使用人が驚いた表情を浮かべた。ふたりは使用人をも騙していたようだ。信心深いふたりというふうに。としが続いた。

「自分を棚に上げ、わたしたちを諭したがる方々にこれまでたくさん会ってきました。しかしおふたりはやさしく、正体まで明かしていただき、偽りない言葉で接していただきました。それだけでもわたしたちのような身には救いなのですよ」

ふたりは視線を交わし、頷き合う。互いの心情を確かめたようだ。支え合ってきたふたりであることが見て取れた。

その後、ふたりはわたしたちの旅の無事を祈り、出立していった。ちょうど海に虹がかかり、彼女たちとそしてわたしたちの旅立ちを祝福しているかのようだった。

ふたりも虹に気づいたようだ。きくが振り返り、「きれいですよ」と虹を指差してわたしたちに大声で知らせる。としが「吉兆ですね」と笑顔で叫ぶ。ふたりは笑いながら去っていった。

　見送っていた翁が、こらえきれないといったふうに笑い出す。わたしも笑った。翁の心持ちはわたしといっしょだろう。

　逞しく、したたかでもある浮身のふたりは、清々しくもあった。愉快にさせられてしまったのだ。翁が楽しげに言う。

「市振でのことは、だいぶ色をつけて書かねばならんなあ」

「遊女と会って爽快な心持ちになったなんて、誰にも信じてもらえないでしょうからね」

　浮身のふたりは丈夫が取り柄と聞いていたが、実にするすると進んでいった。あっという間にその背中が小さくなる。同道していたら、わたしたちのほうが足手まといになっただろう。

　やがて虹が消えた。彼女たちの姿も見えなくなった。余韻に浸りながら、わたしたちも歩き出した。


　境川（さかいがわ）を渡り、越中（えっちゅう）へ入った。

　暑さが尋常ではない。

　入善（にゅうぜん）にて馬に乗ろうとしたが出払っていた。しかたがないので人を雇い、荷物を持ってもらった。今後、多くの川を渡るためだ。

まず黒部川(くろべがわ)に差しかかる。分流や支流など川筋が数えきれないほどあり、黒部四十八が瀬と呼ばれているそうだ。

本当に四十八もあるかどうかはわからないが、いくつもの川を渡った。このあたりは大雨ともなれば川が増水し、分流や支流が合わさって一帯すべてを呑みこむという。河口の地域が荒涼としているのは増水が原因なのだろう。

幸いにして今日はどの川も水量が少なかった。脚絆を脱ぎ、僧衣をたくし上げ、腰まで浸かりながらの徒歩渡りだ。

ひどい暑さなので水に浸かるのはありがたい。だが問題がないわけではない。水が冷たすぎるのだ。

「こんな冷えた川の水は初めてだぞ」

翁が声を裏返して叫ぶ。

「あれのせいですね」と荷物持ちが左を指差した。

立山(たてやま)の峰々が雪を載せて連なっていた。川は雪解けの水が流れこんでいるようだ。冷たさは度が過ぎると痛みとしか感じられなくなる。わたしも翁も「ひゃあ」とか「うおお」などと声を上げ、気を紛(まぎ)らわせながら渡った。

魚津(うおづ)を経て、滑川(なめりかわ)に泊まった。明くる日も暑く、大汗をかきつつ干潟である放生津(ほうじょうづ)

まで進む。その北側は那古の浦だ。大伴家持が国司として越中に在任中、愛して歌に詠んだ地である。

さらに海沿いを西に進めば、有磯海が待っている。有磯海を右に見つつ、氷見の西南にある担籠まで足を延ばし、藤波神社の藤の花を見るというのが翁の希望だ。

しかし道行く人に尋ねると、担籠まではかなり遠いとわかった。途中は漁夫の粗末な家がまばらにあるだけ。一夜の宿にも困るだろうとのこと。

「担籠の藤波はあきらめよう」

珍しく翁から折れた。暑さと疲労のせいで翁の具合が悪い。低耳のせいで宿に苦労したこともよぎったのだろう。漁夫の粗末な家にはわたしも泊まりたくない。

高岡まで下り、宿を取った。さすがにわたしも疲れがたまってきた。翁を気遣う余裕もなくなってきている。そしてなんとはなしだが腹部が痛んだ。

明けて盂蘭盆である七月十五日、目指してきた百万石の大国である加賀へ入った。

翁はまったく回復していない。宿での静養を勧めたが、聞く耳を持たずに出発してしまう。木曾義仲ゆかりの埴生八幡にどうしても行きたいのだという。

翁の義仲贔屓を門弟のあいだで知らない者はいない。歴史上の敗残者に心を寄せる翁ではあるが、抜きん出て好きなのが義仲だ。翁にはこんな口癖がある。

「わたしが死んだら、大津の義仲寺に墓を作ってくれ」

聞くたびに縁起でもないと思うのだが、翁のことだから本気に違いない。埴生八幡には大喜びで参拝した。

次の地へ向け、広大な稲田に続く道を歩く。視界のすべてを早稲（わせ）の穂が占める。稲穂が風に揺れると、黄金色の海を前にしているかのようだった。

白河の関を越えたのは田植えの時期。それがいまでは早稲の香りに包まれている。旅中にずいぶんと時が流れたものだ。

越中と加賀の国境（くにざかい）である倶利伽羅峠（くりからとうげ）にのぼる。この倶利伽羅峠も義仲と結びつきが深い。数百頭の牛の角に、火の点（つ）いた松明を結びつけ、平家を攻め落としたという逸話が残る。

峠の上に出ると寺があった。門前に立派な茶屋があり、名物の餅を食べる。白砂糖と きな粉がまぶしてあってこれがうまい。翁は元気が出たようで一句詠んだ。

〈早稲の香や分け入る右は有磯海〉

早稲の田を分け入るようにして歩いてきたが、右手には有磯海が遠く望む。句意はこんなところだろう。

ただ、わたしたちは有磯海に行かなかったし、峠の上からでは有磯海は遠すぎて見えない。

翁の心の中では地続きとして見えている。そうわたしは受け取った。広漠な黄金色をした稲穂の海と、有磯海がつながっているのだ。これもまた大胆で大きい句だった。

「句柄が大きいですね」

感心すると翁は得意げに鼻を鳴らした。

「加賀のような大国に入るときは、大国にふさわしいどっしりとした格のある句を詠むべきなのだよ」

昼も過ぎた未の中刻、金沢に着いた。宿で荷を下ろし、到着した旨を知らせるための使いを出す。翁はずっとそわそわしている。金沢にて会うことを切望していた人物がいるためだ。

金沢は俳諧が盛んだ。翁がやってくるのを心待ちにしている者が多い。熱心であると評判が届いている者もいる。そうしたひとりが葉茶屋を営む一笑(いっしょう)だ。

一笑は貞門や談林の俳諧を学んだあと、蕉風に傾倒し、加賀の俳壇で頭角を現すようになった。近江の大津に、尚白(しょうはく)という蕉門の門弟がいる。彼が編纂した『孤松(ひとつまつ)』には、一笑の句がなんと百九十四句も載せられていた。これは編者に次ぐ数だ。

句はどれも天分高きものだった。特に蛙を題材とした句は、翁に直接教えを請うたわけでもないのに、すでに蕉風の俳諧と軌を一にしていた。

年齢はまだ三十代半ば。ゆくゆくは加賀蕉門を背負って立つだろう。翁も将来を嘱望していて、対面を心待ちにしてやってきたのだ。

「一笑が待っておるから」

金沢に至るまで何度この言葉を翁から聞いただろう。体調が優れなくても倶利伽羅峠を越えたのは、一笑に会いたいその一心からだった。

宿の使用人がやってきて、翁を訪ねてきた客がふたりいると教えてくれる。到着を知らせる使いは、一笑と竹雀(ちくじゃく)のふたりに出した。ふたりがやってきたのだろう。

翁はどたどたと床を踏み鳴らし、宿の上り口まで迎えにいった。わたしも続く。ふたりの男がかしこまって立っていた。さて、どちらが一笑で、どちらが竹雀か。

ひとりが竹雀と名乗った。宮竹屋(みやたけや)という旅籠を営んでいるそうだ。もうひとりは牧童(ぼくどう)と名乗った。加賀藩御用の刀の研師だという。

はて、では一笑は。

不審に思いつつ、わたしは挨拶を述べた。

「ご足労ありがとうございます。こちらはわたしの師である松尾芭蕉桃青、わたしは門弟の曾良です」

竹雀と牧童が深々とお辞儀をする。翁がわたしの袖を引く。なによりも大切なことを早く聞けとせっついてくる。

「つかぬことを申しますが、我々は一笑という者にも使いを出したのですが、ご存じでしょうか」

その名を出した途端、ふたりの顔が曇った。竹雀がなにかを言いかけたが、よよと泣き出す。牧童も目に涙を浮かべた。いやな予感がした。

「一笑になにかありましたか」

「前年の暮れに亡くなりました」

牧童が答えるなり、ひゅっと息を吸う音が隣から聞こえた。翁が体をのけ反らせて倒れていく。すんでのところで受け止め、頭を床に打ちつけることだけは回避した。

「お、翁。大丈夫ですか」

翁を床に座らせる。顔が真っ青だ。期待で胸を膨らませていた分、突き落とされた谷が深かったのだろう。

水を持ってきてもらい、翁に飲ませる。飲み終えると朦朧とした表情で「そんなことがあっていいのだろうか。そんなことがあっていいのだろうか」とうわ言のようにくり返した。

「ともに月を眺めることを楽しみに、金沢まで来たのに」

「一笑も芭蕉様の来遊を楽しみにしておりました。訪れた際には自らの家にお泊めして、もてなしたいと申していたのですが、病のために十二月の六日に」

男四人でしばし涙にくれた。翁の落胆はあまりにひどく、ひとりで立つこともままならないほどだった。一笑と過ごす時間を仔細に描いていたのだろう。心を高鳴らせていたのだろう。だがそのときは永遠に失われてしまった。

翁を床に移したあと、わたしも横になって休んだ。明日は来客が多い。眠って疲れを取っておきたい。だが腹がちりちりと痛む。

一笑への嫉妬。そんなふうに原因を探ってみるが、実をいえば嫉妬心はない。有望な若者の命が失われた悲しみが、すべての感情を覆ってしまっていた。

同じ宿に以前より知る何処（かしょ）がたまたま泊まっていた。大坂から北国筋を往来する薬種の商人だ。今回の再会を機に蕉門へ入ったのだが、これ幸いとばかりによい薬はないかと尋ねた。

すると金沢は名医が多いので、まずは診てもらえとのこと。なるほど、その通りだ。暇を見つけて医師を呼ぶことにしよう。

明くる日、竹雀が迎えの駕籠をよこし、彼が営む宮竹屋に移った。次々と金沢の俳人が挨拶にやってくる。竹雀の弟だという小春（しょうしゅん）、牧童の弟で兄と同じ刀研師である北枝（ほくし）など、引っきりなしに十数人が訪れた。

逐一その名を記したかったが、なにぶん腹が痛くて筆を執れない。鳩尾のあたりがえぐられるように痛い。

いつもなら体調の悪い翁と、その面倒を見るわたしといった関係なのに、今日ばかりは逆転となった。金沢の俳人たちの対応は翁が請け負い、わたしは部屋の隅で見守るばかりだった。

やってきた者たちは、一笑の死に胸を痛める翁を慰めてくれた。悲しみを共有できる人々が次々に押し寄せ、翁の心の傷も幾分か癒えたのだろう。ときどき笑みを浮かべた。入門を願い出る者も多かった。それも翁の救いとなったようだ。結局、翁の心を救うのは俳諧というわけなのだろう。

夜、さきに床に就かせてもらうと、枕元に翁がやってきた。

「いつもと立場が逆だな」

「すみません。寝ていれば明日には治ると思うのですが」

「焦ることはない。金沢の滞在は長くなりそうだ。それより腹はいつから痛いのだ」

「それがはっきりとわからず」

翁が苦笑する。

「わたしは俳諧に夢中になって自分の体を顧みず、しょっちゅう体調を崩す。曾良もわたしと同じだな」

「翁と同じとは」

「周囲に目を配り、気を使い、わたしに寄り添った句作をする。手帳には訪れた土地の名も日づけも天候も出会った者の名も、さらには歌仙の句まで記録する。微に入り細を穿った仕事をするうちに、自らの体の具合に鈍くなった。自分のことが二の次だ。ほら、わたしと同じではないか」

俳諧の化け物たる翁と同じだなんてとんでもない。才覚も腕前も心血の注ぎ具合も、天と地ほどの開きがある。いや、比較することすらおこがましい。

それでも同じと思ってもらえるなら、望外の喜びだった。

十七日、北枝の源意庵で俳諧興行が開かれた。わたしは腹の痛みのため、宮竹屋に残った。

無理をすれば行けないこともない。しかし金沢の地には翁の世話を買って出る者がたくさんいた。彼らに任せても大丈夫そうだ。それにどちらかといえば、わたしがひとりになりたくて宮竹屋に留まった。

信頼できる随行者が現れたら翁から離れる。そう中村にて決めた。実行に移す日が近づいてきているようだ。なにせ随行したいと願い出る者はあとを絶たない。

あとは信頼できるかどうか。急に行方を晦ます路通や、口先ばかりの低耳のような人物では困ってしまう。選定が必要だった。

その晩、翁は北枝に厄介になり、帰ってこなかった。わたしは腹痛から寝つけず、寝返りをくり返した。夜中の丑のころに雨が強く降り始め、夜明けにやむまでのその雨音を聞いた。蒸し暑い夜だった。

ひとりになりたくて宿に残った。孤独だし、寂しくもある。けれど自ら選んだ孤独だ。望んで得た寂しさは、不思議といとおしかった。

そうか、寂しがりやのくせにひとりになりたがる翁は、このいとおしさを知っていたのか。雨音に耳を傾けながら、翁の心境に近づけた気がして頬がゆるんだ。

〈あか〳〵と日は難面(つれなく)もあきの風〉

帰ってきた翁が、俳諧興行において出した発句を教えてくれた。会心の作だったようで、喜び勇んで伝えてきた。

暦はすでに秋なのに、赤々とした夕日が素知らぬ顔で容赦なく照りつけてくる。しかし吹く風はすでに秋のものとなっている。

発想は『古今和歌集』の〈秋来ぬと目にはさやかに見えねども〉からだろう。秋の風といえば色は白とされる。それと夕日の赤の対比が面白い。翁はよっぽど気に入ったらしく、それからしばらく短冊を請われた際に書いていた。

その後の二日間、腹痛が悪化した。床から起き上がれず、様々な人が翁を訪ねてきたが、顔を見ることすらできなかった。

　和らいだのは二十日になってから。なんとか外出できるようになった。加賀の俳人である一泉の松玄庵に招かれ、十八句まで詠む半歌仙を巻くことになり、わたしも参加した。

　連衆には一笑の兄であるノ松や、大津に住む蕉門の乙州がいた。乙州は加賀に馴染みが深い。一笑ら加賀の俳人を、大津の尚白に紹介したのも彼だ。

　松玄庵ではもてなしの瓜や茄子が出てきた。残暑が続くいま、採れたての瓜や茄子はありがたい。翁もうれしかったようで発句にてこう詠んだ。


〈残暑しばし手毎にれうれ瓜茄子〉


　瓜や茄子をそれぞれ自分の手で剝いてあげましょう、と呼びかける句だ。「れうれ」とは料理をするという意味の「れうる」を、命令の形で用いている。

　では、剝いてあげる相手は誰かといえば、やはり亡き一笑となる。瓜や茄子は亡き人へのお供えもの。皮を剝いて精霊棚に供える。

　もてなしの瓜や茄子が出てきたため、翁は機転を利かせてこれらを一笑に、といった句を作ったわけだ。ノ松が涙をはらはらと流しつつ言った。

「弟は病に倒れたのちも俳諧ひと筋でした。父の十三回忌の供養として、十三巻の歌仙を巻こうとしたのです。なんとか五巻までたどり着いたのですが、病が悪化し、息も絶え絶えで、わたしも家族もやめるように説得したのです。しかし十三巻を満尾できるなら死んでも悔いはないとあきらめず」

「なんたる執念」と翁が絶句する。

「八巻まではでき上がったのです。それら八巻を肌にかけて死ねば思い残すことはない、と」

一笑の最期の様子を知る加賀の連衆たちが、涙ながらに頷いている。

「弟があまりに執着するものですから、俳諧を憎らしく思ったこともありましたよ。けれど一日また一日と生き長らえる姿を見て、考え直しました。弟の命は俳諧によって支えられていたのです。弟の人生に俳諧があってよかった。なかんずく芭蕉様の俳諧と出会えてよかった」

ノ松の言葉に、今度は翁が目頭を押さえた。

翁はかつて「俳諧の道のひと筋につながる以外、わたしに生き方はない」と語っていた。いまわの際まで俳諧に執した一笑に、心を打たれないはずがない。袖を涙で濡らし、ぐすぐすと泣いた。

十八句までの半歌仙は、加賀の連衆がこなれているために滞りなく進んだ。満尾を迎えたのも早い時間だった。

　外はまだ明るい。加賀の連衆が散策に誘ってくれて、野畑山を案内してもらった。松玄庵に戻ったのち、夜食をご馳走になる。一笑の思い出話に耳を傾け、加賀に至るまでの旅の話を披露するうちに夜も更け、宿に帰ったのは真夜中になってからだった。

　二十一日、やっと薬を手に入れた。北枝が高徹（こうてつ）という医者を紹介してくれて、診てもらえたのだ。高徹は心配顔で診断の結果を口にした。

「心身がともに疲れ、胃が傷んでいるようです。心の重荷も六腑にはよくないのですよ。平らかにお過ごしください」

　わたしが高徹に診てもらったこの日、翁は北枝と卯辰山（うたつやま）近辺に遊んだ。卯辰山には句空（くくう）と秋之坊（あきのぼう）という俳人がおり、蕉門に入りたいといった声が届いていた。北枝はその橋渡し役を見事にこなしたようだ。句空と秋之坊のふたりも門弟と相成った。

　北枝は人のために働くのが好きなようだ。人柄の評判もよく、俳諧を熱心に学ぼうとする姿勢も見られる。いずれ加賀の蕉門において、重要な人物になるのだろう。

　二十二日は願念寺（がんねんじ）にて、一笑の追善の俳諧興行が催された。朝食後に集まることになっていたのだが、わたしは胃が痛むために遅れて参加した。それまでは宿で休み、往診に来た高徹から再び薬を出してもらった。

　昼も過ぎた未の尅、願念寺を訪ねた。一笑の追善のために驚くほど多くの人が集まり、ごった返していた。

追善句を詠みに集まった俳人だけで三十人近くいる。新たに門弟となった句空、秋之坊、北枝、何処、牧童などに加え、加賀の俳壇の重鎮までずらりと並んでいた。壮観としか言いようがない。追善のためではあるが、新しい風である蕉門が熱狂的に受け入れられているからこそ、これだけの人数が集まったのだろう。

末席にそっと加わる。みなが腹の心配をしてくれた。なかにはわたしが出した追善句を褒めてくれる者もいた。わたしの追善句はさきに届けてある。翁と一笑の墓参りへ行ったときのことを句にした。

では、翁はどんな句を出したのだろう。北枝に教えてもらった。

〈塚も動け我泣声(わがなく)は秋の風〉

慄然とした。まるで叫んでいるような句だった。翁がここまで激情を表した句を見たことがない。哀悼のために泣く声が、秋風とひとつになって塚に呼びかけていた。

塚よ、感応して鳴動せよ。秋風となって吹く我が泣き声を聞け。

これほどまでに剝き出しなのは、一笑への深い共感ゆえだろう。俳諧への飽くなき執着を抱いた一笑への共感があるからこそ。

わたしは線を引かれた。そのように感じた。翁や一笑はあちら側、わたしはこちら側。あちら側の翁や一笑は、俳諧ひと筋に生き、俳諧にまみれて死んでいく。

奥州の旅に出る以前だったら、わたしもあちら側として翁の句を享受しただろう。なにせ以前のわたしは、句作していないと死んでしまうのでは、などと考えるほど俳諧に耽溺（たんでき）していた。翁に憧れ、同じように全身俳諧師になりたかった。

しかしこの旅を経てわかった。目が覚めたと言うべきか。

俳諧を作らなくても死にゃあしない。

翁にしてみれば、わたしは専心の足りない不届き者。あるいは俳道からの脱落者。けれどわたしは決めたのだ。わたしはわたしのやり方で俳諧に携わっていく。他人から見れば、わたしは頑固者なのだという。であるなら、生涯変わらずわたしのやり方で、俳諧への愛を貫き通してみせよう。

追善の興行の途中だったが、ひと足さきに願念寺を辞した。宿までの道をとぼとぼと歩く。ひとりきりになりたくて得た寂しさは、やはりいとおしかった。

翁と別れる日までの日数をそろそろ指折り数えていいだろう。

手のひらを空に掲げる。

その第一日目として親指を折ってみた。

十四

一笑の追善興行の明くる日、翁は迎えにきた雲口と出かけていった。

雲口は追善興行の連衆のひとりだ。同じく連衆だった牧童と北枝の兄弟もついていった。

翁が追善句として出した〈塚も動け我泣声は秋の風〉は、一笑を知る加賀の俳人たちの心を震わせたようだ。みんな翁に心酔した。今日も歌仙を巻く予定が入った。

わたしは腹痛を理由に断った。行けないほど痛いわけではない。気が進まなかった。それもこれも昨夜の翁のせいだ。

翁は宿へ帰ってくるなり、一笑への追善句は会心の一作だったと興奮気味に語った。さらにこんなことを語ったのだ。

「金沢での出来事は、今後書く旅日記の無常の場面として、必ずや衆目を集めるだろう」

旅日記は歌仙の面影を感じられる細工を施す予定だ。歌仙の題材には死別を扱う無常といったものがある。そこに一笑の死を用いるつもりのようだった。

翁は一笑の死を心の底から嘆いた。だからあの追善句が生まれた。そこに疑う余地はない。しかしその一方で、一笑の死を旅日記に利用しようと算段を立てていたわけだ。この冷徹さよ。どうしてそんなことができるのだろう。翁は俳諧のためだったら正邪を問わない。

もし俳魔といった俳諧にまつわる鬼神がいるとしたら、翁は確実にそそのかされている。いや、尋常ではない翁のことだ。すでに飼い馴らし、その身に宿しているかもしれない。などと荒唐無稽な想像でもしないと、翁の言動や振る舞いの辻褄が合わない。

翁と過ごしていると、矛盾、不一致、歪さを、無数に味わう。わたしにとって翁は大いなる謎だ。歩く混沌といったふうだ。そうした翁をいまのわたしは静かに眺められるようになった。俳諧に惑溺していた状態からは目が覚めた。むやみやたらに翁に追随することもない。

いまや翁の行為が卑しく思える。さもしく感じる。わたしだったら、どんなに会心の作ができたとしても旅日記には載せない。たとえ翁の死を目の前にしても、俳諧を残すつもりはない。

「道中でわたしが死ぬようなことがあればそれを詠め。あるいは記せ」

翁は月山にてそう言った。しかし師の死を詠んで名を上げるなんて、かえって不名誉ではないか。

こうした考えを翁に伝えてもきっと鼻で笑われる。翁が口にしそうなことが次々と浮かぶ。「覚悟が足りない」「すべてを俳諧に捧げよ」「そんな高潔さが俳諧にとってなんになる」

しかしわたしはこのちっぽけな良心を捨てたくなかった。わたしはつまらない人間だ。無駄に真面目である。大切な人の死を前にしたら慎ましくなるだろうし、正しい道を選びたくなる。そしてなによりわたしは、潔白であろうとする自分が嫌いではなかった。いじましくてけっこう。心暗さを排して俳諧と向き合いたい。

いつしかわたしは口の中だけでつぶやくようになった。

「混沌から離れよう」

翁という混沌に呑みこまれないうちに。


七月二十四日、十日に及ぶ金沢の滞在を切り上げた。見送りは江戸を発った日のように多く、同道してくれる者までいた。なかでも北枝はしばらく随行してくれるという。北枝はまもなく三十代。若いがよく気がつく。旅立ちに際し、翁とわたしに新しい菅蓑を用意してくれた。

裕福でもないのに贈り物をしてくれたり、翁を伴って金沢の俳人の家々を回ってくれたり、すばらしい尽くしっぷり。俳諧も熱心だし、腕前は確か。わたしの代わりの随行者は北枝がいい。そう思うようになった。

小松に到着して一泊し、明けて二十五日に発とうとすると、この地の俳人たちが訪ねてきた。翁に指導を請いたいという。求めに応じて滞在を延ばした。

次の宿として紹介された寺へ移ると、そばに多太八幡があった。斎藤別当実盛の遺品が所蔵されていると教わる。実盛と聞き、翁がじっとしていられるはずがない。喜び勇んで多太八幡へ出かけた。

実盛は幼少の木曾義仲を救った老武者だ。最初は源義朝に仕えていたが、のちに平家に従うようになり、最期はこの小松から近い篠原の地で、義仲の臣に討たれた。

討ち死にの場面は有名だ。白髪を黒く染めて老齢を隠し、きらびやかな鎧兜をまとって、味方が落ちゆくなかひとり残った。

討たれた実盛の首実検をしたのは、義仲四天王のひとりである樋口次郎だ。倶利伽羅峠の戦いで搦手として活躍し、かつて実盛とは親しい仲だった。

謡曲『実盛』によれば、樋口次郎は白髪染めの首をひと目見るなり、落涙しながらこうもらしたという。

「あなむざんやな」

多太八幡で見せてもらった実盛の兜は、前面の目庇から左右の吹返しまで、菊唐草の彫刻が施され、金がちりばめてあった。頭頂部には龍の姿の飾り金具がつけられ、さらに鍬形が打ちつけられている。並ひと通りの武士のものではない。

この兜の下に、討ち取られた実盛の首があったのだ。痛ましさに胸が塞ぐ。黙って兜を眺めていると翁が句を詠んだ。

〈あなむざんやな甲の下のきりぎりす〉

その日は小松の連衆との俳諧興行があった。わたしも北枝も参加する。連衆はみな手練であり、滞りなく進むと思われるので、三十六句の歌仙ではなくて四十四句の世吉を巻いた。発句は翁が出した。

〈しほらしき名や小松吹萩薄〉

なんともかわいらしい句を作る。可憐な地名である小松。その地の野辺に生える萩や薄に、秋の風が吹いている。

二十六日にも俳諧興行があり、五十句から成る五十韻を巻いた。五十句が終わって宿の寺へ帰ったのは夜のこと。ちょうど庚申の日だった。

以前の庚申の日は尾花沢にいた。庚申の日は六十日ごとにめぐる。つまり尾花沢滞在から六十日が過ぎたということだ。江戸を出てからは今日で百十七日目。長い旅となっている。まさに旅を栖とした日々だ。

二十七日の夕刻、山中（やまなか）温泉にたどり着いた。山中温泉の湯は、名高き有馬（ありま）温泉に次ぐ効能があるという。共同の浴場である総湯を中心に旅籠が建ち並んでいた。

「のんびりと湯治と参ろうではないか」

翁がわたしに向かって言う。湯治は七日間をひと単位とし、三回りほどの長逗留がよいとされる。わたしの腹痛を気遣い、山中温泉での湯治を考えてくれたようだ。

「名湯に浸かって治してみせますよ」

笑顔で返す。だがわたしはこの山中温泉を別れの地と決めた。ここで翁と離れる。あとは切り出すだけだ。

一瞬、わたしを見る翁の目が細まった。瞳にはなんの感情も宿っていない。その分、奥に渦巻く混沌をあからさまに感じた。

なるほど、そうか。翁の視線の意味を理解する。わたしはここを別れの地と決めた。翁は翁で旅日記の人倫といった題材のために、わたしとの別れを設けなければならない。翁もその場面を山中温泉と定めたようだ。

ここが別れの地だよ、曾良。

旅日記のために離脱せよ。

無感情の瞳が伝えてくる。

いいでしょう。わたしはかすかに頷いた。翁がわたしから目をそらす。この短い応酬だけで、互いの考えはじゅうぶんに伝わった。

百日以上にわたり、翁とわたしは言葉にまつわる旅をしてきた。けれど言葉のやり取りなどいらないほど、近しい関係を築けていたようだ。

旅籠の泉屋に宿を取り、宿泊の手続きを済ます。さっそく翁と北枝と湯室へ向かった。案内してくれた宿の者が、扶桑第一の湯と胸を張るだけある。湯壺に入って驚いた。湯は肌を潤し、骨の髄までしみ渡り、神経を和らげる。

同じく湯壺に入った翁が、心地よさげに呻く。

「極楽、極楽」

さらにわたしの顔を見て、ご機嫌で指摘してくる。

「血色がよくなったではないか」

旅の離脱を伝えてきたばかりなのに翁はにこやかだ。さすが歩く混沌。翁が平生のままなので、わたしも普段通りを心がける。

「名湯のおかげで寿命が十年ほど延びました」

「何度も浸かり、さらに十年は延ばすべきだな」

「翁もたっぷりと浸かって、ぜひご長寿に」

「この名湯のにおいは菊よりも芳しいな。菊を手折る必要もない」

「菊慈童ですね」

「さよう、さよう」

湯室に翁の満足げな声が響く。

周の穆王に寵愛を受けた美少年の慈童が、長寿の霊薬とされる菊の露を飲み、八百歳を生きた故事がある。

だが効能あらたかな山中温泉の湯に浸かれば寿命が延びる。菊慈童のように菊を手折って露を飲む必要もない、そういった含みを翁は持たせて話したのだ。

北枝が憧れの目でわたしたちを見ていた。間髪を容れずに教養を下敷きとしたやり取りをしたことに、感服しているようだった。

滞在の二日目、薬師堂を訪ね、温泉街をぶらついた。宿に戻り、翁が手紙を書くというので、その隙に北枝を呼び出す。随行者の件を持ちかけるためだ。

宿の中庭にて北枝とふたりきり。折り入って話があると呼び出したため、北枝はかしこまっていた。ひそひそ声で伝える。

「実はわたしはこの地で翁との旅を終えるつもりなのだ。だから代わりに随行者を頼みたいのだが」

「え、わたしにですか」

正直な男だ。ぱっと笑みが広がる。しかしすぐに引っこめ、痛ましげな表情へと変わった。

「それは曾良殿の体調が思わしくないためでしょうか」

「まあ、そういうことだ」

真実は違う。だが説明が面倒だった。翁の旅日記のためでもあるし、わたし自身の俳諧のためでもある。そう伝えても理解してもらえないだろう。

金沢にて高徹から薬を多めに出してもらってある。服用を続けたおかげで、腹の調子はすこぶるいい。だが腹の病で離脱としたほうが説明は省ける。しばらく腹が痛むふりをしなくては、などと考えていると北枝が言う。

「それはさぞかしご無念かと」

北枝の目に涙が光っている。驚いて尋ねた。

「無念とは」

「芭蕉様の俳諧を学ぶなら、おそばにいるのが最上。なのに旅をやめねばならないなんて、無念以外のなにものでもないかと」

翁は俳論書を書きたがらない。手紙での俳諧の添削もいやがる。顔を突き合わせて習うのが最上。その恵まれた境遇からの離脱を、北枝は泣いて悔しがってくれていた。

「無念ではあるが肩の荷が下ろせる。ほっとしているのだよ」

「曾良殿は百日を超えて翁をお支えしてきたんですものねえ」

ねぎらいの視線を向けられ、つい感傷的になる。

翁とはいくつもの山を越え、川を渡り、多くの俳諧を残しながら歩んできた。なにごとも大仰で童心に満ちた翁のせいで、多くの面倒に見舞われた。しかし面倒だった分、深く心に残っている。

旅の終わりを意識したら、これまでの日々が急にいとおしく感じられた。離れがたさが湧き起こる。

いや、ここで離れなくては。翁との関係を手放さなくては。

等躬殿が言っていたように翁は有為転変だ。松尾芭蕉は永遠の未完。今後も変化し、変化するたびに大輪の花を咲かせる。翁につき従っていたら振り回され、わたしの俳諧は完成に向かわない。

小さな花でいい。わたしだけが咲かせられる花を見つけたい。そのために翁と離れなければいけない。

「山中以降の旅程だが、翁は大垣(おおがき)へ向かう。途中の福井まで行けば、翁と旧知の等栽(とうさい)殿がおられる。大垣からの迎えも頼むつもりだ。だから随行はできるかぎりでいい。引き受けてくれるか」

「もちろんでございます」

「翁を守ってやってくれ」

「必ずや」

北枝は涙をぬぐって頭を下げた。

留守にしていた泉屋の主が帰ってきたようで、挨拶の場が設けられた。主はまだ十四歳と幼く、名は久米之助。彼の伯父である自笑がつき添っていた。自笑は加賀では知られる俳人だ。久米之助の俳諧の手ほどきもしているという。

久米之助はよく湯に浸かっているせいか、肌が玉のように光る美しい少年だった。自笑が誇らしげに語り始める。

「この久米之助の祖父である又兵衛も俳諧をたしなみ、豊連と名乗っておりました。だいぶむかしになりますが、若いころの安原貞室がこの泉屋に逗留いたしましてね」

「貞門七俳人のひとりですね」と北枝が目を輝かす。

「その貞室が俳諧興行で豊連にやりこめられましてな。辱めを受けたと感じたのでしょう。京に戻って松永貞徳の門人となり、俳諧修行に打ちこんで、あっという間に名人となったのですよ」

「そんな謂れがこの泉屋に」

翁は大袈裟に驚いて座敷を見渡してみせる。どうやら美しい久米之助を気に入ったらしく、気を引きたいようだ。翁の反応に気をよくした自笑が続ける。

「貞室は名人となったあとも、発奮のきっかけとなったこの地を忘れなかったようです。

たびたびやってきては俳諧興行を催し、山中の者はこぞって出座して教わりましたが、貞室は点料を取らなかったと聞いております」

謝礼である点料を取らない。翁に通じる態度だ。そして名人貞室の誕生に関わった豊連の孫が、いまここにいる。翁は前のめりで久米之助への挨拶句を作った。

〈山中や菊は手折じ湯の薫〉

例の菊慈童の故事を踏まえていた。山中温泉の湯はすばらしい。寿命が延びるという菊の香りも、ここの名湯のにおいには及ばない。ゆえに慈童のように菊を手折る必要もない。穆王に寵愛された慈童に、久米之助が重ね合わされていた。

夜、温泉に浸かってのんびり四肢を広げていると、北枝が入ってきた。北枝は湯室にわたしたち以外に人がいないことを確認してから、そばまでやってきて小声で言う。

「つかぬことを伺いますが、芭蕉様は衆道を好むのでしょうか」

翁が久米之助に入れこむ姿から、そうした疑問を抱いたのだろう。なにせ翁は久米之助に、桃妖といった俳号まで与えた。自らの桃青から桃の一字を授けたのだ。

「そう思うのも致し方ないな」

「実際のところはどうなのでしょう」

北枝は湯壺に入り、にじり寄ってくる。

「旅中、陰間茶屋のたぐいがいくつもあったが、翁は見向きもしなかったよ」

「ではなぜ泉屋の主にあれほどまで」

「翁は先人に自らを重ねることが大好きなのだよ。あれは蘇東坡だろう」

思い当たるところがあったのか、北枝は「あ」ともらして固まる。

「蘇東坡が美少年である李節推に惚れ、風水洞まで追いかける話ですね」

「それよ、それ」

「北村季吟編の『岩つつじ』にそうした話があった覚えが」

「翁が振る舞いをまねているだけか、惚れてしまっているのか、実を言えばわたしもわかりかねる。ただ、わたしの知るかぎり、翁にそういった相手はいない」

「曾良殿もお相手ではないと」

恐る恐るというふうに北枝が尋ねてきた。思わず笑ってしまう。そんなふうに見られていたのか。

「違う、違う。それより翁は今後も、美男と会ったら衆道の関係に則った句を作る。いちいち驚くでないぞ」

「心得ました」

「そもそも俳諧において、衆道を詠むなんてよくあるではないか」

「おっしゃる通りで」

「たとえ翁がその道を好んだとして、どこに問題がある。翁の俳諧の価値が霞むことはない」

「まったくです」

こくこくと北枝が頷く。

「そうだ、頼みごとがある」

離脱する前に、わたしには挑みたいことがあった。そのために北枝にひと肌脱いでもらうことにする。

「どのようなことで」

「わたしは頃合いを見計らい、旅を終えることを自ら翁に伝える。そのとき歌仙を巻くように翁に提案してほしいのだ。最後だから三吟を願いたいのだが、わたしからは言い出しにくくてな」

「お安い御用です。餞別の三吟をぜひと、わたしから芭蕉様に申し上げましょう」

明くる日、翁と北枝は自笑の案内で、道明ヶ淵（どうみょうがふち）へ出かけた。わたしは行かなかった。代わりに次の日ひとりで道明ヶ淵を散策した。

この山中温泉で別れることは決まった。ただ、どうやって別れに至るか道筋が見えていない。翁もわたしも腹に一物ある状態で、気まずい空気が漂ってしまう。

八月一日は翁と北枝と三人で黒谷橋（くろたにばし）へ出かけた。なにげないふうを心がけたが、北枝をあいだに立ててのやり取りばかりとなった。

明けて二日、腹が痛いふりで湯室に入り浸った。他人からは、ゆるりとした湯治に見えただろう。しかしわたしにしてみれば、別れを切り出す機会を窺っての、落ちつかない一日だった。

落ちつかないといえば、北枝も気忙（きぜわ）しく過ごしていた。慣れない翁の世話に追われ、さらにわたしからは随行者としての心得を教わる。翁は細かい人間だ。知っておくべき事柄が多岐にわたる。

今後は宿代などの路銀の管理もしなくてはいけないし、短冊を求められたときの金額や、俳諧の教授料の相場も把握しておく必要がある。

加えてこの湯治の期間は、蕉門の俳諧を学ぶ絶好の機会だった。ここ数日で北枝が尋常ではない酒好きとわかったが、その酒を断ってまでして翁に俳諧の問答を挑んでいた。

翁の教えでわからない点があると、わたしに尋ねてきた。「不易と流行とはなんでしょう」「俗談平話とはどういったことでしょうか」

思い返してみれば、翁の教えを門弟同士であれこれ談義するのが好きだった。北枝と旅をしながら俳諧について語り合えたら楽しかろう。別れが惜しくなってくる。

しかしこれではいけない。八月三日、ついに覚悟を決めた。

朝からしばしば雨が降る日だった。翁が文机（ふづくえ）に向かっていたので、その後ろに正座した。

「翁、お話が」

普段通りに声をかけたつもりだ。だが声が上ずった。翁もぴんときたのだろう。神妙な顔で振り返る。

そばで控えていた北枝があからさまにうろたえた。別れの場面に立ち会う緊張に襲われたようだった。

「話とはなんだ」

「せっかくの湯治ですが腹の痛みがよくならず、旅のお伴（とも）にも差し障りが出そうです。ゆえにわたしはこの地で旅を終えようかと。ご容赦を」

いっきに言って頭を下げた。畳に額が触れるほど深く。

これは表面的な挨拶でしかない。

わたしはわたしのために翁から離れる。

翁はもともとわたしと離別したかった。

つまり、これは双方の望みを満たした別れなのだ。円満なる別れと言っていい。

「腹の病なのだ。致し方あるまい」

これまた表面的な翁の返答で話がつく。茶番といえば茶番だ。あとは北枝が翁に三吟を申しこんでくれれば万事うまくいく。

そう思って北枝へ目を向けたところ、大粒の涙をぽろぽろとこぼしていた。

「ど、どうなされた」

「いままで一心同体で旅をされてきた芭蕉様と曾良殿が、別れねばならないなんて。これが泣かずにいられれましょうか。曾良殿の無念を思うと、わたしは涙が止まりません。腹の病が憎らしい」

北枝は号泣の体で何度もこぶしで畳を叩く。

「待たれよ。泣くことはない」

「いえいえ、泣かせてください。芭蕉様にとっても、頼りにされていた曾良殿との別れ。いったいどれだけ寂しいことか」

離れ離れになる師弟の悲しさを勝手に想像し、むせび泣いているわけか。

わからないものだな、他人の目からでは関係性も、胸の内も。

わたしは晴れ晴れとした心持ちだ。翁も望んだ別れを手に入れられて喜んでいるはず。

苦笑いで翁に視線を戻した。

「え」

驚きのあまり、大口を開けてしまった。なんと翁が泣いていた。袖で目元を隠し、その袖は涙に濡れて色が変わっている。

なぜ泣いているのか。北枝の涙につられたのだろうか。はたまた別れを迫っておきながら、悲しくなったとでもいうのだろうか。あるいは別れを押しつけた申し訳なさから泣いているとか。意味がわからない。翁はわたしの理解を軽々と超えてくる。

不可解さに言葉を失っていると、北枝が泣きながら翁に提案した。

「芭蕉様。お別れとなる前に、餞別の歌仙を巻きませんか」

よかった。わたしの頼みを忘れていなかった。

「もちろんだとも」

翁が涙をぬぐいながら快諾の声を絞り出す。

思惑通りに進んで安堵した。だが泣く翁を見るうちに、不憫(ふびん)でしかたなくなってきた。

翁にとって浮かぶ考えも抱く感情もすべて偽らざるものなのだろう。一瞬また一瞬と本当がやってくる。本当に一笑の死を嘆き、本当にその死を旅日記に記そうと興奮する。本当にわたしに旅からの離脱を迫り、本当に別れを悲しむ。すべて同一の人物に湧き起こり、ひとつの心の袋に入っている。

複雑を超えたこの混沌。

混沌も苦しかろうよ。そして寂しかろうよ。

八月四日の巳の尅のころ、しとしとと降り続いていた雨がやんだ。広間にはわたしと翁と北枝の三人のみ。翁がわたしに向き直る。

「曾良の餞別の歌仙だ。よきものにしようぞ」

「ありがとうございます。ぜひともよきものにいたしましょう。それにあたり、ひとつ翁にお願いが」

「なんだ」

「いつもより忌憚なき斧正をしてほしいのです。容赦はいりません」

次にいつ翁と歌仙を巻けるかわからない。旅に不慮の出来事はつきもの。今日が最後の可能性もある。であるなら、率直な意見と添削を翁にしてほしい。

「そうか、そうか」と翁は笑い、腕をまくった。「容赦しなくていいのだな」

「存分にお願いいたします。ざっくばらんに」

今回の旅において、わたしは随行者だった。それは俳諧興行においても同じで、翁を陰から支え、その土地の連衆との架け橋を担い、よき歌仙となるようにのみ働いた。わたしは自らの色を消し、裏方に徹していたのだ。

俳諧は前の連衆が出した句と、あとの連衆が出した句の組み合わせにより、詩的な世界が立ち上がってくる。調和が重要とされる。しかし三十六句をつなげていくにあたり、調和ばかり優先させると、どうも退屈で平凡な歌仙ができてしまう。

そこで必要なのが変化だ。調和しつつも、三十六句を織り上げるなかで変化をもたらすようにする。

あとから句を付ける人の詩情を刺激し、面白いじゃないかと昂揚させるような、挑発を含ませた句を出して変化を呼ぶのだ。

ところが旅中のわたしは、この挑発を含ませずに句作してきた。俳諧興行の停滞を避け、ほかの連衆の引き立て役に回り、翁の望みに沿った句ばかりを出した。

だが、今日はそれをやめようと思う。これはわたしの餞別の歌仙だ。自由にやらせてもらう。わたしの色を隠さず、どれだけ通用するのか測ってもらいたい。わたしだけの花の、その種子だけでもいいから今日は手に入れたかった。

調和のための和やかさより、勝負といったわたしの挑む姿勢。それが翁にも北枝にも伝わったようだ。ふたりとも気合いの入った顔となる。北枝が発句を書いて出した。

〈馬かりて燕追行別れかな〉

借りた馬に乗り、南へ帰る燕を追いかけるかのように旅立つその別れ。これは北枝からわたしへの餞別としての句だった。脇句はわたしが付けた。

〈花野に高き岩のまがりめ〉

薄や萩などの秋の草が咲き誇る野原。そのさきの曲がり道に高い岩があり、差しかかれば見送りの人たちは見えなくなってしまう。それが名残惜しい。

「硬い、硬いな」

翁がすぐさま声を上げた。頼んだ通りにざっくばらんに指摘してきた。

「どのあたりがでしょう」

「北枝は発句で別れの場面を描いて提示したのだぞ。別れの悲しみが漂っているところへ高き岩では硬い。悲しみの雰囲気を壊してしまうだろうが」

「たしかに硬いです」

悔しいが翁の言う通りだった。翁がわたしの句を作り直し、短冊へ書きつけた。


〈花野みだるゝ山のまがりめ〉

うまい。わかっているが、翁の作り直しは天才的だ。「花野みだるゝ」と変えたことで、秋の千草が咲き乱れる様子が加わり、別れの悲しみで心が千々に乱れる姿も想起させる。そして「高き岩」を「山」と変えたために、悲しみの雰囲気も阻害されていない。ほんのちょっとなのだ。ほんのちょっと変えるだけで、がらりと世界が変わる。それができてしまう翁は、俳諧の世界の造化と言ってよかった。

三吟は北枝、わたし、翁の順で進んだ。四句目は北枝の番だ。

〈鞘ばしりしをやがてとめけり〉

鞘から刀身がするりと抜けかかったのを、すぐさま止めた。なんとも緊迫した場面となっている。

もともと北枝は〈鞘ばしりしを友のとめけり〉という句を出した。それを翁が作り直し、「友」の一字を抜いた。

「友が入ると重くなるではないか」だそうだ。

刀身が抜けかかったのを友が止めた、だと描き出される場面が限定的になる。それは次に句を付ける連衆の制約にもなり、句の連なりが停滞する。そこで翁は「友」を抜き、限定や制約から解放してみせたのだ。

五句目はわたしだ。四句目の緊迫の余韻を引き継いだ一句を出した。わたしには期するものがあった。

〈青淵に獺の飛こむ水の音〉

北枝の四句目と合わさって描き出されるのは、こんな場面となる。青々とした淵に獺(かわうそ)が飛びこむ音がしたので刀身を抜きかけたがすぐに止めた。
だったから。

四句目に漂う緊迫に、さらに自然界の緊張感で句をつなげてみた。もちろんこの句は〈古池や蛙飛こむ水のおと〉を下敷きにしている。蕉風開眼の一句と言われたあの名句を下敷きに、俳諧らしく遊んでみせたのだ。

蛙は古池に飛びこんだ。とろみさえある濁った水を湛えた池だ。この古池としたところに翁の色が出ている。枯淡といった味わいが生まれた。

だったらわたしはどうだろう。わたしが飛びこませるとしたら、どこがいいだろう。海だろうか、川だろうか、沼だろうか。悩んだ末に浮かんだのが、深山にひっそりとある青い淵だった。

清らかで深い淵だ。そこに獺がどぼんと飛びこみ、その音でそれまでの静寂の存在を知る。

翁の代表作で遊んだのだ。さて、翁はどう裁くだろう。

蛙飛びこむの句と同じ仕掛けだ。

「ううむ」と翁が渋った。「青淵も重いな」

わたしの色を出そうと、漢詩由来の青淵という語を使った。これも描き出される世界を限定してしまうと引っかかっているようだ。わたしにとってはこだわりでも、ほかの連衆には制約となる。難しいものだ。

「せっかく獺を出したのだ。もっと動きのある句にしてみたらどうだ」

そう言って翁は作り直してくれた。


〈二三匹獺の飛こむ水の音〉

二、三匹の獺が、どぼんどぼんと飛びこむほうが、動きを感じられて面白いと翁は考えたようだ。しかし翁は腕組みで黙ってしまった。しばらくして口を開く。
「いや、青淵のほうがいいかもしれん。この言葉が持つ凄みが消えると、句が面白くなくなる。獺も一匹のほうがいい。緊迫感が出る」

翁がわたしを見て、目を細めた。悪くはない句だ。そう伝えてきていた。わたしは恐縮して頭を下げた。胸に喜びの灯し火を抱いて。

その後、三吟は滞りなく進んだ。翁の斧正は冴えを見せ、作り直しの句を見せられるたびに、北枝とともに感嘆の声を上げた。その斧正の傾向から、翁は句が重くなることを避けたがっているようだった。

「難しくせず、軽く詠めばいいのだ」

何度も念を押された。今日のわたしは色を出そうと勇んで臨んでいるため、軽くは難しい詠み方だった。

どうしても句の中ですべて言い尽くしたくなる。あるいは印象的な一語でもって訴えたくなる。その結果、句がごてごてしてしまい、重たくなる。そうした一句は歌仙の進みを停滞させる錘(おもり)だ。

二十二句目はわたしの番だった。句を出したあと、わたしは腹が痛むふりで切り出した。

「翁、大変申し訳ないのですが、腹が痛みますゆえ中座させてください。続きは翁と北枝の両吟にて行い、満尾していただければ」

軽やかに詠むこと。これは蕉門の俳風の肝となっていくのだろう。今日はその胎動を感じられる貴重な歌仙への出座となった。

しかし翁が新たに提唱する軽やかな詠み方は、わたしはすぐにできそうにない。適応できるとすれば若い北枝だろう。今日の歌仙はよりよいものになる予感がある。だったら、わたしは退くべき。爽やかな降参だった。

満足もしていた。楽しかった。それらも退く理由だ。わたしが〈役者四五人田舎わたらひ〉と出したところ、翁は〈遊女四五人田舎わたらひ〉と直して、にやりと笑った。市振で出会った浮身のふたり。彼女たちとの思い出をわたしと翁は共有している。そのことを作り直しで伝えてきたからだ。

「致し方あるまい。致し方あるまい」

翁は自らに言い聞かせるかのようにつぶやく。

「申し訳ございません」

「謝るのはわたしのほうだ。今日までなにからなにまで世話になった」

「それがわたしの役目でございますから」

「ここまで細にわたって尽くしてくれたのは曾良くらいなもの。わたしの面倒は厄介であったろう」

「いえ」と首を横に振る。

「わたしは自分を抑えられない質（たち）でな。昨日の自分にも飽いてしまう。常に変わっていきたくてしかたがない。嫌気が差して離れていく門弟があとを絶たないのは、曾良も知っている通りだ」

有為転変の自覚は翁にもあったのか。驚いていると翁がずばり言う。

「わたしはわたしが嫌いだ」

耳を疑った。まさか翁が自身をそんなふうにとらえていたなんて。返す言葉が浮かばない。北枝も狼狽していた。翁が遠い目で続ける。

「わたしは常に変化を望み、変化する瞬間にしか自らの存在を感じられないのだよ」

実に虚しげな口調だった。誰もが憧れ、誰もがうらやむ松尾芭蕉という人は、混沌とともに虚無も抱いていたのか。俳諧で大輪の花を咲かせるのと同時に、大きな虚無の花を心に宿してきたのだろう。

「いかんな。重くなってしまった」と翁が一転して明るく笑う。

「翁の心の内、お聞かせいただいてありがたかったです」

「明日以降の話だが、わたしは小松に戻る約束がある。明日の昼には北枝とここを発ち、那谷にも寄ろうかと思う。だから曾良とゆっくりと話せるのはいまくらいなもの。最後に言っておこう」

俳諧に関しての忠告だろうか。居ずまいを正した。

「曾良が今後どのような句を目指すかはわからん。俳諧から離れることもあるやもしれん。だがな、おまえがおまえであることをやめないでくれ。これは友として送る言葉だ」

息が止まった。翁と出会って数年、一度だって聞いたことのないやさしい懸念の言葉だった。

「友だなんて畏れ多すぎます」

「なにを言う。こんなわたしに寄り添い、わたしの俳諧を理解しようと努めてくれた曾良が友でないなら、誰を友と呼べばいいというのか。何度も言っているであろう、我々は断金の交わりであると。おまえがいてくれたおかげで、この旅で恐れるものなどひとつもなかったわ」

「ありがとうございます」

心を込めて頭を下げた。

「曾良殿、別れに際しての記念の句はありますか」

尋ねてくる北枝は泣いていた。渡された短冊に書く。


〈跡あらむたふれ臥（ふす）とも花野原〉


たとえ旅の途中で倒れて臥せることになろうとも、花野原にて骨を埋めるのならば、俳諧風雅の者としてその名は残るだろう。

わたしはわたしのまま、どれだけ俳諧の道を進んでいけるだろうか。とにかく進んでみようと思う。自分だけの道を。

「わたしからの付け句と斧正は、次に会ったときにしよう。心して待て」

翁は楽しげに声を上げて笑った。

あのときの句は何度も斧正を受け、『猿蓑』に入集したんだっけ。

蕉門が円熟期を迎えたその結実としての『猿蓑』に入れてもらえたのだから、身に余る光栄だ。門弟たちが俳諧における『古今和歌集』とまで口をそろえる『猿蓑』に。

その編者のひとりだった去来殿はもうこの世にいない。翁もすでにこの世を去った。奥州の旅を終えてから、たった五年で慌しく旅立った。強靭すぎる魂が、ついに脆弱な体を摩滅させたのだと思う。

*

月日が流れるのは早い。あの奥州の旅から二十年が経ち、宝永六年になんの因果かわたしは幕府の巡見使に任じられた。巡見使は諸藩の情勢や民情などを調べるために派遣されるもの。わたしは寺社に詳しいということで、筑紫への随行員に加えられたのだった。

翌宝永七年、江戸を出立して東海道を下り、大坂より船にて瀬戸内を抜け、筑前に上陸して小倉藩を検察した。唐津藩を通り、呼子から船に乗って海へ出て、壱岐に渡った。壱岐は大きな島だった。

およそ七十日におよぶ強行軍のうえ、巡見の視察は忙しく、待遇もよくなかった。それでも巡見使に加わったのは、翁が筑紫への行脚を望んでいたことを覚えていたからだ。

奥州の旅のあとに計画していたのだが、実行に移されることはなかった。

翁の代わりにと腰を上げたものの、六十二歳の老齢の身に長旅は厳しかった。壱岐への船の中で体調を崩し、宿として借りた海産物問屋にて動けなくなった。それが三日前のこと。

もはや体が水すら受けつけない。意識が途切れ途切れとなり、夢かうつつかもわからない始末。看病してくれる海産物問屋の者を、しばしば翁と間違えて困らせた。もういないとわかっているのに。

翁とは山中温泉にて別れたが、たった二十八日後に大垣で再会した。大仰な別れだったのに一ヶ月ほどで再会し、お互いに決まりが悪かったことを思い出す。それですらいまでは微笑ましい。

蕉門は奥州の旅を終えたころから、あれよあれよという間に隆盛し、元禄は蕉門の時代だったと言っていい。翁は俳諧を刷新し、格を押し上げたのだ。

たった一代で、というよりたったひとりで提唱し、みなを牽引し、俳諧を西行法師の和歌、宗祇の連歌、雪舟の絵、利休の茶などの風雅の伝統に連ねてみせた。とてつもない偉業だった。

奥州の旅をまとめた旅日記は『おくのほそ道』と呼ばれ、旅に出たわたしでさえ驚くほど多くの人に読まれた。特に俳人たちがこぞってわたしたちと同じ行程で旅をし、聖地を巡礼するかのような楽しみ方をしている。

「あの『おくのほそ道』の曾良殿ですか」

何度そう感激されたことか。実は少しばかり辟易し、奥州の旅について語ることを求められても逃げ回っていたくらいだ。

読んだ者の中には翁とわたしがのんべんだらりと奥州の地を歩き、自由気ままに俳諧を詠んだ、と勘違いする輩までいるのだから恐れ入る。あれは信念と目論見と苦難がごった煮となった旅だった。翁がたっぷりと色をつけて書いたものだから、本当のところは伝わっていないようだ。

松尾芭蕉の名前と俳諧は、いまやすっかり奥州の地に根づいている。すでに名所と化していたり、句碑が立ったりした地もある。翁としてはしてやったりだろう。そしてこれは翁が秀句を奥州に残したゆえ。翁の俳諧の力ゆえ。

今後、翁の俳諧は百年はたまた千年と残っていく。永劫不変の言の葉を目指した翁の願いは叶う。確かめる術がないのが残念なくらいだ。

翁の俳諧に寄り添うようにして、わたしの俳諧も残ってくれればいい。わたしたちの俳諧や『おくのほそ道』などの言の葉が残るかぎり、翁とわたしは何度でもよみがえる。読んでもらえるかぎり、生き続ける。

蕉門は翁亡きあとも門弟たちが継ぎ、いまも広がりを見せている。しかしいいことばかりではなかった。

翁の存命中から、門弟同士の諍い(いさか)が絶えなかった。また、翁の有為転変具合につき合いきれず、離反していく者が続いた。翁に弓を引くような態度を取る者まで現れた。あの其角殿でさえ翁と距離を置いた。奥州の旅ののちに新たに提唱した「かろみ」という俳風に馴染めなかったためだ。

とはいえ、翁の臨終の際には、其角殿はもちろん名だたる門弟たちが馳せ参じた。わたしは行かなかった。翁の亡骸(なきがら)に接して作った句で、感興をそそるのはいやだったからだ。わたしはわたしの俳諧を貫いたつもりだ。

翁の臨終は元禄七年の十月十二日のこと。大坂にて亡くなった。望み通り、十四日に大津の義仲寺に葬られ、十八日には追善の俳諧興行が行われた。江戸においても二十二日に追善の俳諧興行があった。わたしはこれにも行かず、追悼句を送るに留まった。

葬儀にも追善の俳諧興行にも行かないなんて、『おくのほそ道』の随行者のくせに冷たいではないか。そういった声も届いてきた。

けれど翁ならわかってくれるはずだ。「おまえがおまえであることをやめないでくれ」と言ってくれた翁なら。わたしと翁のことは、わたしと翁にしかわからない。言わせておけばいい。

〈旅に病で夢は枯野をかけ廻る〉


　翁が死の床で詠んだ句だ。すばらしい。翁の最期の様子は門弟たちから伺ったし、其角殿が記した終焉記にも目を通した。

　壱岐にて倒れ臥したいま、この句が頭から離れない。わたしもこの世を離れるときが近づいているせいだろう。自らを重ねてしまう。

「曾良よ、曾良」

　枕元で声がする。室内は薄暗く、どの時分かわからない。宿の者には岩波庄右衛門正字と本名を告げてある。なのに俳号で呼ぶのは誰なのか。

「いつまで寝ておるのだ。次の地へ向かうぞ」

　目を開けると、翁が立って顔を覗きこんでいた。

「お久しぶりでございます」

「さあ、早く仕度をいたせ」

　相変らず人使いが荒い。喜んで支度をしたいところだが、指一本たりとも動かせない。

「誰かほかの者に頼んでいただけませんか」

「そうはいかない。わたしは曾良がいいのだ」

「なぜでしょう」

「おまえとの旅が一番思い出深いからだよ。『おくのほそ道』もおまえとの二人旅だったからこそ生まれたものではないか」

涙がこぼれた。涙は頬を伝い、耳を濡らし、夜具を湿らせた。

わたしは俳諧で大成できなかった。しかし『おくのほそ道』の成り立ちに貢献できた。それだけでわたしの一生は万々歳だ。そう胸を張って生きてきた。俳諧に関して思い残すことはない。

ただもう一度、翁と会いたいと願ってきた。翁は門弟の諍いを仲裁するため大坂へ赴き、そのまま亡くなった。思いがけない別れだった。

「ぜひとも翁とともに参りたいのですが、体が自由に動かないのです」

「致し方ないな」

翁は笑いながらしゃがみ、わたしの手を取った。その瞬間、体がすっと軽くなり、難なく立ち上がれた。翁に礼を述べる。

「お迎えありがとうございます。長らくお待たせいたしました」

「いざ、参ろうか」

心が浮き立つ。枯野を駆けめぐるのだ。翁の隣で。

主要参考文献

『芭蕉はどんな旅をしたのか　「奥の細道」の経済・関所・景観』金森敦子著　晶文社　二〇〇〇年

『「曽良旅日記」を読む　もうひとつの『おくのほそ道』』金森敦子著　法政大学出版局　二〇一三年

『奥の細道行脚　『曾良日記』を読む』櫻井武次郎　岩波書店　二〇〇六年

『新版　おくのほそ道　現代語訳／曾良随行日記付き』潁原退蔵・尾形仂訳注　角川ソフィア文庫　二〇〇三年

『芭蕉のこころをよむ　「おくのほそ道」入門』尾形仂著　角川ソフィア文庫　二〇一四年

『歌仙の世界　芭蕉連句の鑑賞と考察』尾形仂　講談社学術文庫　一九八九年

『芭蕉の門人』堀切実著　岩波新書　一九九一年

『芭蕉の風景　下』小澤實著　ウェッジブックス　二〇二一年

『連句　理解・鑑賞・実作』五十嵐譲介・大野鵠士・大畑健治・東明雅・二村文人・三浦隆編　おうふう　一九九九年

解　説

小澤　實

『芭蕉はがまんできない　おくのほそ道随行記』は、文字どおり芭蕉の代表作である紀行文『おくのほそ道』を元にいきいきと想像力をめぐらした小説である。

　筆者も芭蕉の作品を心から敬愛するもので、かつて十七年間にわたって、芭蕉の句が詠まれた地を訪ねて紀行文を雑誌に連載し、上下二冊の本にまとめたことがある。そんな筆者にとっても、この小説は新鮮であり、おもしろく、学ぶところが多かった。

　この小説の主人公は曾良である。もちろん、この人がいなければ、「おくのほそ道」の旅がなりたたなかったことは、想像できる。しかし、芭蕉の影のような存在としか思っていなかった。『おくのほそ道』に掲載されている曾良の句も芭蕉が代作しているものも含まれているのではないか、とさえ思っていた。ところが、この小説において、曾良は俳人としての自我をしっかりと持った人間として、いきいきと描かれていた。師である芭蕉との関係性も憧れ、反目、和解と、刻々と変化していくのである。師に認められたいという強い思い、師に評価された俳人への嫉妬、師に評価された際の歓喜など、さまざまな感情を味わいながら成長していく姿に、心が響いた。

このところ芭蕉について書かれる文章には、幕府との強い関係と同性愛を問題にするものが多い。幕府との強い関係は、ことに「おくのほそ道」の旅が、東北諸藩の実態を調査するための隠密的なもので、芭蕉らの旅費は幕府から出て、曾良を通して支給していたというもの。また、同性愛の問題はことに芭蕉と弟子杜国との間において語られることが多いが、元の主君であった蟬吟との間も問題にされるし、本作の主人公曾良も無関係とは言いがたいところがある。

作者は、前者については、第一章において兄弟子其角のことばとして、「杉風殿が巡見使のような仕事を持ってきたが、ああした内密の仕事が舞いこむのも、幕府の目の届いていない穏やかならぬ土地があるからでしょう」と書いている。また最終章では、主人公曾良は幕府の巡見使として、壱岐に渡って死を迎えようとしている。巡見使とは、諸大名の領地を査察するために派遣された役人である。作者は前者をたしかに意識していながら、「おくのほそ道」の旅の途中の箇所では、曾良にも芭蕉にもそのような任務を一切させることはなかった。

また、後者については、山中温泉の湯の中で、芭蕉との旅の同行者としての立場を譲る北枝から曾良へと、次のように問いかけさせている。「つかぬことを伺いますが、芭蕉様は衆道を好むのでしょうか」。衆道とは、男色、同性愛である。対して曾良は、芭蕉は衆道に関わる句を作ることはあるが、実際に経験することはない、とはっきりと答えている。

この二つの要素は本小説が成功するための巧妙な仕掛けであったと思う。曾良が奥州北陸で巡見使的な仕事をして、芭蕉がそれをカモフラージュする役目を務めるとすると、芭蕉と曾良との関係は固定化してしまって、動かない。同じく、芭蕉と曾良とが同性愛の恋人同士であったら、二人の関係性はさらに動くことはない。この二つの問題を意識しつつ、あえて抑えたことによって、芭蕉と曾良とが、いきいきと動き出したのである。

筆者自身はその二つの要素を事実として認めてしまっている。しかし、この設定をしたことによって作者関口尚氏が打ち立てた曾良と芭蕉との世界を否定することはできない。いや、その世界を存分に楽しんだのである。

本書は小説として、十分おもしろい。加えて、取り上げられている芭蕉の句の鑑賞の深さに驚かされた。それも芭蕉の句の改作に焦点を当てた読みが繰り返されていることに注目した。

この句の作り直しについて、作中まず次のような箇所があった。芭蕉が千住で「鮎(あゆ)の子の白魚送る別哉(わかれかな)」の句を披露した箇所で、筆頭弟子の其角に曾良が「こりゃあ、作り直しだな」と耳打ちされ曾良が頷(うなず)いたあとの思索である。「鮎の子の」の句は、『おくのほそ道』には収められなかった。その代わりに「行春(ゆくはる)や鳥啼魚(なきうを)の目は泪(なみだ)」が書き入れられた。

「翁（筆者注　芭蕉）は自ら詠んだ句を何度でも作り直す。門弟の句も添削しては作り直しをさせる。詠み捨てにはせず、句が最高の形に定まるまで言葉や趣向を変えて練り直していく。たとえ何年かかってもだ。これはかつての俳諧になかったことではないだろうか」

芭蕉以前の俳諧は、和歌より一段低い存在であった。それを芭蕉が、西行の和歌や杜甫の漢詩に学んで、和歌と同等、あるいはそれ以上の位置まで押し上げた。この改作の徹底ぶりこそ、俳諧の位置を押し上げようとする意識の具体的な表れではないか、とも思う。

次に改作が問題にされるのは、日光である。

芭蕉は、まず「あらたふと木の下暗も日の光」を披露した後、それを「あらたふと青葉若葉の日の光」と改作している。この初案の句と改作句とを比較して、曾良の意見として次のように述べている。

「こちらのほうが断然よい。夏の季語である「木の下暗」を取り下げ、いま目の前で健やかに広がる緑への感動を、「青葉若葉」としてそのまま詠んだ。

新たな案を出されてみれば、初案は家康公の威徳を賞賛する意図がいささか強すぎることに気づく。人によっては、おもねっていると受け取るかもしれない。（中略）

それが「青葉若葉」とすることで、家康公の威徳も、弘法大師の先見や仏徳も、日光山の新緑も、すべて礼賛する器の大きな句へ生まれ変わっていた」

初案と改作とを比較するという試み自体が、かなり専門的な読みの領域に入っている。その上で、確実に改作によって、句が大きく広やかな世界に出ているところを指摘しえている。

芭蕉の名句はたくさんあるが、もっとも人口に膾炙（かいしゃ）している、蕉風（しょうふう）開眼の句とされているのは次の句である。

古池や蛙飛（かはづとび）こむ水のおと

『おくのほそ道』よりもずっと前に詠まれた句である。この句にも初案があって、改作がなされているということを本書に教わった。松島のくだりである。

初案は、次のとおりだという。


古池や蛙飛ンだる水の音（『庵桜（いおざくら）』）

この初案と最終句形との違いについて、作者はこのように書いている。

「初案の「蛙飛ンだる」は、ぴよんと蛙が飛んで着水するまでを描いた句。「蛙飛こむ」となれば水面をすり抜け、潜つたさきの奥行きと水中の静寂が生まれるわけだ。

また「蛙飛ンだる」といった蛙の姿態への注視をやめたことで、句を詠む者の視覚は自由になる。そこへ「蛙飛こむ」だ。

この「飛こむ」には自らの行為について言い及んでいる印象がある。「飛ンだる」はあくまで蛙の姿態についてのみ。

つまるところ、「飛こむ」は客観であるはずのものに主観を許す働きをし、一瞬の蛙との重なりを生む。句の鑑賞者は蛙の目を共有し、水に飛びこんださきの世界を見る。主観と客観の溶け合いといった境の消失が、蛙飛びこむの句では起きているのだ」

初案と最終句形の違いはごくわずか。「飛ンだる」と「飛こむ」の違いだけである。「飛ンだる」は「飛びたる」を音韻変化させたもの。「飛びたる」は動詞「飛び」に完了の助動詞「たり」を加えたもの。「飛ぶ」という行為がなされた、この行為が強調されているのだ。「飛ンだる」と変化させた形の方が、蛙の飛翔(ひしょう)にふさわしい。この形を芭蕉は「飛こむ」という複合動詞に変えた。「飛ぶ」という動詞と「こむ」という動詞が合わさることによって、空中という世界から水中の世界への移動が示された。その別世界への移動を追体験させて、蛙と読者の一体化がなされるということが書かれている。

短い行変えと重複を含んだ内容を重ねていくことで、読みの思考がすこしずつ深まりを見せていくあたりを示したのもすばらしい。

この初出句には注目していなかった。そのわずかな差異からここまで読み取るとは。まことに驚くべき読みである。

ここまで作者である芭蕉が読み解けていたとはとうてい思えない。この読みは、小説のなかでは、曾良がなしえたこととなっている。これだけの読み巧者の存在である曾良、なんと明晰であることか。この読みの深まりによって、曾良の俳人としての内面の成長がたしかに示されたことになる。

日光のくだりで芭蕉の改作について、作者は曾良の意見として次のように述べている。

「作り直しにかけて、翁以上の才覚を見たことがない。日の本一であるとわたしは信じている。

この作り直しの現場に居合わせられることに、わたしは無上の喜びを感じる」

芭蕉の改作に感動してきた筆者も、深く共感するところだ。小説家の想像力によって、芭蕉の句の作り直しの現場に立たせてもらえた、というのが、この小説のもっとも大きな魅力だった。

芭蕉入門、あるいは、俳諧、俳句入門としても楽しめる一冊である。


（おざわ・みのる　俳人、作家）

集英社文庫

芭蕉(ばしょう)はがまんできない　おくのほそ道随行記(みちずいこうき)

2025年4月25日　第1刷　　定価はカバーに表示してあります。

著　者　関口(せきぐち)　尚(ひさし)

発行者　樋口尚也

発行所　株式会社　集英社

東京都千代田区一ツ橋2-5-10　〒101-8050

電話　【編集部】03-3230-6095

【読者係】03-3230-6080

【販売部】03-3230-6393(書店専用)

印　刷　株式会社DNP出版プロダクツ

製　本　株式会社DNP出版プロダクツ

フォーマットデザイン　アリヤマデザインストア　　マークデザイン　居山浩二

ISBN978-4-08-744765-1 C0193